WITCHES
HEXENGIRLS

Band 1

H. B. Gilmour & Randi Reisfeld

WITCHES
HEXENGIRLS

Band 1

Die Entdeckung der Kraft

Übersetzung aus dem Amerikanischen
von Uta Laesche

Ravensburger Buchverlag

Die Autorinnen danken
Bethany Buck, Caig Walker, Phyllis Wender,
Fran Liebowitz, Susie Cohen und Dorothy Dubrule
für ihre zuversichtliche Unterstützung

Dieses Werk wurde vermittelt durch die
Agentur Thomas Schlück, Garbsen

4 5 6 7 05 04 03

Die Originalausgabe erschien
Unter dem Titel »T*Witches – The Power of Two«
bei Scholastic Inc. New York

Umschlagillustration – Scholastic Inc.

Printed in Germany

ISBN 3-473-34947-X

www.ravensburger.de

Kapitel 1

VIERZEHN JAHRE ZUVOR

Der mitternächtliche Wald wimmelte von Hexen. Ein gutes Dutzend lief durch den mondhellen Hain, Fackeln tragend, suchend, ihrem Meister folgend, Thantos, dem Mächtigen.

Eine weitere Hexe, jung, eitel und schön, verbarg sich im Schatten eines uralten Baumes. Ihr Name war Ileana. Zwei Säuglinge schliefen in ihren Armen, dicht an die blaue Seide ihres Gewandes gepresst.

Ihr bejahrter Partner, der – von seinen Hosen aus Samt und dem dazu passenden Mantel bis hin zu seinen Samtschuhen – ganz in Schwarz gekleidete Zauberer Karsh, war offenbar verschwunden.

»Karsh«, flüsterte Ileana, ihr Atem war sichtbar in der eisigen Nacht. »Warum habt Ihr uns verlassen?«

»Still!«, befahl eine Stimme. Sie schien geradewegs aus dem Baum zu kommen.

»Ich hab's ja geahnt«, zischte Ileana und versetzte dem Baumstamm einen Tritt. »Karsh, alter Hexer, Eure Angeberei ist momentan vollkommen unangebracht.«

»Seid endlich still«, drohte der Baum und fügte dann höflich hinzu: »Oh, große Hexe.«

Es reizte Ileana, den Stamm noch einmal zu treten, seiner

schuppigen Borke irgendeine Grobheit zuzuflüstern. Doch eines der Kinder in ihren Armen begann unruhig zu werden und zu strampeln.
Offenbar hörte auch das kleine Mädchen, was Karsh gehört hatte. Nun nahm Ileana es ebenfalls wahr. Die schweren Nagelstiefel Thantos', die durch den Schnee malmten. Der Mächtige führte seine Späher in ihre Richtung.
Rasch tauchte Ileana einen Finger in die Kräutermischung, die sie in einem Beutel an ihrer Hüfte aufbewahrte, und benetzte die Lippen des unruhigen Kindes mit einer Salbe aus Honig und Thymian.
Welches Baby war es, Apolla oder Artemis? Sie waren einander so ähnlich, dass man es unmöglich erkennen konnte. Schon jetzt färbten sich ihre bei der Geburt nahezu farblosen Augen grau, es war das gleiche verblüffende Grau wie das ihrer eigenen Augen, bemerkte Ileana.
Während Thantos' Schritte näher heranrückten, sah Ileana das Schimmern eines der goldenen Amulette, an denen man die Kinder unterscheiden konnte. Es war die Kette mit dem zarten Halbmond, die Artemis gehörte.
Ileana hätte es wissen müssen. Artemis war immer rege, klar und achtsam. Ihre Zwillingsschwester Apolla, an deren Kette ein anderes, dazu passendes Amulett hing, war die gelassenere von beiden.
Kein Wunder, dass Thantos diese Kinder in seine Macht bringen wollte. Schon jetzt war deren mediale Begabung offenkundig. Ihre Sinne waren äußerst scharf, sie erkannten die drohende Gefahr. Doch Thantos der Mächtige und seine Fackeln tragende Meute liefen geradewegs an ihnen vorüber. Langsam verhallten ihre Schritte, als sie den Wald verließen. Thantos hatte sie nicht gefunden. Dennoch presste Ileana die

Kinder an sich, vermittelte ihnen, dass sie nicht schreien, keinen Laut von sich geben durften.
Sie warteten – Minuten vergingen, Stunden. Ileana lauschte auf den brausenden Wind, den Ruf einer einsamen Eule. Schließlich trat sie aus den Schatten.
»Karsh«, murrte sie. »Ihr könnt jetzt wieder Gestalt annehmen. Eure Geschicklichkeit hat uns alle sehr beeindruckt.«
»Wie Ihr meint, große Hexe.«
Er musste lächeln. Große Hexe? Sie ist ja selber fast noch ein Kind, dachte er, während Karsh Eissplitter aus seinem starken weißen Haar klaubte. Nun ja. Die Jugend hat Anspruch auf Respekt, er ist die Voraussetzung dafür, dass sie ihre Stärke entfalten kann. Karsh lächelte und bürstete Schnee von seinem samtenen Mantel, der noch einen Moment zuvor eine gewundene Baumrinde gewesen war.
Karsh war sehr alt, ein Zauberer, so geübt in seiner Kunst, dass er – ebenso wie sein Rivale Thantos – den Rang eines Mächtigen erreicht hatte.
In jahrzehntelanger Arbeit hatte er seine Fertigkeiten zur Vollendung gebracht. Ileana hingegen hatte es, all ihrer schmollenden Eitelkeit und ihrer Launen zum Trotz, bislang wenigstens bis zum Vormund gebracht. Sie war keine schlechte Hexe – nur jung, eigensinnig und schrecklich ungeduldig.
Wie die wenigen Zauberer, die sich seit alters her »Mächtiger« nennen durften, so hatte auch Karsh ein Talent für das Annehmen von Gestalten. Ohne Übertreibung konnte er sich in beinahe alles verwandeln: in einen Baum, einen Felsen, in strömendes Wasser, in Tiere jeglichen Alters – und in Menschen.
Ileana hingegen war zum Vormund ernannt worden; sie sollte den Kindern Demut lehren, ihnen beibringen, zuverlässig, verantwortungsbewusst und vertrauenswürdig zu sein.

»Nehmt die Kinder, Karsh. Lauft schnell und weit. Bringt sie in Sicherheit. Versteckt sie bitte«, sagte Ileana und streifte die Kapuze ihres Seidengewandes ab. »Und nennt mich nicht Hexe.« Ihre grauen Augen verengten sich drohend. »Das klingt einfach zu gewöhnlich. Ich bevorzuge Göttin. Oder Gebieterin.«

Nun, da nur noch vereinzelte Reste von Baumrinde an seiner samtenen Weste hafteten, stand Karsh in seiner wirklichen Gestalt vor Ileana, hoch gewachsen, schlank und so geschmeidig wie eine Weidenrute. Sein ungebändigtes weißes Haar leuchtete silbrig im Mondlicht, als er sich leicht verneigte. »Ich bitte aufrichtig um Verzeihung, Gebieterin.«

»Göttin, wenn ich bitten darf«, bekräftigte Ileana und blickte unverfroren in sein bleiches, knochendürres Gesicht, das von Kindern so häufig als Schrecken erregend empfunden wurde. »Diese Mädchen dürfen niemals die Wahrheit über ihre Fähigkeiten erfahren. Trennt sie, Karsh. Stoßt sie weit auseinander, damit Thantos sie nie finden möge.«

»Göttin! Lord Thantos ...« Karsh sprach von jenem, der so nahe daran gewesen war, sie aufzuspüren.

»Herr über Würmer und Käfer ...«, zischte Ileana.

»Und ungezügeltem Ehrgeiz.«

»Dieser Mächtige ist erbärmlich.«

»Wie bitte?« Karsh richtete sich jäh auf. »Ihr vergesst, dass auch ich ein Mächtiger bin.«

Ileana seufzte ungehalten. »Wie könnte ich das vergessen? Euer Können ist groß, verehrter Meister«, sie lächelte und deutete eine Verbeugung an. »Doch Ihr wisst, anders als Ihr ist Thantos ein Aufrührer, ein Abtrünniger, der seine Kunst in den Dienst des Bösen stellt. Ich werde nicht zulassen, dass er diese edlen Kinder benutzt, um seinen eigenen Ehrgeiz zu nähren.«

»Er ist immerhin ihr Onkel«, wandte Karsh ein.

»Er hat ihren Vater getötet!«, schoss Ileana zurück. »Nun also, helft mir, ihnen die Amulette abzunehmen.« Sie reichte Karsh das ruhigere der Mädchen, Apolla, das die Kette mit der goldenen Halbsonne trug.

»Bedenkt, große Hexe –«

»Göttin, Karsh.« Ileana seufzte, als sie das Halbmond-Amulett von Artemis' zartem Hals löste.

»Aber die Kinder … wie werden sie ohne ihren Schmuck erkennen, dass jede der anderen zweite Hälfte ist?«

»Sie dürfen es nicht erfahren.« Ileana gab Karsh die Halbmond-Kette. Der bleiche Alte nahm sie entgegen und ließ den zierlichen Schmuck in seine Westentasche gleiten. Wenn der Zeitpunkt gekommen war, würde die rastlose junge Artemis ihn wieder tragen.

Während Ileana versuchte, Artemis zu beruhigen, gab er nur vor, das Halbsonnen-Amulett ihres friedlichen Zwillings Apolla ebenfalls zu entfernen. Ileana sah auf. »Sie dürfen es niemals erfahren«, verkündete sie, während sie das strampelnde Kind wiegte.

»Bedenkt … Göttin«, versuchte es Karsh erneut. »Voneinander getrennt werden sie eines Tages vielleicht begabte, gebildete, selbst außergewöhnliche Vertreterinnen der Kunst sein, doch nur gemeinsam können sie ihre wahren Kräfte wecken.«

»Gerade deshalb«, erwiderte Ileana. »Solange sie lediglich talentiert erscheinen, werden sie in Sicherheit sein. Doch wenn sie ihre wahre Stärke offenbaren, wird Thantos sie aufspüren und versuchen, mit Hilfe ihrer Kräfte Böses zu tun.«

»Das werden sie niemals zulassen«, argumentierte Karsh.

Mit einem Mal wirbelte Ileana herum, sodass ihr nachtblauer Umhang flatterte. »Dann wird er sie vernichten«, sagte sie.

Camryn – Apollo
Alexandra – Artemis

Kapitel 2

CAMRYN

»Mach sie fertig!«

Der Schrei von der Tribüne ließ Camryn Barnes, Stürmer-Ass des Fußball-Teams der Marble Bay Highschool, das Blut in den Adern stocken.

Sieh nicht hin, sagte sie sich.

Eine kastanienbraune Strähne hatte sich aus Cams Pferdeschwanz gelöst und haftete an ihrer erhitzten Wange. Mit einer heftigen Handbewegung strich sie die Haare zurück und zwang ihre Konzentration wieder auf den Ball.

Zu viel stand auf dem Spiel in dieser finalen Begegnung des Jahres, ihres ersten an der Highschool. Und ihre Mannschaft, die Meteors, würde die Meisterschaft um jeden Preis gewinnen. Ganz egal, ob die Salem Wildcats, das härteste Team in der Liga, momentan mit einem Tor führten.

Sich von irgendeiner kreischenden Irren auf der Tribüne aus dem Konzept bringen zu lassen, kam für Cam überhaupt nicht in die Tüte.

»Hier drüben!«, rief sie zu ihrer besten Freundin Beth Fish hinüber und tänzelte ungeduldig von einem Bein auf das andere. »Ich stehe frei.«

»Kannst du haben!«, brüllte Beth und mit ihren langen Bei-

nen schoss sie den Ball seitwärts zu Cam. Mit ihren ein Meter sechzig war Camryn fast zehn Zentimeter kleiner als die schlaksige Beth.
»Los, Cam. Schieß!«, flehte Kristen Hsu, eine der Abwehrspielerinnen der Meteors. »Mach schon!«
Cam stürzte sich auf den Ball, erwischte ihn im vollen Lauf, schnitt ihn an und katapultierte ihn ins Netz. Tor. Ausgleich in der letzten Sekunde vor der Halbzeit!
Nun rannte das ganze Team auf sie zu.
»Du hast's geschafft!« Beth, die Cam als Erste erreichte, warf ihre Arme um sie und hüpfte begeistert auf und ab.
»Bislang steht es nur unentschieden«, erinnerte Cam ihre jubelnde Freundin, obschon auch sie aufgedreht und zuversichtlich war. »Die zweite Halbzeit steht uns noch bevor.«
»Und dann nichts wie weg!«, quietschte Beth, während sie zur Reservebank hinübergingen. »Ferien: Wir haben es uns verdient. Eine Megawoche wartet auf uns, dreitausend Kilometer weit weg von Marble Bay!«
Fahre nicht, hörte Cam.
Die Stimme war kaum mehr als ein scharrendes Flüstern, das Cam eine Gänsehaut machte. Sie sah sich um und rieb sich die Arme. Nur Beth stand nah genug, als dass sie so leise hätte sprechen und trotzdem noch von Cam gehört werden können.
»Wohin soll ich nicht fahren?«, fragte sie.
»Wie bitte?« Beth blickte sie verständnislos an.
»Hast du nicht gerade gesagt, dass wir nicht fahren sollen?« Mit einem Mal fröstelte Cam.
»Na-*tür*-lich nicht.« Beth schüttelte den Kopf und ihre wilden Locken tanzten. Unter dem Einfluss der schneidenden Meeresluft von Marble Bay und der salzigen Hitze des Spiels

blühte ihr gekräuseltes Haar auf wie ein Ficus nach einer Überdosis Mineralien. »Auf keinen Fall. Ich würde am liebsten gleich losfahren, das weißt du doch. Du, ich, eine umwerfende Villa ...«

Fahre nicht.

Cam hörte es schon wieder.

Diesmal erkannte sie die Stimme.

Ein eisiger Hauch umhüllte sie und ließ einen Schauder über ihren schweißgebadeten Rücken laufen. Oh nein, dachte sie. Nicht gerade jetzt. Nicht mitten im wichtigsten Spiel meines Lebens.

Wie alt war sie beim ersten Mal gewesen? Wahrscheinlich so sieben oder acht. Das erste Mal, dass sie diese raue Stimme gehört hatte, das erste Mal, dass sie den knochendürren Mann mit dem unheimlichen weißen Gesicht gesehen hatte. Zunächst hatte sie sich damals vor ihm gefürchtet. Sobald er wieder verschwunden war – nur Augenblicke später – war sie ins Wohnzimmer gerannt, stolperte über die zu langen Beine ihrer Schlafanzughose. Ihre Eltern hatten Gäste. Ihr Vater schenkte gerade Kaffee ein. »Was ist denn, Schatz?«, hatte ihre Mom gefragt, sie hochgenommen und ihr die Haare aus dem Gesicht gestrichen.

im Traum erschienen
Wahrheit erzählt

Der Mann, weinte sie.

Welcher Mann?

Der dürre Mann in Schwarz.

Ein Traum, sagte ihre Mutter beruhigend.

Nein, nein. Ich habe ihn gesehen. Ich habe ihn gehört. Er sagte, dass ich in Wirklichkeit Apolla heiße.

Sie konnte sich deutlich daran erinnern, ebenso deutlich, wie sie gerade dieselbe Stimme gehört hatte: »*Fahre nicht.*«

Brianna Waxman, die Linksaußen spielte – falls gerade mal

keiner ihrer Fingernägel abgebrochen war und ihre Frisur hielt – trottete herüber und schrie: »Meteors sind die Größten!«

»Du hast hervorragend gespielt.« Kristen beglückwünschte Cam überschwänglich.

»Was?«, fragte Cam. Das Brummen in ihren Ohren hatte begonnen. Dieses Schwindel erregende Summen, an das sie sich seit ihrer Kindheit erinnerte.

»Es war nur ein Traum, nichts weiter«, hatte ihre Mom beteuert und sich Hilfe suchend an Cams Vater gewandt.

Der hatte sie dann auf den Arm genommen, seine großen Hände noch warm von der Kaffeekanne. Rasch hatte er Cam aus dem Wohnzimmer gebracht, wo sie gerade in Anwesenheit der Gäste erklärt hatte, dass die Kette mit dem goldenen Sonnen-Amulett, die sie seit ihrer Geburt getragen hatte, Apolla gehöre.

»Wer soll denn das sein?«, fragte einer der Freunde ihrer Eltern.

»Eine Hexe«, hatte Cam ihrer Mom zufolge geantwortet, mit einer Stimme wie aus einem Traum erwachend.

»Cam. Hallo. Wo bist du denn?« Es war Beth.

»Nirgendwo. Hier natürlich«, sagte sie und kam mit ihren Gedanken auf das Fußballfeld zurück. »Na, war das nicht ein astreines Manöver? Traumhafte Vorlage, Beth.«

»Die reinste Zauberei«, jubelte Brianna. »Cams Psycho-Power macht mal wieder Überstunden.«

Cam versuchte zu lachen, brachte aber nur ein müdes Lächeln zu Stande. Seit ihrem vierzehnten Geburtstag war sie immer wieder damit aufgezogen worden – mit ihrem sechsten Sinn, ihren Eingebungen, den seltsamen Dingen, die sie vor allen anderen zu wissen schien.

Allerdings – von dem bleichen alten Mann hatte sie noch nie jemandem erzählt. Außer Beth natürlich. Cam hatte mit ihr gesprochen, als sie in der vierten Klasse gewesen waren – obschon ihr Dad es verboten hatte.

Er trug sie an jenem Abend, als ihr der alte Mann erschienen war, zurück in ihr Zimmer und versicherte Cam, dass er ihr glaubte. Doch andere würden das vielleicht nicht, warnte er.

Er hatte Recht. Nicht einmal Beth, schon damals ihre beste Freundin, hatte ihr die Geschichte abgekauft. »Bah, lass das, Camryn«, hatte sie gefordert und sich die Ohren zugehalten. »Das denkst du dir doch aus. Du willst mir einfach nur ein bisschen Angst machen.«

»Alles in Ordnung?«, erkundigte sich Beth jetzt.

»Mir ist nur ein bisschen schwindelig«, versicherte Cam. »Adrenalin-Schub.« Ihre Hand schmerzte. Sie bemerkte, dass sie ihre Finger mit aller Kraft um das Sonnen-Amulett an ihrer Kette geschlossen hatte.

»Habt ihr die Gladstone wie eine Irre auf der Tribüne rumschreien hören?« Kristen zog ihr rotes Haargummi ab und befreite ihre schimmernde schwarze Mähne.

»Gladstone, so wie Tonya?«, fragte Brianna – Bree – während sie zur Bank hinübergingen. »Das war ja wohl schwer zu überhören.«

»War sie diejenige, die ›Mach sie fertig‹ geschrien hat?!«, erkundigte sich Beth.

»Wer sonst?«, erwiderte Bree und verdrehte die Augen.

Das Mädchen, von dem sie sprachen, Tonya Gladstone, war eine Außenseiterin und ein Rätsel. Zwei Klassen über ihnen, war sie mitten im Halbjahr an ihre Schule gekommen. Seither, ein paar Monate waren inzwischen vergangen, war Tonya eine Einzelgängerin geblieben, obwohl sie der Fußballmannschaft beigetreten war. Das Einzige, was man so richtig von ihr *wusste*, war, dass sie megareiche Eltern hatte, die sich ständig auf ausgedehnten Reisen befanden, und das Einzige, was man von ihr *bemerkte*, war, dass sie täglich still und unauffällig in ihrer Bank saß.

Heute hingegen stand sie mitten im Rampenlicht.

Das war allerdings kein Wunder, denn sie saß direkt neben Marleigh Cooper, dem absoluten Teenager-Promi des Jahres. Tonya hatte es geschafft, Amerikas jüngst gekürte Pop-Prinzessin zu dieser Fußballmeisterschaft mitzubringen, und damit war es ihr so ziemlich gelungen, dem eigentlichen Spiel die Schau zu stehlen.

Wie sie es jemals geschafft hatte, einen singenden Superstar wie Marleigh zu ihrem Highschool-Finale zu kriegen, war ein totales Mysterium. Die jungendliche Diva belegte mit ihrer Single momentan landesweit Platz eins der Hitlisten. Ihr wallendes blondes Haar und das makellose Lächeln ihrer vollen roten Lippen strahlte von den Titelblättern eines guten Dutzend Teenager-Zeitschriften. Und dennoch war sie hier, thronte neben Tonya auf der Tribüne, die blauen Kulleraugen hinter einer modischen Rennfahrerbrille versteckt.

»Was ist denn mit ihrem Bein passiert?«, fragte Beth und deutete zu den Zuschauerplätzen, wo eine Krücke neben Tonya an die Bank gelehnt war. »Ich wusste gar nicht, dass sie sich verletzt hat.«

»Keine Ahnung.« Cam zuckte mit den Achseln. »Bis sie hier mit Marleigh auftauchte, bin ich einfach davon ausgegangen, dass ihr verstauchter Knöchel sie davor bewahren sollte, am Spiel teilzunehmen.« Sie senkte ihre Stimme zu einem Flüstern. »Bist du sicher, dass du nicht gehört hast, wie jemand ›Fahre nicht‹ gesagt hat?«

»Das kann nicht dein Ernst sein!«, beschwor Beth sie. »Tu mir das nicht an, Camryn. Ich hasse es, wenn du diese Tour abziehst.«

»Ertappt!«, sagte Cam, als habe sie nur Spaß gemacht und die Frage nur gestellt, um Beth zu irritieren. Dann verbarg sie ihr Gesicht rasch in einem Handtuch, rieb sich den Schweiß von Wangen und Stirn.

Sie kämpfte gegen einen Anfall von Panik. War sie verrückt, verlor sie den Verstand, sah Gespenster? Sie wünschte sich, dass die Antwort Ja sein möge. Das wäre leichter für sie zu ertragen als ein abgedrehter Freak zu sein, leichter als zu wissen, dass sie die Einzige war, die so etwas erlebte.

»… und wir müssen unbedingt auch ein Bild mit dem Star unserer Mannschaft und meiner *sehr* guten Freundin Camryn Barnes machen.«

Cam wirbelte herum. Begleitet von einem Fotografen, eine Krücke unter dem einen Arm und den anderen um Marleigh Coopers in wolliges Kaschmir gekleidete Schulter geschlungen, humpelte Tonya auf sie zu.

»Cami, Süße, hi!«, strahlte Tonya. »Darf ich dir Marleigh Cooper vorstellen? Ich habe ihr viel von dir erzählt.«

Verwirrt stammelte Cam: »Wirklich? Ich meine … hi … klasse, dass du Zeit hattest zu unserem Spiel zu kommen.«

»Ist doch selbstverständlich.« Der gefeierte Star, dessen brandaktuelles Video zurzeit beinahe sämtliche Fernsehsender beherrschte, streckte Cam die Hand entgegen.

»Camryn und ich sind unzertrennlich«, sprudelte Tonya. »Total eng befreundet, ein Foto mit ihr ist also ein absolutes Muss. Sie ist das beliebteste Mädchen an der Schule.«

Freundinnen? Unzertrennlich? Was erzählte sie denn da? Cam errötete, Tonyas Verhalten war ihr peinlich.
Die Wirklichkeit sah ganz anders aus: Tonya war mit niemandem richtig befreundet. Vielleicht hätte sie netter zu ihr sein sollen, grübelte Cam, aber Tonya hatte einfach so eine seltsame Ausstrahlung, die Cam davon abhielt, sich tatsächlich mit ihr anzufreunden. Genau wie in diesem Moment.
»Hi, Marleigh«, Beth näherte sich ihnen zaghaft, während Tonya zum Fotografen hinüberhinkte, um die Aufnahme vorzubereiten. »Ich bin einer deiner größten Fans.« Sofort schlug sie sich vor die Stirn und sagte: »Oh Gott, das war ja echt flaschig. Ziemlich blödsinnig von mir?«
»Das ist Beth Fish«, stellte Cam unbeholfen vor. »Sie ist meine … andere beste Freundin.« Cam warf Beth einen flehentlichen Blick zu. »Beth sollte unbedingt auch mit auf das Bild.«
»Dieses letzte Tor war umwerfend.« Marleigh nahm ihre Sonnenbrille ab und strahlte Cam an. »Ich habe selber noch nie Fußball gespielt, aber wenn man euch so zusieht, muss es einen Höllenspaß machen.«
»Hast du tatsächlich noch nie gespielt?«, fragte Cam.
»Ebenso wenig wie die zigtausend anderen Dinge, die ich noch nie ausprobiert habe.«
»Wahrscheinlich warst du einfach immer zu beschäftigt – mit deiner Karriere und, na ja, solchen Sachen halt.« Cam deutete zu Tonya hinüber, die gerade dem Fotografen genaueste Anweisungen gab. »Du wirst bestimmt oft zu solchen Veranstaltungen eingeladen. Echt nett von dir, dass du gekommen bist.«
Marleigh runzelte die Stirn. »Ehrlich gesagt mache ich so was nur sehr selten …« Sie senkte ihre Stimme. »Ich meine, die Umstände müssen schon ziemlich krass sein.«
Ziemlich krass? Wovon redete sie eigentlich?

»Okay«, rief Tonya, während Spieler beider Mannschaften langsam einen Zuschauerring um sie bildeten. »Cam, du stellst dich links von Marleigh hin. Beth, nimm du mal eben meinen Platz ein – ich muss noch checken, ob alles gut ausgeleuchtet ist.« Tonya schubste den Fotografen beiseite, um selber durch das Objektiv sehen zu können.

Marleigh lächelte zu ihr herüber und wandte sich dann wieder Cam zu. »Na, jedenfalls, obwohl das mit Tonya echt tragisch ist …« Sie blickte auf und als habe sie zu viel gesagt suchte sie schüchtern Augenkontakt zu Cam, bevor sie fortfuhr: »Im Prinzip sind das die besten Momente für mich, wenn ich auch einmal etwas tun kann für jemand anderen. Schließlich sind es genau diese Menschen, die mir meinen Erfolg ermöglicht haben.«

Tonya? Was war an Tonya tragisch? Cam bemühte sich erfolglos, den Zusammenhang herzustellen.

»Deine Fans, meinst du?«, versuchte sich Beth. »Es muss unglaublich sein, wenn so viele Menschen auf einen stehen und man zum Vorbild für sie wird.«

Marleigh verzog das Gesicht. »Ja, das ist echt Klasse. Jedenfalls meistens. Einige meiner Fans sind, nun ja, irgendwie nicht ganz normal. Ich könnte euch da Post von Bewunderern zeigen, ihr würdet's nicht glauben.«

»Leute, die dich auf ihre Geburtstagspartys einladen und so was?«, lachte Cam.

»Das stört mich nicht so, das finde ich eigentlich eher liebenswürdig.« Marleigh schüttelte den Kopf, als wolle sie ein merkwürdiges Gefühl loswerden. »Seit neuestem gibt es da so einen finsteren Typen, der sich ›Verehrer‹ nennt. Verrückter trifft es irgendwie besser …«

»Trifft was besser?« Tonya reichte Beth ihre Krücken, drängte sich zwischen Cam und Marleigh und legte jeder einen Arm um die Schulter.

»Ach nichts. Marleigh hat nur gerade erzählt, wie, na ja, *aufdringlich* manche ihrer Fans sind«, erklärte Cam.

»So wie ich, meinst du?« Ein dunkler Schatten fiel plötzlich über Tonyas Gesicht. Sie starrte Marleigh an, ihre Augen beinahe trübe vor Wut.

»Natürlich nicht«, beschwichtigte Marleigh.

»Irgend so ein Typ«, ergänzte Cam rasch. »Irgend so ein Irrer halt.«

Tonya wandte sich abrupt dem Fotografen zu. »Okay, wir sind dann so weit. Alles genau richtig.«

Später, als die Zeitungen im ganzen Land das Bild veröffentlichten, würde Cam auffallen, dass Tonya darauf als Einzige lächelte.

Kapitel 3

DAS GESICHT IN DER MENGE

»Das Spiel kann jeden Moment wieder anfangen, Marleigh, wir sollten besser auf unsere Plätze zurückgehen«, erklärte Tonya kurz darauf. Sie war nun der Ansicht, dass der Fotograf genügend Aufnahmen gemacht hatte.

Beth streckte ihre Hand aus. »Es war cool, dich kennen zu lernen. Vielleicht können wir später noch –«

»Ja, sicher. Später!«, unterbrach Tonya. Sie legte ihren Arm um Marleighs Schulter und machte sich auf den Weg zur Zuschauertribüne. Der Superstar hatte gerade noch Gelegenheit, Cam einen kurzen Blick zuzuwerfen und zu winken.

»Was hatte die göttliche Diva zu berichten?«, fragte Kristen, die mit Brianna zu ihnen herüberschlenderte.

»Genau, wie war eure Audienz bei Miss Barbie? Hat sie wenigstens irgendwas von Interesse erzählt – zum Beispiel, wo sie den wundervollen, supertollen Kaschmirschal herhat?« Bree gab sich übertrieben schwärmerisch. »Als ob ich das nicht wüsste«, beantwortete sie ihre Frage gleich selbst nüchtern, »den Katalog kenne ich in- und auswendig.«

Noch bevor Cam Zeit hatte etwas darauf zu erwidern, pfiff der Schiedsrichter zur zweiten Halbzeit. Die Meteors begannen, sich wieder auf dem Spielfeld aufzustellen.

»Supercool die Frau, oder?« Beth hatte sie eingeholt. »Ich meine, sie ist einfach so … ich weiß auch nicht … irgendwie echt.«

»Welcher Teil an ihr?«, fragte Bree mit zuckersüßer Unschuld in der Stimme. »Ihre Nase? Die hat ihr jemand so gemacht. Augen? Speziallinsen. Und diese ach-so-blonden Haare? Eingeflochten.«

»Niemals!«, widersprach Beth.

»Das totale Mysterium ist und bleibt, wie Tonya sie überhaupt hierher gekriegt hat. Ich meine, sie hat ja nicht unbedingt die Beziehungen zur Branche«, behauptete Bree, deren Vater ein bekannter Produzent in Hollywood war.

Beth zuckte mit den Achseln. »Ich hab gehört, dass sie sich mit diesem Typen rumtreibt, der bei Music & More arbeitet – vielleicht gibt es da irgendeinen Zusammenhang.«

Bree schnaubte verächtlich. »Du meinst diesen Lahmarsch mit dem Totenkopf-Ohrring? Der macht da doch nur die Drecksarbeit und hat nichts zu melden.«

»Erinnert sich noch jemand an das Wort *Fußball*?« Das war Kristen. »Konzentration, meine Lieben. Wenn wir dieses Spiel gewinnen wollen, müssen wir uns ordentlich ranhalten.«

»Kein Thema«, versprach Cam, voll bei der Sache.

Doch die Salem Wildcats waren da ganz anderer Meinung. Dank ihrer Wunderwaffe Lindsay Luckinbill konnten sie in dieser zweiten Halbzeit alle Angriffe der Meteors abblocken. Noch aber stand es weiterhin unentschieden.

Ganz gegen Ende des Spiels aber wurde es gefährlich. Lindsay gelang es, einen Pass von Kristen zu Beth abzufangen. Der Star der Wildcats schnappte sich den Ball und ging zum Gegenangriff über. Ein Tor so kurz vor Schluss würde bedeuten, dass Salem in Führung ginge – und den Sieg davontrüge.

Cam hatte sich der Sache schon angenommen, verfolgte Lindsay über das Feld, als sie Bree auf einmal kreischen hörte: »Psycho-Power, Cam, verhex sie!«

Ja sicher, dachte Cam, während sie der rasenden Gegnerin schwer atmend auf den Fersen blieb. *Lindsay, halt inne, du hast keine Wahl: Stolper und falle, lass uns den Pokal.*

Wie bitte? Wo kam das denn her, fragte sich Cam im Rennen, Lindsay auf den Fersen, die sich dem Tor bis auf Schussweite genähert hatte. Wann hatte sie denn angefangen in Reimen zu denken?

Da, völlig unerwartet warf Lindsay jetzt einen Blick über ihre Schulter, als ob sie sehen wollte, wie groß ihr Vorsprung gegenüber Camryn war. Ein verhängnisvoller Fehler.

Cam war ganz in ihrer Nähe, nah genug, um ihre grauen Pupillen fest auf die funkelnd grünen ihrer Gegnerin zu heften. Plötzlich geriet Lindsay ins Schleudern. Sie blinzelte, kniff die Augen zusammen und drehte den Kopf, um Cams starrem Blick zu entkommen. Sie verlor die Konzentration und statt den Ball zu treten, stolperte sie darüber – und fiel der Länge nach auf den Rasen.

Als sie sich wieder aufgerappelt hatte, klebten Grashalme an ihrem Gesicht und sie war außer sich vor Wut.

»Foul! Sie hat mich geblendet!«, brüllte Lindsay. »Ich meine … sie hat mir ein Bein gestellt! Die Barnes hat mich gestoßen!«

Wirklich? Die Trillerpfeife des Schiedsrichters ertönte schrill. Das Spiel wurde unterbrochen. Cam war völlig verwirrt, sie wusste nicht, wie ihr geschah. Warum war Lindsay gestolpert und gefallen? Jedenfalls bestimmt nicht, weil Cam so etwas *gedacht* oder es sich *gewünscht* hatte.

Cam widersprach den Vorwürfen ihrer Gegnerin nicht. Sie konnte nicht. Sie hatte keine Ahnung, was gerade abgelaufen

war. Ihr war nur klar, dass die Wildcats einen indirekten Freistoß bekamen.
Während Lindsay sich darauf vorbereitete, trabte Beth mit grimmiger Miene zu Cam herüber. »Sag mal, du hast sie doch nicht wirklich gestoßen?«
Cam verzog das Gesicht. »Ich ... das heißt: nein. So etwas würde ich doch niemals tun. Oder?«
Besorgt und argwöhnisch betrachtete Beth ihre beste Freundin – während Lindsays Ball sein Ziel erreichte: Er zappelte im Netz und die Wildcats gingen mit einem Tor in Führung!
Wie sich herausstellte, war dies schließlich das entscheidende Tor.
Wenige Augenblicke später nämlich, als das Spiel wieder im Laufen war und der Ball direkt auf Cam zuschoss, das Feld vor ihr vollkommen frei und offen für das leichteste und sauberste Tor aller Zeiten – da geschah es erneut.
Sie hörte die Stimme. Seine Stimme.
Fahr nicht. Es ist zu gefährlich. Sie braucht dich jetzt.
Sie? Cam schloss überwältigt die Augen. Wer brauchte sie? Beth? Tonya? Marleigh?
Marleigh, dachte sie.
Man will sie kicknappen.
Kicknappen? Was sollte das denn heißen? Hatte sie es richtig verstanden?
Cam riss die Augen auf und wandte sich der Zuschauertribüne zu. Ihr Blick fiel auf einen verschwommenen roten Fleck. Sie konzentrierte sich auf die Bewegung und erkannte ein kleines Mädchen mit karottenrotem Haar, nicht älter als sechs oder sieben Jahre, das durch die Ränge lief.
Als Cams Aufmerksamkeit sich wieder auf die Stelle richtete, an der noch einen Moment zuvor Marleigh Cooper neben der

Präsidentin ihres Meteor-Fanklubs gestanden hatte, war der Popstar verschwunden.

Tonya hingegen war noch da und telefonierte mit ihrem Handy. Neben ihr stand ein hoch gewachsener, totenblasser Mann, der ganz in Schwarz gekleidet war.

Cam erkannte sein Gesicht. Ihr stockte der Atem. Was war das? Dieses Gesicht – seit Jahren schon erschien es ihr in ihren nächtlichen Albträumen. Nun war es hier, in der Welt des Tages – die Haut über den Wangenknochen so dünn wie Papier und wachsbleich; die Augen aus tiefen Höhlen heraus Cam direkt anstarrend. Was machte der Mann hier? Was wollte er?

Irgendwo in weiter Ferne vermeinte sie ihre Mitspielerinnen zu hören: »Mach schon, Cam! Hau drauf! Beweg dich! Tritt den Ball ins Tor! Denk an das SPIEL!«

Aber es war, als habe irgendjemand auf einen Knopf gedrückt ... Cam blickte stur geradeaus, ihr Mund stand offen, kalter Schweiß rann ihr aus allen Poren. Vollkommen durchnässt klebte ihr scharlachrotes Trikot an ihren Rippen, ihr Mund hingegen war staubtrocken. Keinen Laut brachte sie hervor, als sie zu schreien versuchte.

Hunderte von kreischenden Fans auf der Tribüne, dutzende von Spielern auf dem Feld und den Reservebänken. Sah ihn denn außer ihr niemand? Wie konnte das Traumgesicht hier erscheinen? War es wirklich nur ein Traum?

Ein Gefühl nackten Grauens überflutete sie erneut. Bitte, flehte sie, lass es meine wilde Fantasie sein, meine übertriebene Einbildungskraft, wie Mom sich ausdrückt.

»Reiß dich zusammen, Cam! Sofort!« Beth Fish drang in ihr Ohr, den schrillen Chor ihrer Mitspielerinnen überschreiend. »Worauf wartest du noch? Mach schon! Schiiiiieß!«

Cam versuchte sich zu konzentrieren. Sie zwang ihre Aufmerksamkeit zurück auf das Spielfeld. Der Ball lag vor ihren Füßen. Sie nahm ihren ganzen Willen zusammen und versuchte mit aller Kraft, nach dem Ball zu treten und ihn ins Tor zu katapultieren.

Aber nichts geschah.

Wie angewurzelt stand sie da, Camryn Barnes, bekannt als die absolute Spitzenstürmerin von Marble Bay, hellwach und zugleich vollkommen gefangen in der eisigen Umklammerung eines realen Albtraums.

Kapitel 4

ALEXANDRA

Artemis, erwache! Sie braucht dich. Geh mit ihr.

Wie aus Knochen gemeißelt grinste das kreideweiße Gesicht sie an, ein Gesicht mit Zügen, die ganz aus leuchtenden Flächen und finsteren, tiefen Furchen zu bestehen schienen.

Ruckartig schlug Alex die Augen auf. Sonnenlicht knallte durch das rostige und ramponierte Rollo, erhellte ihr enges Zimmer. Brannte in ihren blassen grauen Augen. Benommen blinzelte sie, um sich gegen den grellen Schein zu schützen.

Sie war schweißüberströmt. Ihre wüst abgesäbelten, mit blauen Strähnen durchzogenen Haare, eine Farbe, die verblüffen und Anstoß erregen sollte, waren klitschnass. Ihr Herz raste und schlug heftig gegen das zerschlissene und mit Schweiß durchtränkte T-Shirt, das sie als Nachthemd benutzte.

Ihr Bettlaken war vollkommen zerwühlt. Es hatte sich um ihre Knöchel geschlungen.

Wo war sie? Wer brauchte sie? Mit wem sollte sie gehen?

Dann hörte sie ersticktes Atmen und Keuchen und ihr wurde schlagartig bewusst, von wem die Rede war. Sie roch frisch gebrühten Kaffee und den bitteren Rauch der für diesen Tag ersten Zigarette ihrer Mom. Und sie wusste, dass sie zu Hause war.

Das Zuhause, das Alexandra Nicole Fielding mit ihrer Mutter teilte, war ein gepachteter Wohnwagen, der etwa vierzig Kilometer von dem entfernt war, was in Crow Creek, Montana, als Zivilisation durchging: dem nächsten McDonald's.
Hardy Beeson, der widerliche Vermieter des Wohnwagens, bezeichnete diesen undichten Rostkübel als »Modul-Wohneinheit«. Aber die Kids an Alex' Schule hatten treffendere Bezeichnungen dafür – und auch für die Bewohner.
»Dreckiges Wohnwagengesindel« hatte Ina Barrow Alex und ihre Mutter einmal genannt. Aber das hatte sie nur einziges Mal getan – in der Turnhalle, vor etwa neun Monaten, gleich nach Alex' vierzehntem Geburtstag.
Und sie würde es nicht noch einmal wagen.
Denn der Basketball, den Ina in den Händen gehalten hatte, löste sich auf einmal aus ihrem Griff und schnellte in die Höhe, schlug sie zu Boden und verpasste ihr eine blutige Nase.
Damals fingen die Gerüchte an, dass an Alex irgendetwas Seltsames war, dass sie etwas von einer Hexe an sich hatte.
»Mom! Rauchst du etwa?«, rief Alex. Als sie sich ruckartig aufsetzte, stieß sie sich den Kopf an einem Regal über ihrem schmalen Einbaubett.
Alex riss die Arme hoch und ging in Deckung.
Es regnete Bücher und Zeitschriften, gefolgt von einigen CDs und einem Schwung klappernder Kassetten. Eine ältere Ausgabe von *Teen People* – mit Marleigh Cooper auf dem Titelbild – fiel ihr in den Schoß.
Marleigh Cooper. Weißblonde Haare. Blaue Augen, umrahmt von dichten schwarzen Wimpern. Makellos weiße Haut über leicht hervorstehenden Wangenknochen.
Das Bild der jungen Sängerin löste irgendetwas in ihr aus …

das zarte Leuchten ihres Gesichtes, ihre weißen Zähne, ihre blasse Haut ... ihr zierlicher Körperbau.
Was war das? Alex erinnerte sich auf einmal an das Traumgesicht, das kreideweiße Gesicht des hageren alten Mannes, von dem sie auch schon früher geträumt hatte. Seine lebhaften Augen, die in tiefen Höhlen vergraben lagen, seine Stimme, die ein scharrendes Flüstern war.
Das kann nicht sein, dachte sie. Das Traumgesicht – es war uralt und sah unheimlich aus. Wie konnte irgendetwas an Marleigh Cooper, die nur wenige Jahre älter als Alex und für ihre Schönheit berühmt war, die einen so freundlichen Eindruck machte, so von Grund auf gut erschien – wie konnte ausgerechnet sie an dieses Grinsen erinnern?
Dann fiel das letzte der Bücher herunter.
Zum Glück war es nur ein Taschenbuch. Es prallte von Alex' Kopf ab, stieß gegen ihre schützend erhobenen Arme und landete in ihrem Schoß, wo es Marleighs fotogenes Lächeln verdeckte.
»Ach herrje«, rief ihre Mutter mit einem leichten Glucksen in ihrer rauen Stimme. »Hat dich das Regal wieder erwischt? Alles in Ordnung?«
Alex lachte inmitten ihres Haufens aus Büchern und zerknautschter Bettwäsche. »Ich hab zuerst gefragt«, brüllte sie und runzelte dann die Stirn, als der würgende Husten ihrer Mutter wieder einsetzte. »Mom, du hast gesagt, dass du es aufgibst«, rief sie, während sie das Taschenbuch aus ihrem Schoß hob.
Mythen und Magie aus alter Zeit war der Titel. Sie hatte es aus der Bibliothek ausgeliehen, um in der Schule ein Referat darüber zu halten. Was sie natürlich vergeigt hatte.
Aber das Buch ...

Das Buch hätte sie schon vor Wochen zurückbringen müssen! Na klasse. Die Strafgebühren, die sich inzwischen angesammelt hatten, würden wahrscheinlich ihren kompletten Lohn auffressen.

Was war nur los mit ihr? In letzter Zeit war sie irgendwie nicht mehr ganz da. Selbst ihren beiden Freunden, war das aufgefallen.

Evan, mit dem sie im Big Sky arbeitete, einem Wild-West-Erlebnispark, hatte es sich zur Gewohnheit gemacht, mit den Knöcheln an Alex' Kopf zu klopfen und dabei »Hallo, ist da jemand?« zu rufen. Und ihre beste Freundin Lucinda begann etwa jeden zweiten Satz mit »Hörst du mir eigentlich zu, meine Liebe?«, was Alex total nervte.

Und jetzt hatte sie wieder diese durchgeknallten Träume. *Artemis, erwache.* Diese knarrende Stimme. Ganz deutlich hatte sie sie vernommen.

Ebenso deutlich, wie sie vor einigen Wochen Andy Yatz gehört hatte.

Am Tag, nachdem sie sich ihre langen Haare hatte absäbeln und färben lassen, war Alex dem Typ, von dem die halbe Schule schwärmt, im Gang begegnet. Sie hätte schwören können, dass er *Hallo, Puppe* gesagt hatte. Es war seine Stimme, eindeutig.

Nur dass Andy in Wirklichkeit keinen Laut von sich gegeben hatte.

Das hatte ihr Lucinda, die direkt dabeistand, hoch und heilig versichert.

Alex blätterte willkürlich durch das Bibliotheksbuch, die Seiten nur oberflächlich betrachtend, ohne zu wissen, wonach sie eigentlich suchte.

Der röchelnde Husten setzte wieder ein, diesmal leicht gedämpft. Ihre Mutter hielt sich wahrscheinlich ein Geschirrtuch vor den Mund oder so was. Ohne den Blick von ihrem Taschenbuch zu heben rief Alex: »Mach sie aus, Mom!«

Und dann sah sie es. Da stand es schwarz auf weiß – Artemis! Jetzt erinnerte sie sich auch daran, was sie über die Figur der Artemis gelesen hatte, dass sie die Göttin der Jagd war, eine grimmige und rachsüchtige Kriegerfürstin der Antike. Zugleich jedoch eine Beschützerin. *Herrin der Tiere* hatten die alten Griechen sie genannt. Behüterin erfrischender Jugend. Tiere und Kinder waren ihr heilig. Der Legende zufolge beherrschte Artemis den Mond, während ihr strahlender Zwillingsbruder Apollo der Hüter der Sonne war.

Das erklärte alles. Alex klappte das Buch zu und stand auf. Na bitte, sie wurde also doch nicht langsam bekloppt. Der Name, die Stimme, sie hatte einfach nur wieder einmal ihren seltsamen Traum mit diesem Gesicht gehabt – nur dass sie diesmal zuvor etwas über Artemis gelesen und die legendäre Göttin mit eingebaut hatte.

Trotzdem, dachte Alex, als sie ihr abstellkammergroßes Zimmer verließ und den schmalen Flur in Richtung Kochzeile am anderen Ende des Wohnwagens entlangschlurfte, das erklärte noch nicht, weshalb sie Andy Yatz' Gedanken lesen konnte. Oder warum ein Basketball der großmäuligen Ina Barrow knallhart gegen den Schädel prallte, bloß weil Alex ihn hasserfüllt angesehen hatte. Oder diese ganzen anderen seltsamen Dinge, die in letzter Zeit abliefen.

Sie war Anfang des Jahres an die Crow Creek Regional gekommen. Lag es an der Schule? War irgendwas Abartiges in den Wänden, Asbest vielleicht, das der Auslöser für all diese merkwürdigen Sachen sein könnte?

Schon öfter hatte sie versucht eine Erklärung zu finden, aber früher oder später kam sie immer an den gleichen Punkt. Mit der Schule war alles in Ordnung. Nichts Bedrohliches lauerte im Gebäude oder versteckte sich in den kotzgrünen Wänden. Es lag an ihr. In ihr selbst steckte es. Etwas, das sie verunsicherte.

Ihre Mutter stand an dem kleinen Herd und machte Rührei. Natürlich rauchte sie dabei. Alex stand hinter ihr, runzelte die Stirn und wünschte, dass irgendjemand oder irgendetwas ihre Mom zum Aufhören bewegen könnte.

Plötzlich fiel ihr die Zigarette aus dem Mund und landete zischend in der Pfanne. »Was zum Teufel …?« Ihre Mutter war einen Augenblick lang verwundert, dann blickte sie Alex argwöhnisch über ihre Schulter an und versuchte ein Lächeln zu unterdrücken. »Sehr witzig. Lass das sein.«

»Ich hatte nichts damit zu tun, ehrlich«, schwor Alex. Es war jedoch genau das passiert, was sie sich in diesem Moment vorgestellt hatte: Ihrer Mom einfach die Kippe aus dem Mund zu reißen! »Wann ist denn dein Termin?«

»In der Klinik? So gegen drei Uhr, glaube ich.« Ihre Mutter schnappte sich einen Topflappen, der auf der angeschlagenen Kunststoff-Arbeitsplatte lag, und nahm die Pfanne vom Herd. »Und du gehst ganz normal arbeiten, okay? Ich komme da hervorragend allein mit zurecht.«

»Mom, ich will mitgehen. Ich habe schon wieder so was total Seltsames geträumt …«

Ihre Mutter fischte die fettdurchtränkte Zigarette aus der Bratpfanne und warf sie in den Abfall. »Was war denn das vorhin für ein Lärm?«, schnitt sie ihr das Wort ab. »Wieder mal der Zweikampf zwischen Mädchen und Regal?«, versuchte sie zu scherzen.

Doch Alex hörte nur das Pfeifen ihres Atems zwischen den

Wörtern. »Klar. Was sonst?« Sie zwang sich, ihrer Stimme einen ebenso fröhlichen Klang zu geben. »Ich dachte, du hättest Beeson gesagt, dass er es abmontieren soll.«

»Hardy Beeson? Aber erst etwa zehnmal. Ich würde es ja selber machen, wenn die Schrauben nicht so eingerostet wären. Dein Daddy hätte keine fünf Minuten gebraucht, um es abzukriegen und wegzuschaffen.«

Sicher, dachte Alex im Stillen, und wenn er uns nicht sitzen gelassen hätte, dann müssten wir jetzt auch nicht in einer von Beesons überteuerten Blechdosen wohnen.

Aber darüber wollte sie jetzt nicht reden.

»Mom, lass mich mitkommen heute Nachmittag.« Sie wechselte das Thema. Ike Fielding, ihr Vater, hatte sie schon vor über sechs Jahren verlassen. Alex war damals knapp acht gewesen. Aber noch immer fügte ihr die Erinnerung daran Schmerzen zu.

Sie waren noch nie besonders wohlhabend gewesen, doch nachdem Ike verschwunden war, hatte sich alles um sie her rasend schnell verschlimmert. Die Bank hatte ihr minikleines Haus zwangsversteigern lassen und auf einmal tauchten ständig irgendwelche Leute auf, denen Ike angeblich noch Geld schuldete. Obschon ihre Mutter zwei Jobs machte – tagsüber arbeitete sie in einem Waschsalon in der Stadt, nachts in einer schmierigen Imbissbude – konnte sie damit kaum den Lebensunterhalt für sie beide finanzieren.

»Wie kommt es eigentlich, dass du dir ständig um irgendwas Sorgen machst?«, fragte ihre Mutter fröhlich, als ob sie Alex' Gedanken gelesen hätte. »Ich hab versucht, dich doch ganz anders zu erziehen. Und hattest du nicht gesagt, dass Evan dich heute Morgen mit zur Arbeit nimmt?«

»Mist, das hab ich total vergessen. Der ist ja in zehn Minuten hier«, sagte Alex und schnappte sich ein Stück Weißbrot aus der Tüte, die auf dem Tisch lag. »Ich rufe dich später im Waschsalon an. Nimm du ruhig die Eier. Ich hab gar keinen großen Hunger.«

»Seit wann das denn?« Ihre Mutter lachte. »Du bist doch hungrig, seit du auf die Welt gekommen bist.«

»Na, du musst es ja wissen. Haben wir noch Erdnussbutter?« Alex blickte starr in den winzigen Kühlschrank, der unter die Arbeitsplatte gequetscht war. Es war jämmerlich. Ein halber Liter Milch, Marmelade, zwei verschrumpelte Tomaten und ein nahezu leeres Glas Billig-Erdnussbutter.

Irgendetwas war nicht in Ordnung. Ihre Mutter, Frau Gemeinsam-schaffen-wir-alles, kümmerte sich nicht mehr um die Vorräte. Egal wie knapp sie bei Kasse gewesen waren, es hatte immer etwas zu Essen gegeben – nährstoffreiche Sachen in rauen Mengen und so zubereitet, dass man am liebsten noch den Teller abgeleckt hätte. Saras Kochkünste waren die reinste Zauberei. Sie konnte Aschenputtels Küchenkittel in eine Nusstorte verwandeln.

Alex schnappte sich die Erdnussbutter und einen Löffel. Sie lehnte sich gegen die Arbeitsplatte und kratzte die letzten Reste aus dem Glas, als draußen ein Lieferwagen hielt.

»Ist das Evan?«, fragte ihre Mutter.

Alex nahm schlagartig einen ranzigen Geruch wahr, der in ihre Nasenlöcher stieg. »Nein«, antwortete sie, noch bevor sie einen Blick aus dem Fenster geworfen hatte.

Ein hagerer Mann, der zwei fettige graue Haarsträhnen über seinen kahlen und sonnenverbrannten Schädel gekleistert hatte, kletterte aus seinem glänzenden roten Transporter. »Wusste ich es doch«, murmelte sie. »Bah. Es ist Hardy Beeson.«

»Oh nein. Ich habe ihm schon gesagt, dass wir keinen Pfennig mehr Miete als bisher zahlen werden. Er hat hier noch nichts von dem repariert, was er versprochen hatte.« Alex' Mutter begann wieder zu husten, so heftig, dass sie sich über den Herd krümmte. In einem vergeblichen Versuch, das Geräusch zu unterdrücken, presste sie das zerknitterte Geschirrtuch an ihre Lippen.

»Setz dich, Mom«, befahl Alex. »Ich rede mit ihm. Du setzt dich einfach hin und ruhst dich aus.«

Die Metalltür des Wohnwagens schepperte, als Hardy Beesons Faust dagegenhämmerte.

Unwillkürlich atmete Alex tief durch die Nase ein. Der säuerliche Gestank des Mannes wurde immer stärker – es roch nach verbranntem Tier, durchzogen von Benzin und Schweiß. Sie erkannte Beeson genau – wie ein Hauch von Babypuder ihr sagte, dass ihre Freundin Lucinda in der Nähe war, oder wie der satte, süße Geruch dunkler Schokolade zu Evan gehörte.

»Moment bitte«, rief Alex. Sie zog den Hocker unter dem kleinen Küchentisch hervor und half ihrer Mutter sich hinzusetzen.

Mit einem durchdringenden Quietschen öffnete sich die Tür des Wohnwagens. Und da stand Hardy Beeson, die Hand schon ausgestreckt, um das Geld entgegenzunehmen, das ihm seiner Meinung nach zustand. »Hör mal, Sara –«

»Warum haben Sie nicht gewartet?«, fragte Alex empört, ganz benommen von seinem Ekel erregenden Geruch. »Ich sagte: ›Moment bitte‹. Ich habe Sie noch nicht hereingebeten.«

Sie stellte die Erdnussbutter auf die gelbe Kunststoffablage. Im Glas steckte noch der Löffel und klapperte, das Geräusch hörte sich beinahe so gereizt an, wie Alex sich fühlte. »Und duzen Sie meine Mutter gefälligst nicht«, warnte sie, als sie ihren Blick wieder auf Beeson richtete. »Für Sie ist sie Mrs Fielding!«

Beeson beachtete sie gar nicht. »Wir wollen uns doch nicht um ein paar Dollar streiten, Sara …« Er brach ab, denn da geschah es.

Der Löffel, billiges Aluminium mit einem kitschigen roten Plastikgriff, segelte mit einem Mal an Alex' Ohr vorbei. Sauste durch die Luft wie ein Hornissenschwarm, und *Peng!* knallte er mitten auf Hardy Beesons breite Stirn und hinterließ eine rote Delle.

Hardy taumelte erschrocken zurück, hielt sich mit beiden Händen am schmalen Türrahmen fest. Benommen schüttelte er den Kopf und versuchte wieder klar zu werden – wobei er seine Niederträchtigkeit fälschlicherweise für Vernunft hielt. »Jetzt reicht's mir mit euch beiden«, zischte er und trat einen Schritt zurück. »Ab sofort gelten hier andere Spielregeln.« Die Tür knallte hinter ihm zu.

»Mom!« Alex schnappte nach Luft, verblüfft, schockiert, stolz. »Das war umwerfend!«

»Was denn?«, fragte ihre Mutter durch das Trockentuch mit gedämpfter Stimme.

»Der Löffel. Wie du diesen Trottel erwischt hast!« Alex hatte die Worte kaum ausgesprochen, als ein plötzliches Frösteln ihre blassen Arme mit einer Gänsehaut überzog und eine beunruhigende Gewissheit die Haare in ihrem Nacken zu Berge stehen ließ.

Ihre Mutter hatte diesen Löffel nicht geworfen. Ihre Mutter hatte ihn nicht einmal berührt.

Kapitel 5

DER HAIN

Karsh der Mächtige war zu ungeduldig, um auf die Fähre zu warten. Mit einem Kraftakt, der ihn sämtliche Knochen spüren ließ, beförderte sich der alte Zauberer selbst über den großen See.

Im selben Moment, in dem seine Stiefel Coventry Island berührten, fragte er sich, ob er richtig gehandelt hatte.

Mit der Zeit hatte er herausgefunden, dass man junge Hexen am besten erreichen konnte, indem man ihnen erzählte, dass eine gute Seele ihre Hilfe benötigte. Für den Rest sorgte dann ihr angeborenes Bedürfnis nützlich zu sein.

Karsh hatte diese Methode schon hunderte von Malen angewandt, um das Können diverser Hexenzöglinge auf die Probe zu stellen. Er pflegte, sie auf ein Problem aufmerksam zu machen, und wartete dann einfach ab, wie sie damit umgingen.

Niemand hatte es bislang auch nur annähernd mit den glänzenden Fertigkeiten von Apolla und Artemis aufnehmen können. Er hatte beobachtet, wie geschickt Artemis mit einer unhöflichen Mitschülerin fertig geworden war und wie Apolla, wenngleich keineswegs absichtlich, während eines Fußballspiels ihre Gegnerin geblendet hatte, sodass diese stolperte und fiel.

Also hatte Karsh sich bemüht, Artemis davon zu überzeugen,

dass sie heute in der Nähe ihrer kranken Mutter bleiben sollte, und er hatte Apolla gegenüber angedeutet, dass dieses schöne, blonde Mädchen, welches heute an ihrer Schule aufgetaucht war, in großer Gefahr sei.

Aber hatte er wirklich sein Möglichstes getan, um Ileanas Wünschen zu entsprechen? Hatte seine trotzige Überzeugung, dass die Mädchen von Anfang an *nicht* hätten getrennt werden dürfen, sich auf irgendeine Art in seine Handlungen geschlichen? Karsh massierte sich die pochenden Schläfen und eilte durch die Stadt, die Grüße, die ihm zugerufen wurden, kaum bemerkend.

Als einer, der willens war, sein Leben zu geben um Arons Töchter zu retten, hatte er so gehandelt, wie er es für richtig hielt. Jedoch als einer, der seinerzeit geschworen hatte, Ileana, dem trotzigen Vormund der Mädchen, nicht in den Rücken zu fallen, hatte er versagt. Im Grunde genommen, musste Karsh sich eingestehen, war sein Versprechen, die Mädchen voneinander fern zu halten, von vornherein halbherzig gewesen.

Hatte er sie jetzt der Gefahr in die Arme laufen lassen? Thantos in die Arme? Hatte Ileana Recht? Wollte ihr Onkel beide haben oder aber keine von ihnen? Wollte er ihre Kraft ausnutzen, um seine eigene zu stärken?

Andererseits: Welch einen Wert konnten die Kinder denn für einen solch mächtigen Mann haben – einen Mann, der in der Welt außerhalb von Coventry Island so grenzenlos erfolgreich war? Für einen Fürsten der Arbeit und des Handels, einen unermesslich reichen Mann?

Wer wusste das schon? Thantos der Mächtige hatte die Insel schon vor langer Zeit verlassen. Vor vierzehn Jahren, staunte Karsh, nur wenige Tage nachdem er selbst damals Beschützer für die Mädchen gefunden hatte. Doch ganz gleich, ob es darin Klarheit gab oder nicht, er musste mit Ileana sprechen, musste ihr berichten, was bevorstand.

geht zu Ileanas Haus um es ihr zu berichten

Träge Bienen trieben zwischen den Wildblumen, die den Pfad zu Ileanas kleinem Haus säumten. Boris, ihr orangeroter Kater, hielt vor der Schwelle des Hauses ein Nickerchen. Karsh trat über das faule Tier hinweg und klopfte an die Tür. »Ileana, wo seid Ihr?«

Niemand antwortete. Ich hinterlasse ihr einfach eine Nachricht, dachte er erleichtert.

»Meine Güte«, hörte er eine schläfrige Stimme. »Ich bin hier im Wald, Karsh.«

Er hörte das Knarren ihrer Hängematte, als Ileana sich bewegte.

Der geplagte Hexer starrte in den dämmrigen Wald und schirmte seine Augen mit der Hand gegen die Sonne ab. »Schlaft Ihr noch?«, rief er, als er Ileana entdeckte.

»Jetzt nicht mehr.« Sie rekelte sich genüsslich.

Karsh durchquerte den Kräutergarten, zerstreut registrierte er dabei die unterschiedlichen Pflanzen. Er bemerkte zarte Veilchen, deren süßer Duft alles Leiden lindert; Basilikum, das bekanntermaßen Wohlstand verheißt; Kletten, um negative Gefühle zu reinigen; Rosen, Grundbestandteil jedes Liebestrankes, läuternden Lavendel, Mut machenden Thymian, Frieden spendende Kamille und Triumph steigernden Lorbeer. Die duftenden Gewächse sahen wohltuend üppig aus. Trotz seiner Nervosität ließ Karsh die beeindruckende Fülle, die ihm in Ileanas Garten begegnete, auf sich wirken.

Er fragte sich, ob sie Mixturen von Mineralien oder Beschwö-

rungen verwandte. Wahrscheinlich von beidem ein wenig, schätzte er und verspürte einen überraschenden Stolz.
Allein er war für Ileanas Ausbildung verantwortlich gewesen – wie zuvor schon für die dutzender anderer junger Hexen und Zauberer. Er griff nur dann ein, wenn Ileana Entscheidungen traf, die sie selbst oder andere in Gefahr bringen konnten.
Sie hatte in allen Ausbildungsbereichen große Fortschritte gemacht, nur ihr Verhalten ließ bisweilen zu wünschen übrig, stellte Karsh bedauernd fest. Zwar war Ileana intelligent und schön, doch leider auch eitel, egoistisch und, nun ja, respektlos.
»Lasst mich raten: Ihr wart wieder unterwegs, um Kinder zu erschrecken.« Ihr silbriges Lachen bekräftigte Karshs Verdruss. »Ihr seid viel zu alt, um noch in Eurer wahren Gestalt herumzulaufen, alter Hexer …«
Karsh seufzte. »Am heutigen Tage hätte man mich sonst nicht beachtet. Es war nötig, dass ich mein wahres Gesicht zeigte. Ich bin jemandem erschienen. Genauer gesagt zwei Menschen. Einmal im Traum und einmal in Wirklichkeit. Sie hingegen, Ihre Hexigkeit …«
»Göttin.« Sie gähnte.
Da es zu anstrengend war, mit der hitzköpfigen Ileana zu streiten, ließ er sich auf diese Albernheit ein.
»Göttin, Herrin, eigensinnige Elfe! Steht auf und wachst über Euch hinaus, Ileana. Die Mädchen sind in Gefahr!«
»Meine Kinder? Alle beide?« Ruckartig setzte sie sich auf, ihre stahlgrauen Augen mit einem Mal hellwach. Obschon vierzehn Jahre vergangen waren, dachte Karsh, sah sie nicht älter aus als ihre Schützlinge.
»In Gefahr sich zu *begegnen*«, vollendete Karsh seinen Satz. »Das war alles, was ich meinte.« Es reizte ihn, mehr zu erzäh-

len – aber wozu? Sie hatten darüber schon so oft gestritten. Ileana war davon überzeugt, dass es dem Schutz der Mädchen diente, sie voneinander getrennt zu halten; er selbst hatte immer geglaubt, dass sie zusammengehörten. Aber bis in diese Tage waren sie in Sicherheit gewesen. »Apolla fährt in Richtung Westen«, verkündete er.

»Der Westen ist ein großes Gebiet, Karsh«, erwiderte Ileana, die inzwischen zwar gereizt, aber dennoch vollkommen konzentriert war.

»Genauer gesagt fährt sie nach Montana«, erklärte der alte Zauberer.

»Wohin? Wessen tolle Idee war das denn?« Mit einem eleganten Schwung setzte Ileana ihre schlanken Füße auf den Waldboden und bürstete Blätter und Zweige von ihrem pfauenblauen Seidengewand.

»Genau das ist die Frage«, sagte Karsh bedeutungsvoll.

»Wenn Thantos dahinter steckt ...«, wütete Ileana. »Wenn er ihnen ein Leid antut ...«

»Ich habe versucht, es Apolla auszureden«, berichtete Karsh. »Ich habe sie gewarnt, dass man ihre neue Freundin kicknappen will –«

»Kicknappen?« Ileana wartete auf eine Erläuterung.

Karsh grinste stolz. »Das bedeutet so viel wie entführen. Das sagt man heutzutage so.«

»*Kidnappen!*«, verbesserte sie ihn. »Warum könnt Ihr nicht deutlich sprechen?«

»Es ist mir wichtig, die Entwicklungen der modernen Sprache zu verfolgen«, behauptete Karsh. »Ich habe auch Artemis alarmiert. Natürlich ist es möglich, dass Lord Thantos hinter all dem steckt. Aber es ist ebenso gut möglich, oh missmutige Göttin, dass der Zeitpunkt einfach gekommen ist. Die beiden haben die Macht. Sie benutzen sie schon jetzt. Doch gemeinsam wären sie zu so viel mehr fähig.«

»Und genau deshalb darf Thantos sie nicht zusammen finden«, beharrte Ileana.

»Aber falls er sie doch findet – und ich betone nochmals: *falls* – werden ihre gemeinsamen Kräfte ihnen dann nicht viel mehr nützen, als wenn jede von ihnen ihm allein begegnet?«

»Thantos, dieser schwarzbärtige, mörderische Koloss von einem Zauberer, ist ein Spürhund, Karsh. Ein ungeheuer fähiger Hexer, der jede Gestalt annehmen kann. Die vereinten magischen Kräfte von zwei kleinen Mädchen, und seien sie auch noch so begabt, könnten ihn nie besiegen.«

»Ich habe die beiden gesehen.« Karsh konnte ein Lächeln nicht unterdrücken. »Es ist wahr, dass sie unbeholfen und ungeübt sind, aber ihr Talent ist bemerkenswert. Und außerdem, Ileana, sind sie keine kleinen Kinder mehr.«

Kapitel 6

EINE SPONTANE ENTSCHEIDUNG

MARLEIGH NOCH IMMER VERSCHWUNDEN!

Die schockierende Nachricht beherrschte die Titelseite des *Montana Mountaineer.*

Auf dem Vordersitz des Mietwagens las Emily, Cams Mutter, den Artikel laut vor. »Vier Tage sind bereits vergangen und noch immer gibt es keine Spur von dem jungen Star, der am vergangenen Freitag während eines Highschool-Fußballspiels in einem Vorort von Massachusetts verschwand.«

»Unvorstellbar.« Cams Vater Dave, der am Steuer saß, schüttelte den Kopf. »Ein bekannter Teenie, eine junge Berühmtheit, verschwindet einfach am helllichten Tage. Keiner hat etwas gesehen, keiner hat etwas gehört – und noch immer keine Spur? Das glaube ich einfach nicht.«

Aber es hatte ein Zeichen gegeben, dachte Cam und lehnte sich nach vorn, um über die Schulter ihrer Mutter sehen und lesen zu können. Der alte dürre Mann auf der Tribüne daheim hatte versucht ihr mitzuteilen, dass jemand in Gefahr war.

Sie braucht deine Hilfe, hatte er sie gewarnt.

Oder hatte Cam sich das eingebildet? Hatte sie der Stress des Spiels im entscheidenden Moment fertig gemacht? Und selbst

wenn? Das erklärte nicht, warum sie einen unheimlichen alten Typen aus ihren Träumen heraufbeschworen hatte, den offenbar außer ihr niemand gesehen oder gehört hatte.
»Es ist unglaublich.« Beths Stimme ließ Cam aufschrecken. Während sich die Freundin mit dem Kinn auf der Rückenlehne des Vordersitzes abstützte, zwirbelte sie geistesabwesend eine dicke, lockige Haarsträhne um ihren Finger. »Ich meine: Wir waren dabei.«
Emily Barnes drehte sich um und lächelte die Mädchen an. »Und jetzt sind wir hier. Im Urlaub. Und wir werden uns prima amüsieren …«
»Sonst …«, zog Dave sie auf und sein buschiger Schnurrbart betonte sein Grinsen.
»Es ist wirklich eine fürchterliche Angelegenheit.« Emily faltete die Zeitung zusammen. »Was ihre armen Eltern jetzt durchmachen müssen. Ich kann mir nichts Schlimmeres vorstellen, als ein Kind zu verlieren.«
»Dylan meint, dass wir nicht in Urlaub hätten fahren sollen«, sagte Cam. Ihr Bruder, ein Jahr jünger als sie, verbrachte gerade einen Monat in einem Extremsport-Camp. Als er von Marleighs Verschwinden gehört hatte, rief er Cam sofort an. »Wie könnt ihr denn jetzt noch wegwollen? So was Aufregendes ist in Marble Bay noch nie passiert. Und du hast tatsächlich noch mit ihr geredet, vorher?«
»Unseren Urlaub abzusagen hätte überhaupt keinen Sinn gemacht.« Emily warf den Mädchen wiederum einen Blick zu, ihre hübschen blauen Augen lugten unter ihren blonden Stirnhaaren hervor. »Was hätten wir denn tun können? Abgesehen davon ist die Stadt komplett von Touristen und Reportern überlaufen.«
»Wisst ihr«, grübelte Dave, »diese ganze Geschichte einer ver-

schwundenen Pop-Diva ist mir einfach zu glatt. Es würde mich nicht überraschen, wenn das alles nur eine Publicity-Aktion wäre.«

»Cam ist sich sicher, dass Marleigh gekidnapped …« Cams spitzer Ellenbogen in ihren Rippen schnitt Beth das Wort ab.

»Wie kommst du denn darauf, Prinzessin?«, fragte ihr Dad. Dave Barnes war Anwalt. Aber, wie Cam gerne betonte, keiner von der betrügerischen Sorte. Er war sehr einfühlsam und nahm oft Aufträge von Leuten an, die sich das übliche Honorar seiner Firma nicht leisten konnten. Pro bono nannte man das und Cam war superstolz auf ihn.

Auf sein Hemd allerdings weniger.

Er trug doch tatsächlich diese Hawaii-Ungeheuerlichkeit, die ihm seine Bürotruppe vor dem Urlaub zum Abschied geschenkt hatte. Es war als Scherz gemeint gewesen, da war Cam sich sicher. Und dennoch trug er es, allen Ernstes.

Normalerweise wäre es ihr nie in den Sinn gekommen, vor ihrem Vater etwas zu verheimlichen oder ihn gar zu belügen. Diesmal jedoch, das spürte sie, musste sie ihm die Wahrheit vorenthalten.

Was hätte sie sagen sollen? Dass ein dürrer alter Mann mit weißen Haaren, der ihr seit ihrer Kindheit im Traum erschien, auf einmal auf Marleighs Platz gesessen und Cam beschworen hatte, nicht nach Montana zu fahren? Dass er angedeutet hatte, Marleigh würde ihre Hilfe brauchen? Dass er etwas gesagt hatte, was sich anhörte wie: »Man will sie kicknappen?« Was wiederum ziemliche Ähnlichkeit mit »kidnappen« hatte. Was, soviel sie wusste, noch immer dasselbe bedeutete wie entführen.

Klar. Ihre Eltern wären davon sicherlich ebenso begeistert, wie Beth es gewesen war. Besonders ihre Nun-mal-im-Ernst-

Mutter, deren Ziel es im Leben war, gesunde und ausgeglichene Kinder heranzuziehen.
»Ich weiß auch nicht«, sagte Cam also, zuckte leicht mit den Schultern und nestelte an ihrer Schirmmütze herum. »Keine Ahnung. Nur so ein Gefühl, eine Vermutung.« Sie versuchte, das Ganze herunterzuspielen. »Du weißt schon, mein berühmter sechster Sinn.«
»Ach ja, das hatte ich ganz vergessen«, sagte Beth mit spannungsgeladener Stimme. »Sie *sieht* so was ja.«
»Du bist so witzig, Beth«, murmelte Cam und wünschte verzweifelt, dass ihre beste Freundin oder jemand anderes, irgendjemand außer ihr, den knochigen alten Typen auf der Tribüne gesehen hätte. Was hatte Beth wohl als Nächstes vor – wollte sie Cam vielleicht daran erinnern, dass sie das Spiel vergeigt hatte? Ein Tor hätte gereicht. Stattdessen hatte sie diese kratzige Stimme gehört, dieses Gesicht gesehen, und war erstarrt. Sie allein war dafür verantwortlich, dass Marble Bay das Turnier verloren hatte. Die ganze Saison im Eimer. Ihretwegen.
Für Cam war es erleichternd, aus der Stadt herauszukommen und ihren Mitspielerinnen eine Zeit lang nicht gegenübertreten zu müssen.
Und dennoch war ihr irgendetwas an diesem bevorstehenden Urlaub unheimlich, etwas anderes noch als die selbst gestellte Frage, ob sie eigentlich noch alle Tassen im Schrank hatte, etwas Seltsameres noch als die Erscheinung eines alternden Kobolds, der vielleicht oder vielleicht auch nicht Marleighs Verschwinden vorausgesagt hatte …
Normalerweise fuhr ihre Familie nach Hilton Head Island in South Carolina, um zwei Wochen mit Golf, Tennis und Sonnenbaden zu verbringen. Aber in diesem Sommer hatten sie

die Einladung eines dankbaren Klienten ihres Dads angenommen, einige Zeit auf seinem Landhaus, einer Ranch in Montana zu verbringen. Der weitläufige Komplex hieß Saddlebrook und der Typ, dem alles gehörte, hatte einen merkwürdigen Namen: Sot Naht. Was ihren Bruder Dylan sicher sofort zu allerhand komischen Namensgebungen verleitete hätte, wäre er denn hier gewesen. Cam aber ließ das kalt.

Anfangs war sie dankbar für die Gelegenheit gewesen, so weit weg von Marble Bay zu sein, dem Ort ihres unrühmlichen »Auftritts«, und sie war begeistert davon gewesen, dass Beth mitgekommen war. Zusammen konnten sie überall Spaß haben. Aber seit sie angekommen waren, hatte sie sich noch mehr verunsichert gefühlt als daheim. Irgendetwas an dieser Gegend, den weiten Ebenen Montanas, verursachte in ihr ein Gefühl von Angst. Auch von Einsamkeit.

Klar. Einsamkeit, wo sie doch ungefähr alle Menschen um sich hatte, die ihr total viel bedeuteten. Keine Frage, sie war nicht ganz dicht.

Sie hatte vorgehabt, ihren Vater zu fragen, woher er Mr Sat Naht kannte. Im Wohnzimmer der Villa hing das gigantische Porträt eines stämmigen, gut gekleideten, bärtigen Mannes. Eines Mannes mit einem Gesichtsausdruck, der Cam – sie schüttelte sich, wenn sie davor stand – an eine Ratte erinnerte, eine dicke, satte Ratte. Eines Mannes mit brennenden schwarzen Augen, der, wie sie vermutete, wohl Mr Naht war. Sie fragte sich, was für Geschäfte er mit ihrem Vater gemacht hatte.

»Erde an Cam. Wenn Sie dann bitte jetzt abstimmen würden?« Die Stimme ihrer Mutter unterbrach ihre Gedanken. »Es gibt zwei Sachen zur Auswahl. Wir können zum Wild-West-Erlebnispark hinten am Crow Creek fahren. Angeblich ist das eine authentische Darstellung des Lebens im 18. Jahrhundert. Oder wir gehen auf diesen faszinierenden Naturschutz-Rundgang …«

Blitzschnell schaltete Cam wieder zur Wirklichkeit zurück. Es gab Dinge, die änderten sich nie. Zum Beispiel ihre Mom, wenn sie eine Mission hatte. Es musste auch irgendeinen Bildungsaspekt im Urlaub geben – ein Bedürfnis der Barnes-Familie.

Das war es, was sie in diesem Moment gemacht hatte – versuchte Cam sich später daran zu erinnern – *sie hatte den perfekt frisierten Hinterkopf ihrer Mom angelächelt, als sie gemeinsam abstimmten. Das war es, was sie in diesem Moment, in dem sie eine vollkommen spontane Entscheidung fällten, gedacht hatte – wie makellos und berechenbar ihre Mutter war … wo sie ein paar Stunden ihres Urlaubs verbringen würden. Eine einfache kleine Entscheidung, die ihr Leben für immer verändern sollte.*

Kapitel 7

DIE BEINAHE-BEGEGNUNG

»Willkommen im Erlügnispark … ich meine natürlich Erlebnispark Big Sky.«

Mit dieser Formulierung begrüßte Alex manchmal die Touristen. In ihrer alten, ausgefransten Jacke verkaufte sie Eintrittskarten an der Ostseite des Parks.

Sie sah auf die Uhr. Noch eine halbe Stunde bis Feierabend. Dann würde sie sich mit ein paar aus ihrer Clique treffen, mit Evan und Lucinda, die auch hier jobbten, und sie würden irgendwo hingehen, abhängen und jede Menge Junkfood verschlingen. Das Essen hatte genauso bescheuerte Namen wie alles andere hier. Es gab so Zeugs wie den »Pionier-Burger«, das »Schlafbaracken-Chili«, die »Rodeo-Würstchen« oder Alex' Lieblingsgericht, die »Büffel-Fritten«.

»Ich hätte gern vier Tageskarten, bitte.«

Alex blickte auf und sah einen Typ mit widerspenstigen dunklen Haarlocken, einem Schnauzer wie ein Walross und buschigen Augenbrauen, die wie ein Baldachin über kleinen, funkelnden blauen Augen hingen. Der Kerl grinste gelassen und sah so unbeschwert aus, dass Alex unwillkürlich lächeln musste.

Er legte zwei Fünfzigdollar-Scheine auf die Kasse. »Damit

können wir doch dann alles ansehen und überall mitfahren, oder?«

Sie nickte und konnte sich einen Kommentar nicht verkneifen: »So viel Sie durchhalten, Sir. Gehört alles zu unserem Angebot für Überlebenskünstler.«

Zum Glück lächelte er sie an – legte dann den Kopf schräg und betrachtete sie prüfend. Das war sie gewohnt, denn die meisten ihrer Kunden reagierten irritiert auf ihre blaue, zottlige Frisur. Doch Schnauzer-Mann erschien weder geschockt noch missbilligend. Es war beinahe, als ob er sie wiedererkennen würde und im Begriff wäre, sie zu fragen: »Sind wir uns schon mal begegnet?«

Worauf es natürlich nur eine einzige Antwort gegeben hätte: »Ausgeschlossen.« Dieser Typ, in seinem Glücklicher-Touri-Hawaiihemd, unter dessen Ärmel man erkennen konnte, bis wohin sein Sonnenbrand ging, war eindeutig nicht aus dieser Gegend. Andererseits: Wer war das schon?

Es war Sommer, Hochsaison im Big Sky. Auf dem Gelände wimmelte es nur so von Urlaubern, die T-Shirts, Cowboyhüte und Souvenirjacken kauften, die sich vor dem »historischen« Wildwest-Saloon fotografieren ließen oder hinter den Pappmaschee-Gittern im »authentischen« Büro des Sheriffs oder dabei, wie sie vom höchsten Punkt des „Planwagens" winkten, was im Big Sky die Bezeichnung für ein heruntergekommenes altes Riesenrad mit überdachten Gondeln war.

Sich über die Touristen lustig zu machen war leicht, ein billiges Vergnügen, das – ja, ja, schon klar, Alex war nicht blöd – mehr als einen Hauch von Neid an sich hatte. Aber alles roch wie: Juhuu, große Ferien. Diese Postkartenfamilien – Mom, Dad, Junior und Schwesterherz – dabei zu beobachten, wie sie durch überteuerte Humbug-«Attraktionen« tollten, die von armseligen, unterbezahlten »Einheimischen« bedient wurden. Alex fand das zum Kotzen.

Für sie gehörten »Sommer« und »Urlaub« nicht in denselben Satz. Sommer? Zeit für Überstunden. Urlaub? Alex' Mutter Sara hatte niemals einen freien Tag. Sie würde zum Beispiel diese Woche weniger Geld mit nach Hause bringen, weil sie einen Nachmittag in die Klinik musste.

Ein Schatten fiel auf Alex' Herz, als sie an den Husten dachte, den ihre Mutter jetzt schon seit Wochen hatte. Vielleicht sogar seit Monaten. Alex wusste es nicht genau. Natürlich hatte Sara versucht, es vor ihr geheim zu halten – wie sie es mit allem tat, was ihrer Tochter vielleicht Sorgen bereiten könnte. Sie versuchte immer, sie zu beschützen … die Wirklichkeit von ihr fern zu halten, wusste Alex.

Die Wirklichkeit aber war: Sie waren allein, pleite und strampelten sich wie bescheuert ab, nur um sich über Wasser zu halten. Als Zugabe: Sara war krank und sie konnten sich keinen frei praktizierenden Arzt leisten, also hatte sie wochenlang auf den viel billigeren Termin in der Klinik gewartet. »Nur zwei Wochen«, hatte ihre Mom gesagt, als ob nicht manchmal jeder Tag zählte, um die Ursache einer Krankheit ausmachen und bekämpfen zu können.

Alex' Mutter konnte allen Dingen etwas Gutes abgewinnen. Wenn jemand ihre Tochter beispielsweise »ungewöhnlich« nannte statt »niedlich« oder sagte, dass sie »interessant« aussähe statt »hübsch«, dann strahlte sie, als sei das ein riesiges Kompliment, und sie verkündete stolz: »Ja, das ist Alexandra, das ist meine Tochter.«

Wieder sah Alex auf die Uhr. Noch fünfzehn Minuten. Sie wünschte, dass sie ihre Mutter jetzt sofort anrufen könnte, um herauszukriegen, was man ihr in der Klinik gesagt hatte.

Es stand gerade niemand an ihrem Schalter. Ein Handy hätte ihr Problem gelöst.
Klar, als ob das jemals passieren würde! Es war absolut kein Wunder, dass es Alex total nervte, diese kichernden Kids mit ihren Nokias durch den Park stolzieren zu sehen. Sie konnten rasch auf Kurzwahl drücken und ihre Kumpels anrufen, die gerade mal fünf Meter entfernt waren, um sie zu fragen, wie's so läuft.
Deppen.
Um herauszufinden, ob mit ihrer Mom alles in Ordnung war, musste Alex darauf warten, dass sie endlich Feierabend hatte, um in eine Telefonzelle gehen zu können.
Sie atmete tief ein. Cool bleiben, Mädchen, sagte sie sich. Dauert nicht mehr lange.
»Kleine Programmänderung.« Lucindas niedliches Apfelkuchen-Gesicht erschien plötzlich im Fenster des Kartenschalters. Es war ein Gesicht, das nicht einmal fünfzig dürre, abstehende Zöpfchen, zwei davon orange gefärbt, anders als harmlos erscheinen lassen konnten. »Evan sagt, wir sollen ihn am Planwagen treffen. Henry ist krank geworden, also haben sie Evan als Aufsicht da hingeschickt. Wir können umsonst fahren.«
Alex zog die Nase kraus. »Womit fahren? Mit dem Riesenrad? Klär mich auf: Weshalb würden wir das wohl wollen?« Evan war total der Spinner, aber das Riesenrad, die Attraktion mit der Technologie des letzten Jahrhunderts? Das tat denn doch weh.
»Weil es umsonst ist, deshalb«, wiederholte Lucinda. »Komm schon, Als. Nur einmal. Wird bestimmt unvergesslich.«
Ein Mal. Unvergesslich.
Unvergesslich war nur, was mit Alex' Leben geschehen würde.

Evan sah es zuerst. Besser gesagt: Sah *sie* zuerst. Auf dem Planwagen. Aber in typischem Evan-Stil musste er einen seiner lahmen Witze darüber machen.

»Hey, Alex«, rief er und lehnte sich aus einer der quietschenden, schaukelnden Gondeln ihr gegenüber. »Zwei Häuser weiter sitzt ein Mädchen, das dir was geklaut hat.«

Alex dachte kurz nach, was er wohl meinen könnte, aber es fiel ihr nichts ein. Ihr Geld steckte in ihrer Hosentasche. Ihr Rucksack war im Geräteschuppen unten am Riesenrad verstaut. Sie setzte sich gerade, verschränkte die Arme und wartete ~~auf die Pointe.~~ »Okay, Evan, ich spiel mit. Was hat sie denn geklaut? Mein Handy oder vielleicht doch mein Laserschwert?«

Evan zeigte nach unten. »Dein Gesicht.«

Alex verdrehte die Augen. »Du solltest deinen Job besser nicht kündigen, Evan. Es wird schwer für dich werden, eine Stelle als Komiker beim Fernsehen zu finden«, sagte sie und strich über die Gänsehaut, die sich plötzlich auf ihren Armen gebildet hatte.

Lucinda warf einen Blick auf das Mädchen. »Unglaublich, Alex!«, kreischte sie, »er hat Recht! Sie sieht genauso aus wie du …«

»Nur nicht so dreckig«, spöttelte Evan.

»Könntest du vielleicht noch ein bisschen weniger witzig sein?«, provozierte ihn Alex. Doch ihr Magen schlingerte nervös oder vielleicht war es auch nur ihre Gondel, die in einer Windböe schaukelte. »Niemand sieht so aus wie ich«, verkündete sie in scherzhaftem Tonfall. Obwohl – die Gänsehaut und das Flattern im Magen verhießen etwas ganz anderes, etwas Undefinierbares, das fühlte sie. Schließlich spähte sie hinüber. Zwei Touri-Mädchen saßen in der Gondel, von der Evan gesprochen hatte. Eine war dürr wie eine Bohnenstange und hatte einen Wust krauser Haare. Die andere, etwa so groß wie Alex, trug eine Schirmmütze und Designerklamotten. Als ob sie gespürt hätte, dass jemand sie anstarrte, drehte sie sich ruckartig um und blickte zu Alex. Ihre Blicke fanden sich. Alex sah in verblüffend silbergraue Augen, in eine Iris mit einer Umrandung wie aus schwarzer Tusche. Wolfsgrau, Hexenaugen.

Überraschend verspürte Alex beißende heiße Tränen aufsteigen. Mit einem Mal war ihr schwindelig, sie sah nur noch verschwommen, ihre Augen brannten und sie klammerte sich an das Geländer ihres Sitzes.

Und dann vernahm sie einen Aufschrei, einen Laut des Erschreckens – »Nein!« Ein Wort, ein überraschter Ausruf, körperlich verletzend wie ein Schlag. Alex hatte es deutlich gehört und dennoch wusste sie, dass das Mädchen keinen Laut von sich gegeben hatte.

Und da war die Gänsehaut wieder. Und eine schmerzende Leere in ihrer Magengrube – als hätte sie plötzlich ein Gefühl erkannt, das sie unbewusst ihr Leben lang gehabt hatte. Das Gefühl hieß Einsamkeit.

Rasch wandte sich Alex von der Fremden ab und bemühte sich nach Leibeskräften, ihr rasendes Herz zu beruhigen.

Was geschah mit ihr? Weshalb brach ihr der kalte Schweiß aus? Warum zitterte sie? Hatte sie Angst?

Und warum hatte der Blick des Mädchens bewirkt, dass sie sich so benommen fühlte, dass sie schwarze Flecken vor den Augen hatte, als ob sie mitten in einen Blitz geblickt hätte?

»Ihr gleicht euch wie ein Ei dem anderen«, meinte Lucinda, Verwunderung in der Stimme.

»Ja sicher. Und sie trägt meine Lieblingsfarbe: Kotzrosa«,

hörte Alex ihre sarkastische Erwiderung, doch es war, als ob die Stimme nicht zu ihr gehörte. »Und ich würde auch nie ohne mein megacooles, ultraleichtes Handy aus dem Haus gehen, oder, Luce? Wir sind uns wirklich total ähnlich.«

»Das seid ihr …«, beharrte Evan.

»… nicht«, bemerkte Alex.

»Komm schon«, protestierte Luce. »Du siehst es doch auch!«

»Guckt euch doch nur mal die Haare unter ihrem entzückenden Mützchen an«, murrte Alex. »Total wellig mit so rötlichen Strähnen.«

»Etwa genauso«, Lucinda grinste, »wie deine unter dieser blauen Farbe, die ich dir verpasst habe?«

»Hast du sie gesehen? Dieses Mädchen?« Beth zerrte aufgeregt an Cams Ärmel. »Ist das nicht total abgefahren?«

»Was denn?«, fragte Cam, die versuchte, ihren Kopf wieder klar zu kriegen. Der Blickkontakt mit dem Mädchen, von dem Beth sprach, hatte sie völlig verwirrt. Ihre Sinne, zunächst messerscharf, waren schmerzhaft träge geworden. Ihre Augen tränten. Nun konnte sie kaum noch etwas erkennen – nur Schatten. »Diese Kids, die auf uns gezeigt haben?«

»Nein, darum geht es nicht«, erklärte Beth. »Es ist dieses andere Mädchen. Die nicht auf uns gezeigt hat.«

Was Cam gesehen hatte, bevor sie vorübergehend fast »erblindete«, war ein feuriges, grauäugiges Mädchen mit elektrisierend- blauen Haaren, die willkürlich mit Haarklammern an ihrem Schädel festgesteckt waren. Etwas an ihr war merkwürdig vertraut, dachte Cam. Und dann, mit einem Schaudern, dachte sie: nein! Lass dich nicht darauf ein, Mädchen, sagte sie sich. Tu so, tu einfach so, als ginge dich das nichts an.

Kapitel 8

DIREKTE VERBINDUNG

»Siehst du es denn nicht, Cam?«, kreischte Beth. »Sie sieht total genauso aus wie du!«

»Soll das heißen, dass ich dreitausend Kilometer weit gereist bin um, sagen wir mal, meine böse Zwillingsschwester zu finden?« Cam zwang sich zu einem Lachen. Sie wagte es nicht, noch einmal zu dem Mädchen in der ausgefransten Kunstlederjacke hinzusehen. »Daraus könnte man vielleicht einen Film der Woche fürs Regional-TV machen. Besten Dank für das Kompliment, Beth.«

Beth war verblüfft. »Das ist kein Witz, Camryn. Sondern eher das sonderbarste Ereignis aller Zeiten. Hast du es denn wirklich nicht bemerkt? Hast du plötzlich abgeschaltet? Wie neulich …?«

»Beim Fußballspiel? Musst du mich daran denn schon wieder erinnern?«

Widerwillig hielt Beth sich zurück. Cam setzte ihre Sonnenbrille auf. Und die Freundinnen verbrachten die nächsten Minuten in einer unbehaglichen Stille, die nur vom rostigen Quietschen des Riesenrades gestört wurde.

Sie waren beide dankbar, als die Fahrt vorüber war, aber Cams Erleichterung sollte nicht von langer Dauer sein. Als sie und

Beth aus der Gondel hüpften, sah sie die Kids, die auf sie gezeigt hatten – und wusste, dass sie auf sie warteten.
Es war offensichtlich, dass der große Junge mit seinen struppigen Rastalocken und das rundliche Mädchen mit den Pipi-Langstrumpf-macht-auf-Punk-Zöpfen sie anstarrten. Nur die Blauhaarige mit den glühenden Augen schenkte ihnen keine Beachtung. Sie hatte sich über ihren Rucksack gebeugt und schien sehr konzentriert nach irgendetwas zu suchen.
Cam fühlte sich extrem unwohl, aus dem Gleichgewicht gebracht, nicht in der Lage zu einer unverbindlichen Begrüßung – nicht, solange ihre Augen noch von ihrem Zusammenprall in den luftigen Höhen brannten und solange ihr Herz so schnell raste, dass sie nicht einmal sicher war, ob sie überhaupt sprechen konnte. Verzweifelt hoffte sie, einfach so tun zu können, als habe sie die anderen gar nicht bemerkt.
Jemand berührte vorsichtig ihren Arm und machte die Hoffnung zunichte. Es war der Junge. »Sag mal, könntest du wohl mal deine Mütze abnehmen?«, bat er sie aufgeregt. »Und die Brille?«
Und ihn ihre trüben Augen sehen lassen? In Cam stieg Panik auf und sie versuchte, Beth mit Blicken ein Nichts-wie-weg-Hier zu übermitteln.
Aber Beth blieb wie angewurzelt stehen.
Das Mädchen mit den abstehenden Zöpfen ergriff das Wort. »Beachte ihn einfach gar nicht, okay? Manchmal verfällt er noch in seine Muttersprache: unhöflich.«
Cam konnte sich ein Grinsen nicht verkneifen.
Das Mädchen fuhr fort: »Entschuldige, aber uns ist einfach aufgefallen, wie ähnlich du unserer Freundin hier siehst.« Sie zeigte auf Alex, die noch immer auf der Erde kniete und allen den Rücken zuwandte. »Wir dachten nur, dass wir dein Ge-

sicht besser erkennen könnten, wenn du die Mütze und die Brille abnimmst.«
»Nein!« Cam war wieder völlig Abwehr. »Ich meine, ich kann nicht. Medizinische Gründe«, log sie. »Ohne meine Brille sehe ich absolut nichts.«
Aber Beth reagierte total begeistert. »Uns ist das auch aufgefallen«, kreischte sie. Und zu Cams Verblüffung tippte ihre beste Freundin dem Rucksack-Mädchen tatsächlich auf die Schulter und sagte: »Würde es dir was ausmachen, dich mal umzudrehen?«
Langsam richtete Alex sich auf und wandte sich Cam zu. Die Ausrufe des Erstaunens, die von ihren Freunden kamen, als sich die Mädchen schließlich genau gegenüber standen, waren so laut, dass ein paar Passanten in der Nähe sich umdrehten und zu ihnen hinübersahen.
Sie waren exakt gleich groß.
Sie hatten den gleichen Körperbau.
Ihre Lippen waren voll. Ihre Nasen leicht nach unten gebogen, aber dennoch mit einem kleinen flachen Knubbel an der Spitze. Die Wangenknochen breit, das Kinn stark und leicht trotzig vorstehend.
Ihr Gesichtsausdruck – schockiert, gequält, schlicht panisch – vollkommen identisch.
Cam sah ihre eigenen Augen, nur dass es die Augen des anderen Mädchens waren.
Alex hörte das wilde Pochen eines Herzens, nur dass es nicht ihr eigenes war. Es war das Mädchen ihr gegenüber.
»Ich sehe ihr überhaupt nicht ähnlich.«
Cams Hand schnellte zu ihrem Mund, als genau die gleichen Worte aus den Lippen der Fremden schossen.
Es war zu viel, viel zu viel, um es aufzunehmen, zu verarbei-

ten, zu glauben. Sie konnten sich unmöglich so ähnlich sein, im gleichen Moment das Gleiche sagen, sogar mit der gleichen Stimme …

Das kann alles gar nicht wirklich passieren, sagte sich Alex. Das ist nur der Stress wegen Mom – zu wenig Schlaf, zu viele verrückte Träume, zu viel Arbeit und Sorge. Als sie einen Schritt zurück machte, ertappte sie Miss Touri Nummer zwei dabei, wie die sie mit offenem Mund anstarrte. »Vielleicht solltest du deine Freundin besser in den Schatten bringen«, sagte Alex in einem unabsichtlich übellaunigen Tonfall. »Ich glaube, sie hat Hallus.«

»Das muss wohl ansteckend sein, irgendein Virus, das umgeht«, verteidigte sich Cam holprig. »Deine Freunde sind genauso gestört.« Es war nicht Beth, die sich Sachen einbildete, dachte Cam, sie war es selbst – erst der weißhaarige alte Typ und jetzt eine schlecht gelaunte Doppelgängerin in einem Erlebnispark mitten in der Wildnis. Total verrückt. Drehte sie langsam durch?

Beth war verblüfft. Was waren das für Wortgefechte? So etwas sah Cam gar nicht ähnlich.

»Ich und meine Freunde, wir müssen hier arbeiten«, schlug Alex zurück. »Was ist denn eure Ausrede? Hattet ihr nicht die Wahl, entweder hierher zu kommen oder auf den Naturschutz-Pfad zu gehen?«

Woher weiß sie das?, schoss es Cam durch den Kopf.

Naturschutz-Pfad? Wo war das denn hergekommen?, fragte sich Alex.

Evan und Lucinda waren total erstaunt. Sicher, Alex war immer leicht bissig, aber nur, wenn man sie provozierte. Und sie war schlau genug, sich niemals mit den Kunden anzulegen. Alex brauchte diesen Job.

Lucinda drängte sich zwischen Cam und Alex und streckte ihre Hand aus. »Ich bin Lucinda Carmelson, er heißt Evan Fretts und sie ist Alexandra – Alex – Fielding. Wir wohnen drüben im Crow Creek und arbeiten hier in diesem Park, wie ihr gehört habt. Alex sitzt am Kartenschalter«, fügte sie unwillkürlich noch hinzu, als ob das etwas wäre, worauf man besonders stolz sein müsste.

Zu Cams Entsetzen trat Beth einen Schritt vor und gab Lucinda die Hand. »Das ist so was von cool. Ich bin Beth Fish und dies ist Cam, Camryn Barnes. Wir sind aus –«

Das reichte. Cam hatte genug Merkwürdigkeiten für eine ganze Woche erlebt. Sie schnappte sich Beths Arm und zerrte sie abrupt weg: »Wir sind aus … nicht aus der Gegend.«

»Massachusetts«, sagte Beth.

»Na dann, tschüssi«, rief Cam im Weglaufen, Beth hinter sich herziehend. Obschon ihre Freundin überrascht protestierte, rannte sie weiter, bis sie die Toiletten gefunden hatte, und stürmte durch die Tür mit dem geschmacklosen COWGIRLS-Schild.

Beth war außer sich. »Was ist denn mit dir los? Das war total unhöflich. Wie konntest du dich nur so aufführen?«

»Wie denn?«, fragte Cam außer Atem. Sie holte einige Male tief Luft, die Hände in die Hüften gestützt. »Ich bin nur …«

Wie konnte sie es Beth erklären, die es offenbar weniger beunruhigend als aufregend fand, dass eine Fremde aufgetaucht war, die Cam gespenstisch ähnlich sah? Wie konnte sie erklären, dass sie keine Überraschungen mehr wollte, nicht noch mehr Gruseliges vertragen konnte? Dass es mehr war, als sie im Moment verkraften konnte, Dinge zu sehen, die sonst niemand sah, Stimmen zu hören, die sonst niemand hörte, und jetzt auch noch diesem Spiegelbild ihrer selbst zu begegnen.

»Ist völlig egal«, sagte Beth vorwurfsvoll, »selbst wenn dir das Spiel von neulich immer noch zu schaffen macht.«
»Beth, du hast doch keine Ahnung, was während des Spiels passiert ist«, begann Cam.
»Also bitte, Camy.« Sie zeigte auf sich. »Das bin ich, Beth. Und das Mädchen mit den blauen Haarsträhnen ist ...«
»Wer denn? Was denn? Sie ist niemand!«, platzte Cam heraus.
»Du!« Unbeirrt vervollständigte Beth ihren Satz. »Sie ist du.«
Cam fühlte sich wie ein Ballon, aus dem die Luft entwich. Ihr Widerstand verließ sie. Sie hatte keine Kraft mehr, um mit ihrer Freundin zu streiten. Stattdessen ertappte sie sich dabei, wie sie mit den Tränen kämpfte.
Instinktiv legte Beth einen Arm um sie. »Ich weiß doch, dass du das alles total schräg finden musst«, sagte sie leise. »Ich bin auch ganz aus dem Konzept. Aber willst du denn nicht herauskriegen, wer sie eigentlich ist?«
Cam zuckte mit den Schultern und durchforstete ihre Kleider nach einem Taschentuch. »Nein«, sagte sie und putzte sich die Nase. »Ich will nicht wissen, wer oder was sie eigentlich ist. Ich will keine ›Psycho-Power‹ haben. Ich will einfach genauso sein wie alle anderen.«
»Bist du doch«, beruhigte Beth sie sanft. »Ich meine, in vielerlei Hinsicht jedenfalls.«

In der Gegenwart ihrer Freunde zwang sich Alex zu einem aufgesetzt klingenden Lachen. »Unvergesslich, die Fahrt auf dem Riesenrad. Was können wir denn als Zugabe unternehmen? Ich bin für Büffel-Fritten bei Chuck Wagon Charly. Ebenso Brechreiz erregend.«
Normalerweise war es für Alex überhaupt kein Problem, ihre

Freunde dazu zu bringen, das Thema zu wechseln oder das zu tun, was sie wollte. Jetzt hingegen hatte sie keine Chance für ihr Manöver.

»Wieso hast du sie gehen lassen?«, fragte Evan herausfordernd. »Sie läuft hier herum mit deinem Gesicht, und du lässt es zu, dass sie einfach abhaut, dass sie uns stehen lässt? Ziemlich flaschig, Alex.«

»Im Gegensatz zu dir, oder was?« Wütend funkelte sie Evan an, der genau in diesem Moment über eine leere Filmdose stolperte, die irgendein Touri weggeworfen hatte. Allerdings wurde nur sein Stolz verletzt, als beide Mädchen über ihn lachten.

»Hör mal, Schätzchen, vielleicht solltest du mal lieber ein bisschen Augen-Fuß-Zusammenarbeit üben, bevor du mich flaschig nennst«, grölte Alex, hoffend der Aufmerksamkeit ihrer Freunde zu entkommen.

Aber natürlich ließ Lucinda nicht so schnell locker. »Was ist denn los mit dir, Als?«, fuhr sie mit ihrem Angriff fort. »Du läufst jetzt schon seit Wochen wie ein Astronauten-Trainee rum und jetzt passiert so was UFO-mäßiges und du willst nicht mal ein bisschen nachbohren?«

»UFO? Was soll das denn heißen? Unbekannte-Frau-Hallu?«

»Unerklärliches Fratzen-Doppel«, witzelte Evan.

Alex kicherte, in der Hoffnung, so ihr tiefes Entsetzen verbergen zu können. Und das gegenteilige, aber überstarke Gefühl von … na ja, Einsamkeit … so was wie Frieden. Und Vollständigkeit.

»Hört mal, das ist doch alles Unsinn.« Alex versuchte, ihren Kopf wieder klar zu kriegen. »Ich habe Wichtigeres zu tun, als mich mit irgendeiner Billig-Kopie aus Massachusetts zu beschäftigen.«

»Was könnte denn wichtiger sein als herauszufinden, wer sie eigentlich ist?«, wollte Lucinda wissen.
»Meine Mom«, fuhr Alex sie an. »Das ist ein ganzes Stück wichtiger. Ich werde sie jetzt sofort anrufen.«
Evan stellte sich vor sie und drückte ihr sanft die Schulter. »Du hast vor weniger als einer Stunde noch mit deiner Mutter gesprochen. Ich möchte bezweifeln, dass sich seitdem was verändert hat.«
Er hatte natürlich Recht. Noch vor dem Riesenrad-Trip war Alex wie eine Irre zur nächsten Telefonzelle gerannt, um ihre Mutter anzurufen. Sie war zurück aus der Klinik und wieder in ihrem Waschsalon. Sie hatte sofort abgenommen. Zwischen ihren Hustenanfällen hatte Sara Alex mitgeteilt, dass die Ergebnisse der Untersuchung noch nicht da seien. »Nur die Ruhe, Süße. Wir sehen uns später. Unternimm noch was mit deinen Freunden, du hast dir ein bisschen Spaß verdient.«
Spaß, klar. Sie durfte nicht vergessen, das auf die Liste der zu erledigenden Dinge zu schreiben.
Jetzt wurde sie von Lucinda bedrängt. »Es sind ihre Augen, Als. Das Mädchen hat den gleichen Spuk-Blick wie du.«
Alex weigerte sich, darauf zu reagieren. Aber das hielt Luce nicht davon ab, wie eine Besessene weiterzumachen. »Glaubst du denn nicht an das Schicksal? Wir haben doch alle irgendwelche Doppelgänger. Es war Schicksal, dass du deinem gerade begegnet bist …«
»Alle irgendwelche Doppelgänger! Du treibst dich zu viel in diesen Buchläden mit Esoterik rum, Luce.«
Evan lachte, aber selbst das konnte Lucindas eiserne Entschlossenheit nicht brechen. »Du kannst dich über mich lustig machen, so viel du willst, Alexandra Nicole Fielding, aber das ändert nichts an den Tatsachen. Dieses Mädchen bist du.«

»Und *dieses* Mädchen …« Aus den Augenwinkeln hatte Alex eine blassblonde Touristin mit Sonnenbrille entdeckt. In der Hoffnung, Luce ablenken zu können, drehte sie sich rasch um und zeigte auf die Blondine. »Ist das nicht Marleigh Cooper? Vielleicht versteckt sich deine abwesende Lieblingsdiva am helllichten Tage genau hier. Komm schon, Luce, das ist doch genau dein Ding. Wo ist denn dein berühmter Spürsinn, wenn man ihn wirklich braucht?«

Der Schlag ging völlig daneben. Lucinda und Evan wandten sich zwar schnell um, aber das Mädchen, auf das Alex gezeigt hatte, war etwa zwanzig Zentimeter zu klein, um für Marleigh durchzugehen.

»Du versuchst nur, mich abzulenken«, grinste Lucinda. »Aber das wird nicht funktionieren.«

Während das Trio durch den Park wanderte, gelang es Alex, sich aus dem Gespräch ihrer Freunde auszublenden. Einfach »Klick!« und fertig. Nur jenen Schalter, um einen Gedanken abzustellen, der sich endlos in ihrem Kopf wiederholte, fand sie nicht. Jenen Gedanken, der immer wieder von neuem um das kreiste, was gerade geschehen war. Sie versuchte sich zu wappnen.

Sie sahen sich wirklich überhaupt nicht ähnlich. Na gut, vielleicht die Gesichtszüge ein bisschen. Aber die kleine Camryn war eindeutig sauberste Massachusetts-Schickeria, einschließlich Handy, die totale Anziehpuppe. Und Alex fühlte sich, als habe sie sich eine Grippe eingefangen, bloß weil sie einen Blick auf das Mädchen geworfen hatte?

Das Mädchen. Ein kleines Mädchen. Sehr klein, sehr jung …

Plötzlich wurde Alex von einem Sog überwältigt, der mächtiger war als ihre Grübeleien, dringlicher als alles, was sie je zuvor erlebt hatte. Es war, als ob sie mit einem Mal genau wusste, wo sie gebraucht wurde. Und ohne ein Wort der Erklärung oder Verabschiedung an ihre Freunde zu richten, folgte Alexandra Nicole Fielding diesem Gefühl.

Es geschah. Oh nein, nicht hier. Nicht jetzt. Nicht schon wieder.

Cams Sehkraft verschärfte sich plötzlich, zugleich wurde ihr Gehör träger.

Sie wusste, dass Beth mit ihr sprach, aber sie konnte die Worte nicht verstehen.

Was sie sah, obschon sie zu weit entfernt war, als dass sie es so deutlich hätte erkennen können, war der eiserne Bogen des Riesenrads, der sich gegen den orangeroten Nachmittagshimmel abzeichnete.

Ganz oben saßen ein Mann und eine Frau und hielten sich am Sicherheitsgeländer vor sich fest. Zwischen ihnen, strahlend wie eine zweite Sonne, ein funkelnder, glänzender, leuchtender Edelstein, saß ein Kind. Sehr klein, sehr jung.

»Ich bin gleich wieder da, okay?«, wiederholte Beth und verschwand dann durch die Tür mit der COWGIRLS-Aufschrift.

Cam nickte oder meinte zumindest zu nicken. Dann, genau wie während des Fußballspiels, wurde sie von kaltem Schweiß durchnässt, ein eisiger Luftzug ließ sie erzittern, das Pochen ihres Pulsschlages erschien auf einmal lauter als das Lachen und Geschwätz all der Menschen um sie herum.

Sie wusste nicht, was nicht in Ordnung war. Sie wusste nur, dass bald etwas sehr, sehr Schlimmes geschehen würde.

Kapitel 9

DER MOND

Cam raste den gleichen Weg durch den Park zurück, vorbei an Imbissbuden und Kartenschaltern, dem Wildwest-Saloon, dem Büro des Sheriffs. Erschrockene Touristen stoben vor ihr auseinander und sie rannte, bis sie endlich verwirrt und außer Atem am Ziel war: zurück am Planwagen.

Instinktiv hob sie den Kopf. Die Sonne des späten Nachmittags verblasste über dem westlichen Horizont. Der Vollmond stand östlich von ihr. Wie bemerkenswert, dachte sie, Sonne und Mond zur gleichen Zeit am Himmel.

Das Riesenrad hatte angehalten.

Die Gondeln, leer oder voll besetzt mit Leuten, schaukelten sacht hin und her, hoben sich gegen den leeren Raum ab, der sie umgab. Neue Fahrgäste wurden auf ihre Plätze gewiesen. Aber es war die metallene Gondel, die ganz oben schwankte, genau auf dem Scheitelpunkt des Rades, die Cams Aufmerksamkeit erregte.

Exakt so, wie sie es sich vorgestellt hatte, wartete auf diesen Plätzen, fünfzehn, zwanzig Meter über dem Park, eine Familie darauf, dass die Fahrt weitergehen würde. Ein junger Vater, eine lächelnde Mutter und ihre kleine Tochter. Der Mann hatte einen Arm eng um die winzige Hüfte des Kindes ge-

schlungen. Mit der anderen Hand zeigte er auf den frühen Mond und flüsterte seiner Tochter etwas zu.
Cam erkannte alles mit unglaublicher Genauigkeit. Das besorgte Lächeln des kleinen Mädchens, die niedlichen Hände, mit denen sie sich an das Hemd ihres Vaters klammerte.
Und dann erblickte Cam, was über ihnen war, eine Eisenstange, an der die Gondel aufgehängt war. Der einstmals stabile Stab, die Verbindung zum Gerüst des Riesenrads, schien leicht schief zu sein. Und lose. Zwei riesige Schrauben sollten ihn eigentlich am Rad befestigen. Nur eine davon war noch da – und es sah so aus, als würde auch die andere sich langsam losreißen.
Cam richtete ihren Blick auf die Stange, blendete alles andere aus, als seien ihre Augen ein Fernrohr und dazu in der Lage, sich immer stärker auf die weit entfernte, gefährlich lockere Schraube einzustellen.
Ein Ruck, ein einziger starker Windstoß und die Schraube würde sich lösen. Die Gondel würde von der Stange gezerrt werden, sich vom Gerüst des Rades losreißen und zu Boden stürzen.
Cam versuchte zu schreien, aber genau wie während des Fußballspiels brachte sie keinen Laut zu Stande. Sie deutete mit dem Finger, aber niemand sah hin …
Außer …
Auch Alex' spontaner Sprint hatte bis zum Planwagen geführt. Sie stand Cam direkt gegenüber, starrte hinauf zur gleichen Gondel, lauschte dem leisen metallischen Klang, der von der losen Stange und der wackeligen Befestigungsschraube verursacht wurde.
Alex schloss die Augen und die Geräusche wurden deutlicher. Nun konnte sie die sanfte Stimme eines Mannes hören, der

Alex -> Gehör / Cam -> Augen
Gedanken lesen

sang – und ihr wurde deutlich, dass es, unglaublich, die Stimme des Mannes in der Gondel war.

Aber wie hätte sie ihn hören sollen?

Er war ganz oben auf dem Riesenrad, hielt seine kleine Tochter fest und sang eine Zeile aus einem Lied, das Sara ihr unzählige Male vorgesungen hatte, als sie noch ein Kind war:

»Der Mond ist aufgegangen …«

Eine andere Stimme, neu und doch vertraut, unterbrach auf einmal Alex' Konzentration. »Da«, hörte sie. »Oh bitte. Irgendjemand muss … da!«

Als sie die Augen blinzelnd öffnete, erblickte sie für einen kurzen Augenblick sich selbst als Karikatur. Wenn Alex eine Schirmmütze und khakifarbene Caprihosen in Kombination mit einem rosa Pullover getragen hätte, so wäre die Person, die auf der anderen Seite des Riesenrads stand und entsetzt auf die schwankende Gondel starrte, exakt ihr Spiegelbild gewesen.

Miss Massachusetts, Camryn Barnes.

Hatte das Touri-Mädchen auch gehört, wie der Vater oben sang?, fragte sich Alex. Konnte sie das rostige Quietschen der alten Schraube hören?

»… die goldnen Sternlein prangen …«

Cam starrte unentwegt nach oben, als ob ihre verblüffend gesteigerte Sehkraft das Einzige wäre, was die wackelige Schraube noch festhielt; sie hatte Angst davor den Blick abzuwenden. Aber es kam ihr so vor, als habe jemand ihren stummen Hilferuf gehört. Und plötzlich, mit einer Mischung aus tiefem Schock und großer Dankbarkeit, wusste sie, dass es das Mädchen mit den grauen Augen aus Crow Creek war. Alex.

»… am Himmel hell und klar …«

Die Maschine hätte schon vor Jahren verschrottet werden müssen, hörte Alex ihre eigenen, verzweifelten Gedanken.

Warum war das Ding denn nie überprüft worden? Warum hatte es niemand repariert? Die Leute dort oben …

… werden nicht überleben, dachte Cam. *Ich muss ihnen helfen, muss etwas unternehmen. Ich kann sie doch nicht einfach sterben lassen.*

»Warum denn nicht?«, fragte da plötzlich eine tiefe, beunruhigende Stimme, die Stimme eines Mannes.

Cam schauderte. Grauen erfasste sie. Zitternd drehte sie sich in Richtung der Stimme und sah, im Schatten des Kartenschalters, einen stämmigen, bärtigen Mann mit rabenschwarzem Haar und Augen so dunkel wie eine Lache aus verschüttetem Motoröl. Ein verzerrtes Lächeln spielte auf seinen Lippen, als er sah, dass sie seinen Blick erwiderte.

Sie wollte sich wieder der Gondel zuwenden, die unsicher über ihren Köpfen schaukelte, aber das finstere Lächeln des Mannes hielt ihren Blick gebannt, es schwächte und es betäubte sie.

Er hätte irgendjemand sein können, irgendein großer Mensch. Er trug ein schlichtes Hemd, Jeans und trotz der Sommerhitze eine Lederjacke und dicke genagelte Arbeitsstiefel.

Cam stand wie erstarrt, hypnotisiert. Ihre Kraft und Entschlossenheit schienen langsam zu versickern. Mit einem Mal verspürte sie eine tiefe Erschöpfung, eine hoffnungslose, verzweifelte Leere in sich.

Blitzschnell erschien aus dem Nichts ein Würstchenverkäufer mit seinem kleinen Handkarren. Er war alt, wirkte schwach und trug in dieser Umgebung seltsam unangemessen erscheinende schwarze Samtschuhe. Cam schnappte nach Luft. Es war der alte dürre Typ, den sie auf der Tribüne beim Fußballspiel gesehen hatte. Er ging direkt vor dem stämmigen, finsteren Fremden entlang und unterbrach so den Blickkontakt.

Ohne vorheriges Anzeichen verdunkelte sich plötzlich der Himmel und ein donnernder Wirbelsturm fegte über den Park. Verblüfft und überrascht fingen die Besucher an zu schreien. Eintrittskarten, Servietten, Zeitungen, Mülleimer, alles, was nicht festgenagelt war, schien durch die Luft geschleudert zu werden. Besorgte Eltern umklammerten ihre Kinder und versuchten, so gut es ging, irgendwo Schutz zu finden.

Und die Gondel ganz oben am Planwagen machte ein grässliches Geräusch, als sie heftig hin und her schaukelte.

Cam fühlte, wie ihr jemand auf die Schulter tippte. Sie stieß einen spitzen Schrei aus und wirbelte herum.

Ihr Ebenbild, das Mädchen mit den blauen Strähnen in den wirren Haaren, Alex. Sie machte einen Satz zurück und brüllte: »Hey, krieg dich wieder ein!«

»Was machst du denn hier?«, fragte Cam fassungslos.

»Das Gleiche wie du«, hörte Alex ihre eigene Antwort. »Und wir sollten uns beeilen.«

Sie wussten, was jeden Moment geschehen konnte. Cam konnte es sehen. Alex konnte das Quietschen der rostigen Schraube hören, während die Gondel mit der ahnungslosen Familie vom Wind hin und her gepeitscht wurde.

Entsetzt sahen sie zu, wie die Schraube sich langsam aus der Stange löste.

»Wir brauchen Hilfe«, rief Cam durch den heulenden Sturm.

»Aber woher«, rief Alex zurück.

»Kannst du sie sehen? Ich meine, sie machen irgendwie einen so netten Eindruck …«

»Was sollen wir machen, das ist die Frage.« Die Worte flogen

aus Alex' Mund. Sie hatte keine Ahnung, wie sie sich in ihren Gedanken gebildet hatten, geschweige denn, wie ihre Lippen sie geformt hatten.

»*Oh bitte, oh bitte*«, rezitierte Cam plötzlich, »*erhör unsre Klage.*« Sie sprach schon wieder in Versen – genau wie während des Fußballspiels. Verwirrt und besorgt wandte sie sich Alex zu.

»*Die Menschen dort droben sind liebend und gut*«, flüsterte Alex. Ihre Augen waren geschlossen. Ihre Hände zu eisernen Fäusten geballt.

»*Hilf, sie zu retten … vorm sicheren Tod*«, murmelte Cam aufgeregt und griff nach Alex' Hand.

Eine Welle von Energie fuhr durch ihre Körper.

»Tod reimt sich doch gar nicht auf gut«, brummte Alex.

»Was Besseres ist mir nicht eingefallen«, verteidigte sich Cam. Panik überfiel sie wieder und sie fragte sich, was mit ihr war.

»Hör doch. Es funktioniert«, sagte Alex verblüfft.

Cam blickte hinauf. Im Gegensatz zu Alex konnte sie durch den heulenden Wind hindurch das kreischende Geräusch der sich drehenden Schraube nicht vernehmen. Aber sie konnte sie sehen.

Die lose Stange bog sich langsam wieder gerade. Ein Regen von Rostteilchen fiel herab, als sich die Schraube festzog.

Aber die Familie war noch nicht in Sicherheit – nicht, solange Cam und Alex die rostige Schraube nicht dazu zwingen konnten, sich fest zu verankern. Und Alex konnte es nicht.

»Es wird nicht halten«, rief sie. »Die Schraubenmutter fehlt. Man müsste es löten.«

»Löten?«

»Das Metall müsste schmelzen und dann wieder erstarren …«

»Schmelzen und erstarren. Äh, Barren, Karren …«, verzwei-

felt suchte Cam nach einem Reim. Dann aber hörte sie plötzlich auf, denn sie fühlte, wie sich die Wärme des schwindenden Tages in ihrem Inneren sammelte, die sonnendurchtränkte Erde sich in ihre Schuhe einbrannte, in ihre Füße.
Sie heftete ihren Blick auf die Schraube, unterdrückte jegliches Blinzeln. Die Stahlstange glühte rot und schließlich weiß vor Hitze. Ein dünner Rauchfaden schlang sich um den Rand der Schraube.
Quälend langsam begann die dicke Schraube zu schmelzen. Als sie beinahe flüssig geworden war, als der Druck von Alex' Hand auf Cams so stark geworden war, dass fast kein Blut mehr darin zirkulierte, umhüllte ein anderer Windstoß, ein wirbelnder Tornado die Gondel – Cam wusste, dass nun das geschmolzene Metall abkühlen würde.
Alex hörte es. Gleichzeitig vernahm sie das leise Fauchen des Feuers und roch den beißenden Gestank von zischendem Metall. Als der dunkle Wirbelsturm vorüberzog, war die Gondel wieder befestigt. Die Familie war in Sicherheit.
»… und aus den Wiesen steiget der weiße Nebel wunderbar.«

Kapitel 10

EIN BRIEF AUS DER KLINIK

»Was war das denn?«

Beth kam atemlos beim Planwagen an, mit ihrer Geduld – ohne dass Cam es bemerkt hätte – am Ende. »Gerade noch stehen wir da und unterhalten uns und dann, zack!, bist du weg. Ohne Erklärung, ohne ein Tschüss. Ich dachte, dir sei vielleicht auf einmal schlecht geworden. Ich hab überall nach dir gesucht.«

Cam hatte sich gegen die Fahrgast-Absperrung aus gespaltenen Baumstämmen gelehnt und konnte Beth kaum verstehen. Das donnernde Brüllen in ihrem Kopf übertönte den Strom der Vorwürfe ihrer Freundin.

»Camryn, bist du jetzt völlig durchgeknallt? Ich rede mit dir! Warum bist du denn hierher zurückgelaufen?« Ihre zuckenden Augenbrauen zeigten an, dass die gutmütige Beth kurz davor war, richtig wütend zu werden.

Cam versuchte angestrengt, das Zittern in ihrem Innern zu unterdrücken, den Tumult zu besänftigen und wieder zu sich zu kommen. »Ich bin … Bethie … tut mir Leid.«

Sie hatte sich nicht verrechnet: Als Elisabeth diese aus ihrer Kindheit vertraute Abkürzung ihres Namens hörte, war ihre Wut wie weggeblasen.

»Bethie? So hast du mich ewig nicht mehr genannt. Wahrscheinlich zuletzt im Kindergarten. Wow – welch ein Jahrhundertereignis. Hat doch sicher irgendwas mit diesem Mädchen zu tun.«

»Mit welchem Mädchen?«, fragte Cam rasch.

»Du weißt schon, die von hier, diese Alex.« Beth seufzte theatralisch. »Die mit deinem Gesicht, deinen Augen, deinem Körper ...«

»Beth, hast du uns eben zusammen gesehen? Hast du gesehen, was passiert ist?!« Cams Herz tat einen hoffnungsvollen Sprung. Es war zu schön, um wahr zu sein. War ihre beste Freundin tatsächlich Zeugin der spektakulären Rettungsaktion gewesen? Hatte Beth gesehen, was Cam und das Big-Sky-Mädchen abgezogen hatten, mit Hilfe von ein paar Versen und ihrer verzweifelten Entschlossenheit?

»Meinst du, wie ihr beide total abgedreht seid, als alle sagten, dass ihr euch so ähnlich seht?«

»Nein, das nicht ...«

»Was denn dann?« Beth sah sie groß an.

Niedergeschlagen stieß Cam sich vom Geländer ab. Was sollte sie darauf antworten? Hast du nicht gesehen, wie wir das Unmögliche vollbracht haben, wie wir ein kaputtes, rostiges, altes Riesenrad repariert und dadurch eine Familie vor dem sicheren Tod gerettet haben?

Es war verrückt, dachte sie. Beth hatte die unwiderstehliche Kraft nicht verspürt, die Cam und diese ihr so ähnlich sehende Unbekannte zum Riesenrad gezogen hatte. Niemand anderer hatte das verspürt.

Und niemand, noch nicht einmal Alex, schien den schwarzbärtigen Mann im Schatten bemerkt zu haben, dessen Blick Cam so geschwächt hatte.

Oder den anderen, der kurz vor dem Sturm erschienen war, den dürren, alten Mann …

Nein, nein, *nein*! Das konnte nicht passiert sein, sagte sich Cam. Viel zu abgefahren. Wenn es wirklich so gewesen wäre, irgendetwas davon, hätte jeder Besucher des Parks es sehen müssen.

Okay. Es ist gelaufen, beschloss sie und hakte sich bei Beth ein. Ich quäle mich da keine Sekunde länger mehr mit rum. Rede auch nicht mehr darüber. Nie mehr!

Als wollte sie Cam in ihrer Entscheidung unterstützen und ermutigen, war das Mädchen, Alexandra Wild-Ding oder Viel-Ding oder wie sie auch hieß, verschwunden.

»Also, was war los? Warum warst du auf einmal weg?«

Cam nahm ihre Sonnenbrille aus der Tasche und setzte sie auf. »Nichts Besonderes, Beth«, antwortete sie. »Konnte meine Brille nicht finden. Dachte, dass ich die vielleicht hier liegen gelassen hatte. Und so war's dann auch.«

Lucinda und Evan fanden Alex zusammengebrochen auf einer Bank, wenige Meter vom Riesenrad entfernt. Alex hatte keine Ahnung, wie lange sie schon so dagesessen hatte. Lange genug jedoch, um für sich die Frage, ob sie wirklich einen tödlichen Unfall verhindert hatte, durch die nach dem *Wie* zu ersetzen.

Mit der Hilfe dieses Mädchens, lautete die Antwort. Das Mädchen, das mit den gleichen grauen Augen wie sie selbst, hatte irgendetwas damit zu tun.

Die abertausenden von Bienen, die durch ihren Kopf schwirrten, hatten sich ein wenig beruhigt und summten nun in erträglicher Lautstärke. Leise genug, dass Alex die atemlose

Lucinda verstehen konnte: »Hey, Als! Was machst du denn hier? Vor fünf Minuten konntest du noch gar nicht schnell genug vom Planwagen wegkommen.«

»Genau, warum hast du uns vorhin einfach abgehängt?«, fragte Evan. »Mann, ich hab dich noch nie so schnell laufen sehen. Gerade noch stehst du neben uns und auf einmal bist du nur noch ein verschwommener blauer Blitz in der Touri-Herde.«

»Du siehst aber gar nicht gut aus«, fügte Lucinda hinzu, wobei sie über ihre Hose strich, die am Knie schmutzig war – sie hatte im Durcheinander des Sturms vorhin im Park einen Sturz erlitten.

»Lass mich«, fuhr Alex sie an. »Deine Klamotten sind auch nicht gerade supertoll.« Sie war völlig erschöpft. Offenbar konnte man ihr das anmerken.

»Hach nein, jetzt habe ich doch tatsächlich schon wieder mein Handy verloren!« Lucinda tat so, als sei sie vollkommen entsetzt. »Das, was so gut zu meinen schicken Jeans passt, ihr wisst schon. Tut mir Leid, dass ich nicht so cool bin wie deine neuen Freundinnen aus Massachusetts.«

»Wie bitte?! Meine Freundinnen?«, wiederholte Alex. »Du bist doch diejenige, die absolut das Gruppenfoto mit denen wollte.«

»Und du bist diejenige, die ihnen so ähnlich sieht«, schoss Lucinda zurück. »Zumindest dieser Camryn.«

»Quatsch«, blaffte Alex. »Wollt ihr wirklich wissen, warum ich mich abgeseilt habe? Weil ich es nicht mehr hören konnte, wie ihr die ganze Zeit erzählt habt, dass ich aussehe wie dieses Touri-Girl. Können wir jetzt vielleicht gehen? Ich hab für heute total die Schnauze voll.«

»Du hättest doch was sagen können, Als. Ich dachte, es wäre was mit deiner Mom«, sagte Evan, als sie zusammen in Richtung der Kiesgrube gingen, die als Parkplatz für die Angestellten diente. »Ich dachte, du hättest, na ja, halt eine von deinen ›Ahnungen‹ gehabt.«

»Oh, war es das?« Lucinda erschrak. »Ist alles in Ordnung mit deiner Mom?«

Alex überlief ein Zittern und sie rieb sich die Arme.

»Das kriege ich wohl erst raus, wenn ich wieder zu Hause bin«, sagte sie, eine Spur cooler, als ihr zu Mute war.

Na gut, dachte sie, als sie sich in Evans rostigen roten Lieferwagen zwängte, ich nehme also zur Kenntnis, dass ich jetzt völlig durchdrehe. Aber das liegt an der Sache mit meiner Mutter. An diesem Husten. Nein! Es hat überhaupt nichts mit dieser … Wie-hieß-sie-noch zu tun.

Das Mädchen, das angeblich so ist wie ich.

Das so ist … wie ich. Irgendwie. Sie wusste von dem Riesenrad. Sie starrte auf diese verrostete Schraube, als ich da ankam. Was geht hier eigentlich vor? Wie konnte ich – na gut, wie konnten wir – vorhin diese Katastrophe verhindern?

Ich weiß ja noch nicht einmal, warum ich dort war. Und warum sie dort war. Und wie die Tatsache, dass wir beide da waren, irgendetwas verändert hat. Irgendetwas aufgehalten hat.

Oh Mann! Als wäre mein Leben nicht verdreht genug, jetzt noch so was! Ich lass mich da einfach nicht drauf ein. Es ist vorbei.

»Vielleicht sollten wir zurückfahren und sie suchen«, sagte Evan gerade. Als Alex nicht reagierte, lehnte er sich zu ihr herüber und klopfte sanft an ihren Kopf. »Hallo, ist da jemand? Hörst du mir zu?«

»Du verfügst über eine bemerkenswerte Beobachtungsgabe, Evan«, antwortete Alex. »Ich bemühe mich, es zu vermeiden.«

Sie waren schon fast an ihrer Abfahrt angekommen und

konnten bereits das Hinweisschild erkennen. Alex öffnete den Reißverschluss an ihrem Rucksack und begann nach dem Schlüssel zu fahnden.
Evan schüttelte den Kopf. »Dann musst du dir aber mehr Mühe geben, ich lasse jetzt nicht locker.« Er sah eindringlich vor sich hin. »Sie sah dir nicht einfach nur ähnlich, Allie. Sie war dein Doppel.«
»Was, wenn ihr Zwillinge seid?«, mischte sich Lucinda ein. »Ich meine, vielleicht seid ihr ja bei der Geburt getrennt ...«
»Ja, genau«, meinte Evan. »Willst du behaupten, das sei unmöglich?« Seine sanften braunen Augen verengten sich, als er sich ihr zuwandte.
»Meine Mom hätte mir das erzählt und Punkt. Wir haben keine Geheimnisse voreinander. Nie gehabt.«
»Wenn ich an deiner Stelle wäre, würde ich nicht nachgeben, bis ich weiß, wer sie ist – und warum sie ausgerechnet jetzt einfach so in deinem Leben aufgetaucht ist«, sagte Lucinda.
»Na, dann ist es ja gut, dass du nicht an meiner Stelle bist, Luce, denn ich persönlich habe momentan ganz andere Sorgen. So was wie das wirkliche Leben.« Der Wagen erwischte ein Schlagloch in der Straße, von dem Beeson immer versprach, dass er es ausbessern würde.
Lucinda kreischte, als Evans Lieferwagen durch den Krater hüpfte und rasselte. »Tu mir nur den einen Gefallen, Als«, sagte sie. »Such sie mit uns. Finde zumindest raus, wann sie Geburtstag hat. Wenn es der gleiche Tag ist wie bei dir, Halloween eben ...«
»Aaaaah, jetzt hör schon auf. Du machst mir ja Angst«, unterbrach Alex sie. »Können wir das Thema nicht endlich fallen lassen? Erstens interessiert es mich so was von überhaupt nicht, irgendetwas über sie herauszufinden. Und zweitens ist

ein Tag im Big Sky normalerweise mehr als genug für die Touris. Sie ist weg. Buu-huu, ich werde meine Zwillingsschwester niemals mehr wiedersehen.«

Sie hatten jetzt den Wohnwagen erreicht. Endlich wieder zu Hause.

»Doch, das wirst du«, Lucinda klang vollkommen überzeugt.

»Ach, und woher willst du das wissen?«

»Ich weiß es einfach«, erklärte Lucinda. »Du bist nicht die Einzige, die manchmal Vorahnungen hat.«

Ihre Mutter war früh von der Arbeit zurück. Ihr alter Chevrolet stand auf seinem üblichen Platz inmitten des Unkrauts, das neben dem Wohnwagen wucherte.

»Sollen wir noch dableiben?«, rief Evan, als Alex aus dem Lieferwagen stürzte.

»Nee. Bis dann«, war ihre Antwort. »Ich ruf an.«

Sara saß am Küchentisch und starrte durch das Fenster auf die Berge. Beim Quietschen der Tür wandte sie sich um. Und Alex erschrak bei ihrem Anblick.

Das Gesicht ihrer Mutter war aschfahl, knochig und die Höhlen um ihre Augen dunkel vor Erschöpfung. Die Haut war straff über ihre Wangen gespannt. Einen Moment lang, für den Bruchteil einer Sekunde, erinnerte sie Alex an den Albtraum-Mann. Dann knüllte ihre Mom ein Stück Papier zusammen, das auf dem Tisch gelegen hatte, grinste Alex mit einem breiten, liebevollen Schön-dass-du-da-bist-Grinsen an und sah wieder aus wie immer.

»Was ist denn das?« Alex deutete mit dem Kinn auf das Stück Papier in Saras Hand. »Schon wieder eine Mietforderung von Beeson?«

»Nichts, worüber du dir den Kopf zerbrechen müsstest«, sagte ihre Mom mit rauer und krächzender Stimme.
Sie log. Alex wusste das, denn sie kannte ihre Mutter besser als irgendjemand anderer auf dieser Welt. »Ist nicht zufällig von der Klinik? Ich meine, du würdest doch keinen Scheiß machen, Mom, und mir verheimlichen wollen, wenn's schlechte Nachrichten sind?«
»Könnte ich doch gar nicht. Du kennst die Wahrheit doch ohnehin immer sofort. Schon damals, als du noch ein kleines Mädchen warst …«
»Dieser Brief. Den hat Beeson nicht geschickt … Die Ergebnisse der Laboruntersuchung … Du hast sie schon, oder?«
»Ach, Kleines«, sagte Sara und die Tränen strömten aus ihren dunklen Augen. »Ich weiß gar nicht, warum man dich mir geschenkt hat. Ich bin so eine miserable … Lügnerin. Ich würde alles tun, um dich gut zu beschützen, Kleines. Wenn ich nur könnte. Alles.«
Auf einmal wollte Alex die Wahrheit nicht mehr erfahren. Sie drehte ihrer Mutter den Rücken zu und ging zum Kühlschrank hinüber, um so zu tun, als suchte sie etwas zu Essen. »Von wem kommt der Brief denn nun?«, fragte sie leise.
Sara hustete bellend und versuchte sich zu räuspern. »Mach dir keine Sorgen. Es ist gar nicht so schlimm, Allie«, sagte sie, ihre Stimme gedämpft durch das Geschirrtuch, das sie gegen ihre Lippen drückte.
Später in dieser Nacht wachte Alex auf, sie war durstig und beschloss, sich ein Glas Wasser zu holen. Auf dem Weg zur Küche kam sie am Zimmer ihrer Mutter vorbei, dessen Falttür nur aus einem Stück starrem, grauem Vinyl bestand, das von einem Gestell herabhing. Hinter dem steifen Vorhang hörte Alex das schwerfällige Rasseln und Pfeifen von Saras Atem.

Der zusammengeknüllte Brief lag auf dem Küchentisch, neben der leeren Kaffeetasse ihrer Mutter. Sie hatte ihn wieder glatt gestrichen, als ob sie ihn noch einmal gelesen hätte, bevor sie zu Bett gegangen war.

Hatte sie ihn da hingelegt, damit ich ihn finden würde?, fragte sich Alex. Wollte ihre Mom, dass sie den Inhalt der Mitteilung kannte? Das Erste, was ihr ins Auge fiel, war der offizielle Briefkopf der Klinik. Das Nächste war das Wort CHEMOTHERAPIE.

Sara Fielding hatte Lungenkrebs. Der Brief erklärte, dass eine Operation nicht in Frage käme, dass aber eine Kombination aus Strahlen- und Chemotherapie ein Ausbreiten der Krankheit verzögern könnte, möglicherweise sogar verhindern. Damit die Behandlung aufgenommen werden könne, wurde Sara gebeten, einige Fragen zu ihrer Krankenversicherung zu beantworten.

Was denn für eine Krankenversicherung, fragte sich Alex. Sie hatten keine Krankenversicherung. Und dann begriff sie es. Lungenkrebs. Wie schlimm war es?

Gar nicht so schlimm, hatte ihre Mom gesagt. Aber da hatten sie ja von einer vermeintlichen Mieterhöhung gesprochen. Oder hatte ihre Mutter in Wirklichkeit ihre Krankheit gemeint? Es ist gar nicht so schlimm, Allie. Hieß das, dass sie nicht sterben würde?

Alex setzte sich langsam hin, sank auf den gleichen wackeligen Stuhl, auf dem ihre Mutter vorhin gesessen hatte. Sie blickte hinaus auf die Berge, die man selbst in der Dunkelheit noch erkennen konnte und die, so dachte Alex auch jetzt, dem Rücken eines Drachen ähnelten. Ein Zickzack von Gipfeln. Eine Hügelkette, die sich vor einem mit Sternen übersäten, mondhellen Himmel abzeichnete. Derselbe Vollmond, den

sie am Nachmittag über dem Riesenrad gesehen hatte, früh aufgegangen und blass.
In diesem Moment dachte sie an Cam, daran, wie sie das Mädchen auf der anderen Seite des heruntergekommenen Riesenrads gesehen hatte. Alex fuhr sich mit den Fingern durch ihr strähniges Haar. Mal abgesehen von ihrem Körper und den Augen hatte sie mit dieser verwöhnten kleinen Prinzessin aus Massachusetts nichts gemein.
Und hier war der Beweis, dachte Alex, griff nach dem Brief und schüttelte ihn wütend. Würde sich Miss Vier-Karten-à-fünfundzwanzig-Dollar den Kopf über Versicherungen zerbrechen müssen, wenn mal jemand aus ihrer Familie krank wäre? Wohl kaum.
War ja auch egal. Sie gehörte nicht zu so einer dämlichen Fernsehserien-Familie. Sie und ihre Mom waren auf sich gestellt und sie waren auch ohne Hilfe bisher hervorragend zurechtgekommen.
Na ja, hervorragend war vielleicht nicht ganz das richtige Wort. Sie waren zurechtgekommen. Sie hatten überlebt. Und das würden sie auch weiterhin tun. Alle beide. Es kam gar nicht in Frage, dass Sara die Behandlung nicht bekam, die sie brauchte. Selbst wenn Alex dafür zwei Schichten im Erlebnispark machen oder die Schule an den Nagel hängen und einen richtigen Job suchen müsste. Hier wurde nicht gestorben. Schon gar nicht der einzige Mensch auf dieser Welt, den Alex liebte.

KAPITEL 11

WAS BETH GLAUBT

Die Saddlebrook-Farm war enorm. »Pferdeflüsterer-Luxusversion« nannte Beth das riesige Hauptgebäude mit seinen erhabenen Decken und überdimensionalen rustikalen Holzmöbeln. Zum Anwesen gehörten auch mehrere Ställe, ein Tennisplatz und sogar ein kleiner privater Quellwasser-See, in dem man schwimmen konnte.

Eigentlich alles vorhanden, um einen herrlichen Urlaub verleben zu können – aber über all dem, fand Cam, lag eine seltsame Atmosphäre. Eine Atmosphäre, die sie immer dann besonders spürte, wenn sie an diesem Gemälde im Wohnzimmer vorbeikam. Vielleicht lag es an der Höhe, in der das Porträt aufgehängt war, oder am finsteren Blick und kalten Lächeln des Mannes, der abgebildet war, dass Cam es als bedrohlich empfand.

»Ist das der Typ, dem das hier gehört?«, fragte sie ihren Dad am Tag nach ihrem Ausflug zum Big Sky. Sie war gerade auf dem Weg zum Tennisplatz, wo sie sich mit Beth treffen wollte, und war vor dem Bild stehen geblieben, ihren Schläger fest im Arm haltend und leicht zitternd.

»Keine Ahnung«, gab ihr Vater zu. Er trug eine knielange Badehose, die ebenso grellbunt war wie sein Hawaiihemd,

und hatte sich ein Handtuch über die Schulter geworfen. »Ich bin ihm nie persönlich begegnet. Er ist mit einem Kunden befreundet, den ich juristisch vertreten habe. Was ist denn los?«, fragte er und legte ihr einen Arm um die Schulter.
»Er erinnert mich an jemanden«, antwortete Cam leise – und sah plötzlich den stämmigen Mann im Schatten des Riesenrads wieder vor sich.
»Na, wenn er tatsächlich unser geheimnisvoller Gastgeber ist«, gluckste Dave und führte sie zur Tür, »dann *ist* er jemand. Und zwar richtig. Der Vorsitzende irgendeines mächtigen Konzerns, megareich ...«
Ich glaube, ich habe ihn gestern gesehen, wollte Cam sagen, aber sie ließ es. Stattdessen umarmte sie ihren Dad und während er sich auf den Weg machte, um ihrer Mom am See Gesellschaft zu leisten, eilte Cam über den perfekten Rasen in Richtung Beth, die gerade Aufschläge übte.
Sie hatte für sich beschlossen, rief sich Cam ins Gedächtnis, dass sie diese ganze Riesenrad-Geschichte fallen lassen würde. Die unheimliche Stimme, den knochigen alten Mann und vor allem dieses ganze merkwürdige Zeugs, das mit dem Montana-Mädchen geschehen war. Schlimm genug, dass sie durchdrehte, sie musste diese Tatsache ja nicht auch noch an die große Glocke hängen. »Gestern« – das wird einfach einer leichten Erkältung, den Strapazen der Reise und Fußball-Schuldgefühlen zugerechnet und damit gut!
Als sie am Tennisplatz ankam, hatte sie sich schon fast davon überzeugt, dass die einzige Gemeinsamkeit zwischen Mr Saddlebrook und dem sonderbaren Typen vom Big Sky die Tatsache war, dass sie beide Anzeichen für ihren Beinahe-Nervenzusammenbruch waren.

Wenn Cam sich etwas in den Kopf gesetzt hatte, dann erreichte sie es in der Regel auch. Heute war ihr Ziel, Beth in die Knie zu zwingen, in mindestens zwei Sätzen von dreien, und alles, was möglicherweise gestern passiert war – oder auch nicht – aus ihrem Gedächtnis zu tilgen. Es wäre ihr auch gelungen, wenn Beth nicht auf einmal so einen wirklich nervtötenden Anfall von Dickköpfigkeit gekriegt hätte.

Ihre Freundin begann das Spiel damit, Cam mit ihrem »Penner-Zwilling« aufzuziehen. Immerhin aber musste man es ihr hoch anrechnen, gestand Cam sich widerstrebend ein, dass Beth die ganze Geschichte nicht in Gegenwart ihrer Eltern angesprochen hatte.

»Ihr seid auch genau gleich groß!«, beharrte Beth, während sie frustrierend mühelos einen Schmetterball von Cam erwischte, der gerade noch vor der Linie aufgetroffen war.

»Wie auch ungefähr die Hälfte aller Vierzehnjährigen weltweit«, argumentierte Cam, spielte auf Beths Rückhand und zwang ihre Freundin so dazu, dem Ball hinterherzuhetzen – doch Beth mit ihren langen Beinen war keinerlei Anstrengung anzumerken. »Und was soll der springende Punkt sein?«, fragte Cam und verfehlte Beths Rückschlag.

»Der springende Punkt – eben! Der Punkte*stand* ist jetzt jedenfalls dreißig-null«, verkündete Beth schadenfroh, bevor sie wieder aufschlug. Als der Ball an Cam vorbeizischte, fügte sie hinzu: »Ihr habt auch denselben Körperbau …«

»Das heißt doch noch gar nichts. Jetzt komm schon, Beth, merkst du denn nicht, dass du maßlos übertreibst?« Cam hatte den Ball gefunden und warf ihn wieder zu Beth hinüber, die noch immer Aufschlag hatte.

Dieses Mal vollführte Cam einen umwerfenden, wenn auch vollkommen unbeabsichtigten Stoppball, der Beth zwang,

atemlos zum Netz zu stürzen. »Ich habe noch nie … zwei so ähnliche … Gesichter gesehen«, gelang es ihr trotz ihrer Verblüffung noch hervorzustoßen.
»Jetzt gib *Ruhe,* Beth«, warnte Cam, die spürte, wie ihr Entschluss, die Sache einfach zu vergessen, langsam zu bröckeln begann. »Hör einfach auf damit.«
Irgendwo tief in ihrem Kopf fragte ein leises Stimmchen, warum sie sich eigentlich so aufregte.
»Und Cami, die Augen. Sie muss einfach deine Zwillingsschwester sein.«
Cam raste nach vorn. Ohne auf die Stimme und den Ball zu achten, traf sie am Netz auf ihre starrköpfige Freundin. »Nein, muss sie nicht!«
»Ich hab gewonnen!«, jubelte Beth, dann räusperte sie sich und wurde wieder ernst. »Also dann, na schön. Kann ich dich was fragen? Versprich mir, dass du nicht wütend wirst.«
Statt Beth anzuknurren und zu sagen: »Dafür ist es jetzt auch zu spät«, runzelte Cam leicht die Stirn und brummte: »Mach ruhig.«
»Da ist noch so 'ne Sache, die mir keine Ruhe lässt.« Beth machte eine verlegene Pause. »Weißt du noch, in Bio? Das mit der Vererbungslehre? Du weißt schon, wenn beide Eltern blaue Augen haben … na ja, die Wahrscheinlichkeit, dass deren Kind dann keine blauen Augen kriegt, ist ziemlich gering. Und deine sind …«
Cam schnitt ihr das Wort ab. »Klasse, du bist echt ein Wunderkind der Wissenschaft! Meine sind grau. Aber Logik ist wohl gerade im Urlaub, was deine Vermutung betrifft. Grau ist nichts anderes als ein sehr helles Blau.«
»Und dein sehr intensives Grau – also, sie hat genau dasselbe.«

»Zufall! Mehr ist da nicht dran. Können wir jetzt weiterspielen? Ich wollte dich gerade fertig machen, Fish-Stäbchen.« Cam drehte sich auf dem Absatz um und stampfte zurück zur Aufschlaglinie. Sie knallte Beth einen bösartigen Ball hin.

Beth schlug ihn elegant zurück. »Ich glaube, dass ihr Zwillinge seid. Biologische Zwillinge«, stellte sie fest.

»Weißt du eigentlich, was du da redest? Soweit ich weiß, hat es keine Zwillinge in unserer Familie gegeben, jedenfalls seit ewigen Zeiten nicht! Was soll das also heißen? Dass meine Eltern vielleicht eins von ihren Zwillingsmädchen einfach haben verschwinden lassen?«

»Vielleicht wurde sie entführt«, schlug Beth vor.

»Klar, entführt. Du denkst viel über Marleigh nach in letzter Zeit, oder?«

»Es ist doch möglich«, beharrte Beth.

»Nein, ist es nicht. Wenn irgendwas in der Richtung passiert wäre, dann wüsste ich davon. Ein entführtes Baby wieder finden – ihr ganzes Leben würde sich nur darum drehen! Du kennst doch meine Eltern.«

»Und du?«, fragte Beth herausfordernd.

»Wovon redest du, zum Teufel?«

»Vielleicht bist du adoptiert«, brach es aus Beth hervor.

»Vielleicht bist du wahnsinnig!«, fuhr Cam sie an.

»Cam, es *gibt* einfach keine andere logische Erklärung!«

»Logisch? Kannst du haben!« Cam schlug den Ball mit voller Wucht, mit der Kraft ihres ganzen Körpers, so fest, dass ihr Schläger gleich mitflog – direkt auf Beth zu, die sich gerade noch rechtzeitig duckte, dann ausrutschte und auf den roten Ascheplatz fiel.

Cam war genauso entsetzt wie Beth. Zerknirscht sprang sie über das Netz auf die Seite ihrer gestürzten Freundin. »Ich kann gar nicht fassen, dass ich so was getan habe. Es tut mir Leid ...«

Beth richtete sich langsam wieder auf, klopfte den roten Sand von ihren Schienenbeinen und machte eine beschwichtigende Handbewegung. »Schon gut. Alles in Ordnung.«

»Nein«, widersprach Cam plötzlich. »Nichts ist in Ordnung. Alles ist verkehrt. Absolut durchgeknallt. Abgedreht.« Ein Kloß bildete sich in ihrem Hals, erstickte ihre Stimme und überschwemmte ihre Augen mit Tränen. »Bethie«, flüsterte sie verzweifelt, »ich glaube, irgendetwas stimmt nicht mit mir.«

Sie saßen auf der kleinen Bank neben dem Tennisplatz. Beth gab Cam die Wasserflasche und drängte sie, daraus zu trinken. »Wahrscheinlich bist du nur etwas dehydriert«, versuchte sie eine Erklärung. »Klar stimmt alles mit dir. Etwas Unerklärliches ist passiert, weiter nichts. Ich meine, es würde doch irgendwie jeden aus der Bahn werfen, wenn er auf einmal seine Zwillingsschwester ...«

»Das ist aber noch nichts alles«, sagte Cam zögernd.

»Natürlich ist das alles! Camryn Alicia Barnes, du bist so was von der ausgeglichenste Mensch auf der ganzen Welt. Und ich muss es wissen, schließlich bin ich die beste Freundin des so was von ...«

»Ich habe ein Gesicht gesehen, talgweiß, ein Monster«, begann Cam zögernd. »Und gestern im Park«, aber das dachte sie nur, es war einfach zu abgefahren.

»... des so was von ausgeglichensten Menschen auf der ganzen Welt ... ein Monster? Ach so, du meinst Alex. Na ja, ihre Haare waren schon abartig, aber sie deshalb gleich als Monster zu bezeichnen –«

»Beth, hör mir doch bitte zu«, beschwor sie Cam. »Auf der Tribüne. Beim Spiel. Deshalb habe ich den Ball nicht ins Tor gekriegt. Irgendetwas ist passiert, irgendetwas *stimmt* nicht.«

»Du hattest einfach nur einen Aussetzer. Bei dir ist das zwar ungewöhnlich, aber so was kommt halt vor. Sogar bei …«

»Ich hatte keinen Aussetzer. Ich habe ein Gesicht auf der Tribüne gesehen und ich wusste sofort …«

»Ein Monster unter den Zuschauern? Deswegen haben wir das Spiel verloren?« Beth betrachtete Cam ungläubig.

»Ich wusste augenblicklich, dass etwas geschehen würde. Etwas Schlimmes.«

Beth räusperte sich. »Also noch mal. Wir stehen kurz davor, das wichtigste Spiel in unserer Fußballkarriere zu gewinnen. Es liegt an dir. Aber statt dass du den Ball trittst, zwingt dich irgendetwas dazu, zur Tribüne hinaufzusehen. Und da erblickst du – was bitte? Ein talgweißes … Monster. Also erstarrst du. Wen wundert's?« Beth tupfte leicht mit einem Handtuch über Cams erhitztes Gesicht. »Und dann, denke ich mir mal so, macht das Vieh – was? Entführt Marleigh? Kommt das der Sache nahe?« Cam gab keine Antwort.

»Cami«, fügte Beth hinzu, »merkst du eigentlich, wie abgefahren das klingt?«

»Der alte Typ hat Marleigh nicht entführt. Es … er … hat versucht mir etwas zu sagen. Mich zu warnen, dass sie in Gefahr ist. Beth, es ist ja nicht so, als wäre so was vorher noch nie passiert. Ich habe dir sogar davon erzählt.«

Beth legte ihre Stirn in Falten. »Hast du?«

»Damals in der Vierten, weißt du noch, von diesem Kerl mit dem Knochengesicht aus meinen Träumen? Der mich Apolla nannte? Meine Eltern sagten damals, es sei nur ein böser Traum gewesen.«

»Das würde ich auch so sehen«, unterbrach Beth, um der Unterhaltung ein wenig von ihrer Ernsthaftigkeit zu nehmen.
»Damals hast du mir nicht geglaubt. Und heute glaubst du mir wieder nicht«, Cam schüttelte den Kopf. »Aber was ist mit meinen Ahnungen? Du weißt schon: Dass ich manchmal ›sehen‹ kann, was unmittelbar darauf passieren wird. Ist das nicht irgendwie dasselbe wie Gestalten zu sehen?«
Beth dachte darüber nach. »Ich weiß nicht, Cami …«
»Weißt du noch, letzten Herbst?«
»Daran habe ich auch gerade gedacht«, gestand Beth. »Du hast mir das Leben gerettet.«
Sie waren nach der Schule auf dem Weg nach Hause gewesen, auf einer Straße, die mit raschelndem roten und gelben Laub bedeckt war. Beth trat vom Bordstein herunter. Und in genau diesem Augenblick sah Cam, was sie nicht gesehen haben konnte. Und griff nach Beths Arm. Und zog sie ruckartig zurück.
Und eine Zehntelsekunde danach schoss ein außer Kontrolle geratenes Auto um die Ecke und der Rucksack, den Beth fallen gelassen hatte, wurde vollkommen zermalmt, platt gewalzt.
Unfallopfer: ein Rucksack. Gerettet: eine Freundin. Und zwar nur, weil Cam das Auto »gesehen« hatte, ein paar Sekunden, bevor es um die Ecke kreischte.
Sie hatten beide auf dem dicken Teppich aus Laub gestanden, weinend, zitternd, einander umarmend, ihre Herzen klopften wie wild, vor Todesangst und Erleichterung.
Auf eine merkwürdige Art und Weise fühlte sich Cam genauso wie an jenem Tag.
Auch jetzt spürte sie, dass etwas näher rückte, um die Ecke

schoss und mit unaufhaltsamer Geschwindigkeit auf sie zuraste. Und es war noch sonderbarer als ein Wirklichkeit gewordener Albtraum, noch wichtiger, als das Leben ihrer besten Freundin zu retten.

Als Alex am nächsten Morgen aufwachte, war ihre Mom schon weg. Wie auch der Brief von der Klinik. Auf dem Küchentisch lagen ein Hörnchen, das sich ihre Mutter wahrscheinlich gestern Abend in der Imbissbude geschnappt hatte, ein paar Apfelsinenschnitze und ein Zettel, auf dem sie Alex bat, heute mit Evan oder Lucinda zur Arbeit zu fahren.

Die Unterschrift bestand aus fünf kleinen Herzchen und einem Kreis lila Lippenstift.

Was Alex aus irgendeinem dämlichen Grund Tränen in die Augen trieb. Sie konnte sich gerade noch davon abhalten, den blöden Zettel zu nehmen und den verschmierten Abdruck von Saras Lippen gegen ihre eigenen zu drücken.

Als sie dann schließlich in Evans Lieferwagen kletterte, hatte Alex beschlossen, nicht über den Gesundheitszustand ihrer Mom zu reden. Eigentlich war es gar kein richtiger Beschluss. Es war mehr ein Aberglaube. Solange sie es nicht aussprach, war es auch nicht wirklich wahr.

Ihre Unterhaltung auf dem Weg zum Big Sky war genauso belanglos wie immer. Evan begann mit, »Noch ein Tag, noch anderthalb Dollar.« Aber statt sich über seine öden Witze aufzuregen war Alex ihm heute dankbar. Sie hatte genug Überraschungen erlebt. »Einfach ganz normal« passte ihr heute wunderbar.

Und normal war es auch. Keine dringenden Anrufe von ihrer Mom. Keine Maschinen, die den Geist aufgaben. Keine Klone vom anderen Ende des Landes, die auf einmal auftauchten. Diesen Tag und auch die zwei weiteren nicht. Und dann, am Sonntag, brachte Lucinda Alex' nachmittägliche Junkfood-Ration an die Hintertür des Kassenhäuschens. Eine Tüte mit fettigen Fritten und eine Pfütze warmer Cola, die bräunlich und ohne Kohlensäure in einem Becher voll Eissplitter schwamm.

»Hey, was ist eigentlich aus deiner Vorahnung geworden?« Alex suchte sich genau diesen Moment aus, um Luce ein bisschen zu ärgern. »Dass ich die Intelligenzbestie aus Massachusetts noch mal wiedersehe – sind deine telepathischen Fähigkeiten vielleicht zusammengebrochen?«

Während sie das Papptablett mit dem Ekel erregenden Zeugs zu Alex hinüberschob, brummte Lucinda: »Sehr witzig. Ach, übrigens: Danke, dass du so eine umwerfende Freundin bist, Lucinda, und mir so eine hervorragende Zwischenmahlzeit vorbeibringst.« Und sie schritt von dannen.

»Danke, Luce«, rief Alex ihr nach. Dann wandte sie sich wieder dem Schalter zu und blickte auf.

Hinter der Scheibe starrte ihr ein Gesicht entgegen. Es war ihr eigenes. Es war Camryn.

Einen Augenblick sahen die Mädchen sich schweigend an. »Ich weiß, dass du beschäftigt bist«, brach es dann aus Cam hervor, »und wir sind schon auf dem Weg zum Flughafen. Ich wollte bloß …« Sie ließ den Satz unvollendet, zuckte mit den Schultern, schob ein Stück Papier unter dem Fenster zu Alex hinüber und verschwand.

Kapitel 12

MÜTTER LÜGEN NICHT

Auf dem Ordner im Arbeitszimmer ihres Vaters stand FAMILIE.

Das ist der Richtige, dachte Cam. Wenn meine Geburtsurkunde irgendwo in diesem Haus ist, dann ist sie hier in diesem Ordner.

In den drei Tagen seit ihrer Rückkehr nach Marble Bay hatte sie sich ganz ihrer neuen Mission gewidmet. Der Mission Bekloppt. Als ob sie tatsächlich einen Beweis für etwas brauchte, von dem sie überzeugt war, dass es stimmte, einen Beweis, der Beth veranlassen würde, sie endlich in Ruhe zu lassen.

Sie war Camryn Alicia Barnes, Tochter von Emily und David Barnes. Geboren am einunddreißigsten Oktober. Beth hatte Unrecht, Unrecht, Unrecht, wenn sie etwas anderes vermutete. Adoptiert. Klar. Zwillingsschwester. Sicher, was sonst.

Diese Nachforschungen waren so behämmert, dass sie nicht einmal ihren Eltern gegenüber zugeben konnte, dass sie so etwas tat. Sie hatte gewartet, bis sie allein zu Hause war, bevor sie mit ihrer Schnüffelei anfing.

Inzwischen hatte sie schon tonnenweise Babyfotos durchwühlt. Sie hatte zwar keine von ihrer Mutter während der Schwangerschaft gefunden, aber was hieß das schon? Ihre

Mom ließ sich also nicht gerne in diesem Zustand fotografieren, na und?

Sie hatte Dylans Erste-Moment-Aufnahme ausgegraben, die im Krankenhaus gemacht worden war, ihr Bruder, ein kleines Baby mit einem zerknitterten roten Gesicht, das in eine hellblaue Decke gehüllt war. Dass sie von sich selbst kein solches Bild fand, ließ sie völlig kalt. Es war sicherlich einfach woanders.

Jetzt überflog Cam den Inhalt des Ordners. Wie sie erwartet hatte, enthielt er mehrere wichtige Unterlagen der Familie. Den Kaufvertrag für das Haus. Die Heiratsurkunde ihrer Eltern. Das Testament ihres Großvaters. Aktien, Wertpapiere, Geldgeschichten. Und: Treffer! Eine Geburtsurkunde!

Als Cam das Dokument gerade auseinander falten wollte, klingelte ihr Handy und sie erschrak heftig.

Alex, dachte sie. Dann wurde ihr schlagartig klar, dass sie mit einem Anruf des Montana-Mädchens geradezu gerechnet hatte. Na ja, zumindest so halb gerechnet. Eigentlich gar nicht. Die Wahrscheinlichkeit dafür war verschwindend gering.

Am letzten Tag des Urlaubs war Cam einer spontanen Eingebung gefolgt. Sie hatte so getan, als habe sie ihre Schirmmütze im Big Sky liegen gelassen und ihre Eltern so dazu gekriegt, auf dem Weg zum Flughafen einen Umweg über den Erlebnispark zu machen. Der Wagen blieb mit laufendem Motor am Eingang stehen, während Cam zum Kassenhäuschen hinübergelaufen war und dem Mädchen am Schalter einen Zettel zugesteckt hatte. Sie hatte ihren vollständigen Namen, ihren Geburtstag, ihre E-Mail-Adresse, Telefonnummer zu Hause und die ihres Handys auf ein Stück Papier gekritzelt. Ohne ein Wort der Erklärung hatte sie es Alex hinübergeschoben.

Alexandra. Das Mädchen, das ihr Gesicht hatte. Das Mädchen, mit dem sie … was eigentlich? Hexensprüche geflüstert, einen Unfall verhindert, eine Familie gerettet hatte?

Unmöglich, erinnerte sich Cam. Das war nie passiert. Nur ein weiterer seltsamer Vorfall in ihrem zunehmend abgefahrenen Leben.

Und dennoch hatte sie auf Alex' Anruf gewartet. Sie hatte ihr Telefon nahezu zwanghaft ständig mit sich herumgeschleppt und jede Stunde nachgesehen, ob nicht vielleicht ein E-Mail angekommen war. Bislang: *niente.*

Aber jetzt. Cam wappnete sich innerlich und nahm das Gespräch dann an.

»Wo zum Teufel steckt Campino?«

So viel zum Thema Vorahnungen, dachte Cam, die Beths scherzhafte Stimme sofort erkannt hatte.

Cam lachte nervös. »Viel mit Bree zu tun in letzter Zeit?« Ihre gemeinsame Freundin Brianna war diejenige, die sich ständig neue Versionen von Cams Namen ausdachte.

»Apropos Bree«, antwortete Beth, »und Freunde im Allgemeinen. Erinnerst du dich noch? Sagt dir das was: Kristen, Sukari, Amanda? Alle fragen, wo du dich eigentlich versteckst. Du bist ja voll zum Phantom geworden, seit wir wieder hier sind. Bitte teilen Sie uns unverzüglich Ihren Standort mit, Längen- und Breitengrad!«

»Ich bin zu Hause. Wo sollte ich denn sonst sein?«

»Und dein bonbonrosa Prinzessinnen-Telefon ist momentan zu weit von dir entfernt, oder was? Das habe ich zuerst versucht anzurufen.«

»Erwischt«, antwortete Cam, obwohl sie damit mehr das in ihr aufkommende Gefühl meinte, als könne Beth durchs Telefon sehen und hätte sie dabei ertappt, wie sie in den privaten

Unterlagen ihrer Eltern herumschnüffelte. Sie entschied sich, ein bisschen zu flunkern. »Heute ist so ein träger Sommertag und wenn Gott gewollt hätte, dass wir immer ans Telefon gehen, dann hätte Sie keine Anrufbeantworter erfunden. Und auch keine Handys. Ist ja auch egal, was ist denn los?«

»Danke gleichfalls, Cami. Was ist denn mit *dir* los? Niemand hat irgendetwas von dir gehört und du rufst niemanden an. Ich versteh das nicht.«

»Jetzt komm schon, Beth, ich war einfach nur ein bisschen … beschäftigt.«

Achtung: halbe Wahrheit. *Mit anderen Dingen* beschäftigt wäre der Sache wesentlich näher gekommen. Damit, ihre Geburtsurkunde zu suchen. Damit, so zu tun als gäbe es Alex gar nicht … und gleichzeitig zu hoffen, dass sie anruft. Damit, den Polizisten, die gerade jeden befragten, der mit dieser noch immer verschollenen Marleigh Cooper gesprochen hatten, alles zu erzählen, was sie am Tag des Fußballfinales gesehen hatte und woran sie sich noch erinnerte. Mit Ausnahme des Albtraum-Mannes natürlich.

»Cam«, fragte Beth zaghaft, »du bist mir doch nicht etwa noch böse?«

»Weswegen?«

Am anderen Ende der Leitung seufzte Beth. »Du weißt schon.«

Das stimmte natürlich. Dafür, dass Beth darauf beharrt hatte, dass eine Unbekannte namens Alex Cams Zwillingsschwester sein musste. Dafür, dass sie in Cams Gedanken einen Zweifel gesät hatte. Dafür … dass sie genau das getan hatte, was eine bFaZ – beste Freundin aller Zeiten – einfach tun musste: Offen aussprechen, was sie dachte. Die Wahrheit sagen. Unterstützen.

»Selbst wenn ich dir noch böse wäre«, beeilte sich Cam, Beth zu beruhigen. »Du weißt doch: Ich kann dir einfach nichts nachtragen.«
»Dann beweis es mir. Pizza in einer Viertelstunde.«
»Moment!«, lachte Cam. »Ich höre gerade was. Aha! Das Geräusch kommt aus meinem knurrenden Magen. Okay, Fish, lass mir und meinem übermenschlichen Hunger bitte zwanzig Minuten Zeit und wir treffen dich beim PITS.«
Gut gelaunt beendete Cam das Gespräch und kam nun endlich dazu, sich die Geburtsurkunde in ihrer Hand anzusehen. Darauf stand »Dylan Michael Barnes«. Cam stopfte das Dokument zurück in den Ordner und blätterte rasch durch die verbliebenen Unterlagen. Keine davon war ihre Geburtsurkunde.

Seit sie auf die Highschool gekommen waren, trafen Cam und ihre Freunde sich im ›Pie in the Sky‹, kurz PITS. Da die Clique insgesamt ein halbes Dutzend Mädchen umfasste – neben Cam, Beth und Brianna gehörten noch Kristen, Sukari Woodard und Amanda Carter dazu – hatte Cams Dad sie »Six Pack« getauft. Der Name war hängen geblieben.
»Sind die anderen jetzt alle sauer auf mich, oder was?« Cam, die gegenüber von Beth an einem Tisch saß, fingerte nervös an ihrem Handy herum, um sich davon zu überzeugen, dass es angeschaltet und aufgeladen war. Für alle Fälle.
»Ich hab mir eine Ausrede für dich einfallen lassen«, erwiderte Beth und nahm einen Schluck von ihrer Cola. »Ich hab gesagt, dass du was mit deiner Mom unternehmen wolltest, nur ihr zwei – du weißt schon, weil Dylan eine Zeit lang nicht da ist. Haben sie mir voll abgekauft. Alle wissen doch, wie nahe ihr euch steht.«

Cam betrachtete sie. »Hast du vielleicht auch angedeutet, dass ich das Spiel noch nicht so ganz verarbeitet habe?«
»Post-traumatischer Fußballstress – total korrekt«, gestand Beth ein. »Und: Nein, ich habe Sie-die-ohne-Namen-bleiben-soll, dein Spiegelbild aus Montana, mit keinem Wort erwähnt. Das Vergnügen kannst du selber haben.« Sie lächelte und zuckte mit den Schultern. »Sie hätten es mir ohnehin nicht abgenommen.«
»Danke, Bethie«, sagte Cam erleichtert.
Beth zuckte erneut mit den Schultern und spielte mit ihrem Strohhalm herum. »Außerdem sind ohnehin alle vollkommen davon besessen, das Rätsel um Marleigh Coopers Verschwinden zu lösen.«
»Genau, es gibt schon einen Antrag, die Stadt in ›Marleigh Bay‹ umzubenennen.« Ihr Kellner, ein großer, dunkelhaariger Junge mit einem niedlichen, nahezu schüchternen Lächeln, war an ihrem Tisch aufgetaucht und setzte sich einfach mit dazu.
Aus irgendeinem merkwürdigen Grund fing Beth auf einmal an zu strahlen. »Jason, du bist ja sooo witzig.« Sie versetzte Cam einen leichten Tritt, aber die verstand überhaupt nicht, was los war. Also schenkte sie Beth einfach keine Beachtung und begann mit ihrer Bestellung. »Wir hätten gerne eine halbe Gemüse und …«
»Eine halbe mit extra Käse«, vollendete Jason. »Alles klar, kommt sofort.« Lächelnd verließ er sie.
»Woher wusste er das denn?«
Beth verdrehte die Augen. »Rate mal.«
»Tut mir Leid.« Cam lachte. »›Rate-mal‹ ist momentan leider ausverkauft. Kommt vielleicht nächste Woche wieder rein.«
»Oh nein, nicht schon wieder«, stöhnte ein Mann am Tisch

neben ihnen. Er sah zum Fernseher hinauf, der über der Theke befestigt war. »Neueste Nachrichten von Marleigh Cooper. Mitten im Spiel.«

»Das ist ihre Mutter«, sagte das Mädchen neben ihm. »Die arme Frau. Psst, ich will hören, was sie sagt.«

Cam und Beth wandten sich dem Bildschirm zu, auf dem eine zierliche, gut gekleidete Frau mit geschwollenen Augen und schmerzverzerrtem Gesicht von Reportern belagert wurde. Sie rang verzweifelt die Hände.

»Marleighs Mom«, flüsterte Beth. »Völlig mit den Nerven am Ende …«

»Mrs Cooper«, rief ein Reporter, »gibt es irgendwelche Neuigkeiten? Können Sie uns … irgendetwas mitteilen?«

»Lassen Sie sie in Ruhe«, wimmerte jemand im Hintergrund.

Der Bildausschnitt vergrößerte sich und sie erkannten Tonya Gladstone, die sich beschützend gegen Mrs Cooper drückte.

»Wow, es ist Tonya. Apropos mit den Nerven am Ende«, sagte Cam. »Die ist ja total durcheinander. Sie hat bestimmt vier Kilo abgenommen in der Zeit, in der wir weg waren.«

Marleighs Mutter ergriff dankbar Tonyas Hand.

»Tonya, hier drüben.« Eine Journalistin hielt ihr ein Mikrofon unter die Nase. »Inzwischen ist schon mehr als eine Woche vergangen. Hast du noch immer die Hoffnung, dass man Marleigh finden wird?«

»Selbstverständlich«, erwiderte Tonya nachdrücklich. »Ich bin ganz sicher, dass meine Freundin Marleigh gesund wiedergefunden wird. Alles andere ist undenkbar«, fügte sie hinzu.

»Du solltest mal Briannas Meinung dazu hören«, sagte Beth. »Achtung: Ironie!«, rief sie aus und ahmte Brees atemlosen Wortschwall nach. »Rate mal, wer inzwischen der *ultimative* Superstar geworden ist. Tonya! Sie gibt tatsächlich Interviews und so was alles. Ach ja, das hätte ich fast vergessen: Sie erfuhr eine totale Wunderheilung und hat auf der Stelle ihre Krücken von sich geworfen. Machten sich wahrscheinlich nicht so gut im Fernsehen.«

»Du hörst dich echt genau an wie Brianna«, staunte Cam.

Beth ging nicht darauf ein. »Sie denkt, dass es die Mutter war«, sagte sie.

»Dass was die Mutter war?«

»Nun, dass irgendwas in Mommi-Hausen nicht ganz sauber ist. Dass Mrs Cooper die ganze Sache selbst aufgezogen hat ...«

»Sie selbst ...? Warum sollte sie so was machen?« Cam war fassungslos.

»Laut Bree ist sie so eine Wunderkind-Mutter, die alles unter Kontrolle haben muss und sich in alles einmischt, was in Marleighs Leben passiert – und daraus folgt, dass die ganze Angelegenheit nur eine Aktion für die Öffentlichkeit ist und dass die geliebte Mama das ganze Spektakel organisiert hat.«

Auch wenn sie mit anderen Dingen beschäftigt gewesen war, so hatte sie doch den Schlagzeilen der Nachrichten nicht entkommen können. Und Cam hatte wirklich geglaubt, dass sie schon alles gehört hätte. Die Gerüchte. Den Klatsch. Die falschen Fährten. Die Vorhersagen der Hellseherinnen. Die fortwährenden »Neuigkeiten« in den Fernsehnachrichten und die ständigen Einblendungen am unteren Bildrand fast aller Sendungen. Kaum verwunderlich, dass sich MTV mit nichts anderem mehr beschäftigte. *Neues von Marleigh – mit Carson Daly* hatte so gut wie alle anderen Top-Meldungen in den Programmen verdrängt. Falls dies alles, wie manche Leute stur behaupteten, nur eine Öffentlichkeits-Aktion war ... nun ja, dann hatte es nie eine bessere gegeben.

»Also.« Der schlaksige Kellner erschien wieder an ihrem Tisch, mit ihrer Pizza – und einem unglaublich breiten Grinsen. »Man bemerke«, sagte er und stellte den Teller zwischen die Mädchen, »dass jene Hälfte mit extra Käse nicht auf die Gemüseseite übergelaufen ist. Der Nicht-überlaufen-Grundsatz ist unser ganzer Stolz.«

Cam blinzelte zu ihm hinauf, vollkommen verwirrt. Aber Beths Ellenbogen in ihren Rippen verdeutlichte ihr, dass sie wohl etwas antworten sollte. »Danke, Jordan, das ist Klasse.«

»Sie hat manchmal Wortfindungsstörungen«, erklärte Beth dem Jungen rasch. »Sie meinte natürlich Jason.«

»Was sollte das denn?«, zischte Cam, als er wegging.

»Camryn. Der Typ ist süß. Er versucht witzig zu sein. Er ist vollkommen in dich verknallt. Es könnte nicht schaden, wenn du dir seinen Namen merken würdest.«

»Wer ist in mich verknallt?«, fragte Cam und betrachtete verwundert den Jungen. »Ich meine, ich kenne ihn doch gar nicht.«

Beth verdrehte erneut die Augen. »Er heißt Jason Weissman. Er ist in der Oberstufe. Jedes Mal, wenn ich ihn treffe, fragt er nach dir.«

»Du machst Scherze!«

»Keineswegs«, sagte Beth und schnitt sich behutsam ein Stück von der Käsehälfte ab und ging wieder zum Marleigh-Thema zurück. »Na, jedenfalls hat die Meinungsumfrage im Six Pack Folgendes ergeben: Kris stimmt mit Brianna überein, dass Marleighs Mom unter Verdacht steht. Sukari unterstützt die Öffentlichkeits-Aktion-Theorie. ›Alles für die lieben Kleinen‹ war ihre Formulierung. Aber sie glaubt nicht, dass Mrs Cooper irgendetwas damit zu tun hat, eher die Plattenfirma. Und Amanda und ich, nun ja, wir machen uns einfach nur Sorgen um Marleigh.«

»Ich schließe mich Letzterem an«, grübelte Cam. »Hat niemand was von diesem durchgeknallten Fan erzählt?«

»Nein. Du?«, fragte Beth. »Ich meine, als du mit der Polizei gesprochen hast?«

»Ich hab es einfach total vergessen«, gestand Cam.

»Ich auch«, tröstete Beth. »Die Nachrichten haben das jedenfalls nicht ausgeschlachtet.«

»Hey, weißt du, was mir noch aufgefallen ist – damals beim Spiel, als Marleigh die ganze Zeit irgendwas von ›Es ist so tragisch‹ erzählt hat. Erst dachte ich, dass sie Tonyas verstauchten Knöchel meinte. Aber Marleigh schien zu glauben, dass noch irgendetwas anderes nicht in Ordnung war mit Tonya …«

»Ihr geht's auch nicht so gut. Verständlich«, sagte Beth und warf einen Blick auf den Fernseher. »Moment mal. Marleighs Mom ist wieder im Bild.«

Cam wandte sich wieder dem Bericht zu.

»Falls Sie zufällig wissen, wo meine Kleine ist, dann kann ich Sie nur bitten, sie wohlbehalten zurückzubringen. Marleigh, falls du das hier siehst: Ich hab dich lieb, Schatz. Ich vermisse dich.« Mrs Cooper wollte noch etwas hinzufügen, aber sie konnte die Tränen nicht länger zurückhalten und verbarg ihr Gesicht in den Händen.

Auch Cam fühlte, wie ihr die Tränen in die Augen stiegen, als sie sich an die Reaktion ihrer eigenen Mom auf Marleighs Verschwinden erinnerte. »Ich kann mir nichts Schlimmeres vorstellen, als ein Kind zu verlieren«, hatte sie gesagt.

Wie hatte Cam nur jemals vermuten können, dass ihre aufopfernde, gewissenhafte, zärtliche, liebevolle Mutter so unehrlich wäre, um etwas vor ihr geheim zu halten – Dinge, die Cams Geburt, ihre Zwillingsschwester, ihre ganze Identität betrafen.

Die Kurznachrichten waren vorbei. Zur Freude des Mannes am Nebentisch setzte die Übertragung des Ballspiels wieder ein.
»Also, was hast du heute Morgen so getrieben?«, fragte Beth beiläufig.
»Nichts Besonderes«, erwiderte Cam und stopfte ihren Mund voll Pizza, um einen Wortschwall zu unterdrücken: Ich habe nur in den privaten Unterlagen meiner Eltern herumgewühlt, um rauszukriegen, ob sie mich adoptiert haben und ob meine Mom vielleicht einfach vergessen hat zu erwähnen, dass ich eigentlich gar nicht ihre Tochter bin.
Beth nagte ein Stück vom Rand ab. »Wer weiß«, kam sie wegen Cams hartnäckigem Schweigen erneut auf Marleighs Verschwinden zurück, »vielleicht hat Brianna ja Recht, was Mrs Cooper angeht.«
Cams schwarz umrandete Augen blitzten. »Nein«, sagte sie. »So etwas tun Eltern ihren Kindern nicht an. Keine Mom könnte so verschlagen sein. Mütter lügen nicht.«

Kapitel 13

DIREKTKONTAKT

»Ich fürchte, es ist zu spät.«

Einen Moment lang wusste Alex nicht, ob es die Bibliothekarin, Mrs Bass, gewesen war, die sie gehört hatte, oder ihre eigenen Gedanken.

»Zu spät?«, wiederholte sie einfallslos. »Nein, das kann nicht sein.« Sicher, ihre Mom war krank, sehr krank sogar. Aber wenn sie einen anderen Arzt für sie finden könnten, einen besseren Arzt, jemanden, der mehr von Lungenkrebs verstand …

Doris Bass klappte den Buchdeckel von *Mythen und Magie aus alter Zeit* auf und zeigte Alex den Stempel des Abgabetermins. »Da steht es doch. Du hättest es schon im Mai zurückbringen müssen. Heute ist der zwölfte Juni.«

»Ich weiß. Tut mir Leid. Kann ich mal den Computer benutzen, Mrs Bass?«

»Du meinst, während ich ausrechne, wie viel Strafgebühren du schuldig bist?« Die Bibliothekarin bemühte sich, streng zu wirken, aber es gelang ihr nicht ganz. »Vielleicht könnte ich ein Auge zudrücken, wenn du mir eine gute Ausrede liefern kannst, warum du das Buch so lange behalten hast. Zum Beispiel, dass es dich wirklich beeindruckt und dir ausgezeichnet gefallen hat und dass Mythologie dich vollkommen fasziniert.«

»Stimmt alles«, platzte Alex heraus. »Darf ich mal an den Rechner, um ein E-Mail zu schicken?«

Die Bibliothekarin seufzte und schob ihren Stuhl zurück. »Wie geht es deiner Mom?«, erkundigte sie sich und begleitete Alex zu ihrem Computer hinüber.

»Nicht so gut.« Warum hatte sie das jetzt gesagt? Musste es denn die ganze Welt wissen? Ihr war nicht klar, wie sie plötzlich darauf kam, doch genau in diesem Moment gab es nur einen Menschen, dem sie es erzählen wollte, einen Menschen, der ihr vielleicht helfen konnte. Besser gesagt: helfen *musste.* Es war so deutlich, als hätte es nie eine andere Möglichkeit gegeben, es jemandem zu erzählen, nie eine andere Möglichkeit, Hilfe zu erhalten.

»Ich habe gehört, dass es ihr schlecht geht«, sagte Mrs Bass traurig und fragte dann: »Hast du die E-Mail-Adresse?«

Alex nahm den Zettel aus ihrer Tasche und faltete ihn auseinander. »Das ist so ein Mädchen aus Massachusetts.« Noch immer hielt sie das abgewetzte Stück Papier in der Hand.

»Richte doch bitte deiner Mutter liebe Grüße von mir aus. Sag ihr, dass ich sie am nächsten Sonntag im Krankenhaus besuchen komme«, bat die Bibliothekarin und ließ Alex dann allein. Während Mrs Bass zu ihrem Schalter zurückging, ließ sich Alex auf den Stuhl gleiten. Sie gab Cams E-Mail-Adresse ein. Dann zögerte sie. Was für eine Nachricht wollte sie eigentlich schicken? Was sollte sie schreiben? Hey, ich bin's, erinnerst du dich? SOS. Meine Mutter liegt im Sterben.

Was hatte sie überhaupt vor? Sie *kannte* dieses Touri-Mädchen doch eigentlich gar nicht. Sie waren ja nicht mal befreundet. Sie waren nur …

Sie waren nur zur gleichen Zeit am gleichen Ort aufgetaucht. Sie hatten nur gemeinsam ein kaputtes Riesenrad repariert, wie durch Magie – mit ihren Augen, Gedanken und mit verzweifelter Entschlossenheit. Und mit ein paar abgedrehten Versen, die aus dem Nichts gekommen waren.
Wer weiß, was sie gemeinsam noch alles schaffen konnten?
Alex' Hände zitterten. War sie jetzt völlig durchgeknallt? Wie stellte sie sich das eigentlich vor? Dass diese Camryn Barnes, die wahrscheinlich am selben Tag geboren war wie sie, sich auf ihren Besenstiel schwingen und nach Crow Creek kommen würde? Dass sie an Saras Krankenbett stehen und beide dann Alex' Mom genauso leicht heilen würden, wie sie eine rostige Eisenstange repariert hatten? *Falls* das überhaupt so gewesen war. Absurd! Alex versuchte, ihre Gedanken zu ordnen. Geld. Darum ging es hier. Wenn die Barnes-Sippe mal eben hundert Dollar für einen lustigen Tag im Pseudo-Wilden-Westen hinblättern konnte, dann hatte sie offenbar Geld genug, um es notfalls auch zum Fenster rauszuschmeißen. Und Alex wollte es haben. Sara brauchte es. Sie musste einen besseren Arzt suchen, Sara in ein größeres Krankenhaus bringen lassen, irgendetwas unternehmen!
Mit zwei Fingern hackte sie ihre Nachricht in die Tasten.
Hi. Ich bin's, Alex Fielding, deine Zwillingsschwester vom Big Sky. Witz. Es ist so: Ich möchte dich um einen Riesengefallen bitten. Meine Mom ist schwer krank. Sie erhält eine Chemotherapie. Falls es dich interessiert, ruf an. Bald!
Sie gab ihre Telefonnummer ein, drückte auf SEND, lehnte sich zurück und wurde von Reue übermannt. Was für ein Volltrottel erzählte irgendeiner dahergelaufenen Tussi so was Privates, veröffentlichte einen Hilferuf im Internet? Bah. Sie hätte mit »Cyber-Kumpel« unterschreiben sollen. Mit hän-

genden Schultern, den Kopf in die Hände gelegt, saß Alex ein paar Minuten lang reglos da und schämte sich zutiefst.
Dann, gerade als sie ihren Stuhl zurückschob, gab der Computer ein klingelndes Geräusch von sich und auf dem Bildschirm blinkte das Wort DIREKTKONTAKT!
Hey, hier ist Cam. Ich glaub's ja nicht. Ich habe gerade an dich gedacht!
Alex' Herz tat vor Aufregung einen Sprung. Antwort von Cam! Rasch schrieb sie zurück:
Das ist ja fast so komisch wie das, was am Planwagen abgelaufen ist! Du weißt schon, dass wir zur gleichen Zeit da aufgekreuzt sind.
Völlig, erschien beinahe augenblicklich die Antwort. *Tut mir Leid mit deiner Mom. Halt mich nicht für verrückt, aber hat sie graue Augen?*
Braune, tippte Alex. Meine *Mom hat braune Augen – und keine Krankenversicherung. Deshalb dachte ich …*
Ihre Finger glitten von der Tastatur. Mit einem Mal wurde sie von Magenschmerzen erfasst, die sie stöhnend zusammenklappen ließen. Ihre Hände wurden feucht. Ihr Gesicht fühlte sich nass an. Sie verspürte plötzlich eine Leere in der Brust, vollkommene Hoffnungslosigkeit – gefolgt von eisiger Trauer.
»Alexandra?« Mrs Bass eilte zu ihr. »Was ist los? Ist etwas nicht in Ordnung?«
»Meine Mom«, Alex schnappte nach Luft. »Ich muss zu ihr ins Krankenhaus. Sofort.«

Sara lebte noch. Knapp.
Alex stürzte ins Zimmer und prallte beinahe mit einem alten, weißhaarigen Arzt zusammen, der ihr mit raschem Schritt

entgegenkam. Als sein Kittel ihren Arm streifte, entstanden zwischen ihnen knisternde Funken.
Sie durchquerte das Zimmer, vorbei an dünnen Trennwänden, hinter denen Fremde lagen. Eine Krankenschwester saß am Bett ihrer Mutter und benetzte Saras Lippen mit einem Eiswürfel.
»Was ist passiert?«, fragte Alex.
»Wir haben versucht, dich zu erreichen«, erwiderte die Frau. Mit einem lauten Plong! ließ sie das schmelzende Eis in eine Metallschüssel fallen und stand auf. »Sie ist sehr schwach. Ich lasse den Stationsarzt rufen. Er wird es dir erklären.«
»War er das nicht gerade?«, fragte Alex, aber die Schwester war schon im Flur verschwunden, ohne ihr eine Antwort zu geben.
»Alex?« Die Augen ihrer Mutter waren zu Schlitzen verengt, als hätte sie nicht mehr die Kraft, ihre Lider ganz zu öffnen. »Kleine, ich bin so froh, dass du hier bist.« Sara streckte ihr suchend eine dünne, blasse Hand mit roten Knöcheln entgegen. »Es tut mir Leid, Alex. Bitte verzeih mir.«
»Wofür denn? Mom, was ist passiert? Macht dir die Therapie wieder zu schaffen?«
»Ich hab's versucht.« Sara umfasste Alex' Hand. Ihre Haut war trocken und rissig. »Du bist das Wunderbarste, was mir jemals passiert ist, Kleine, und ich hab versucht, mein Versprechen zu halten. Ich hab's mit aller Kraft versucht, Alex, dich vor Gefahr zu beschützen, dir Sicherheit zu geben.«
»Ich bin doch in Sicherheit, Mommy«, flüsterte Alex. »Wirklich, mir geht's gut. Wir müssen uns jetzt um dich kümmern.«
Matt schüttelte Sara den Kopf. »Hör auf ihn, Alex. Er sieht merkwürdig aus – manchmal Schrecken erregend, aber er ist gut.«

»Miss Fielding?« Alex drehte sich zu dem Arzt um, der auf sie zuschritt. Er sah sie nicht an. Er blätterte durch die Seiten einer Krankenakte. Es war nicht der gleiche Arzt, mit dem sie beinahe zusammengeprallt wäre, der mit dem elektrostatischen Kittel. Dieser war viel jünger. Er hatte leuchtend rote Haare und trug eine dicke Brille.

Hatte ihre Mom diesen Mann gemeint? Er sah gar nicht so merkwürdig aus und sicherlich nicht Schrecken erregend. Mehr so wie ein weltfremder Professor.

»Sind Sie die Tochter?«, fragte er.

Alex nickte und wünschte sich, dass der Typ aufblicken würde.

»Wir haben versucht, Sie zu erreichen.«

»Ich war in der Bibliothek«, sagte Alex. Ihre Wut über sein lässiges Auftreten verwandelte sich augenblicklich in Schuldgefühle.

»Nun ja«, sagte er und sah ihr endlich in die Augen. »Wie alt sind Sie?«

Sie wusste, dass sie besser nicht »vierzehn« sagen sollte.

»Achtzehn«, log sie und hoffte, dass ihre Mom ihr nicht widersprechen würde.

»Es ist ihre Leber …«, sagte der Arzt.

»Ihre Lunge, meinen Sie?«

»Der Tumor hat Metastasen gebildet, Miss Fielding. Er hat auf andere Organe übergegriffen. Vor allem auf die Leber. Ich fürchte …« Er warf einen Blick auf Sara, die anscheinend eingeschlafen war. »Lassen Sie uns einen Moment aus dem Zimmer gehen.«

Behutsam ließ Alex die Hand ihrer Mutter los. Sie folgte dem Arzt in den Flur, wo er ihr mitteilte, dass Sara die Nacht nicht überleben würde.

Kapitel 14

DAS FAMILIENGEHEIMNIS

Nach dem abgebrochenen E-Mail-Kontakt hatte Cam auf eine neue Nachricht gewartet, denn was Alex über ihre Mutter geschrieben hatte, war alarmierend. Doch wie sollte sie Alex erreichen? Als keine weitere E-Mail von ihr im Posteingang erschien, wandte sie sich voll neuer Unruhe noch einmal der Suche nach ihren Dingen zu, immer mit einem Blick auf den Bildschirm.

Auch wenn es da ein paar Dinge gab, die nicht ganz zusammenpassten – Cam fand, sie sollte jetzt nicht nachgeben. Nicht Beth und auch nicht der leisen Stimme in ihrem eigenen Kopf. Denn, hey!, letztendlich musste es doch irgendeine logische Erklärung für das geben, was sie in diesem FAMILIE-Ordner im Arbeitszimmer ihres Vaters *nicht* gefunden hatte. Und in all den anderen Ordnern, die sie durchgeblättert hatte. Und unter den hunderten von Familienfotos, die sie sich angesehen hatte.

Wahrscheinlich ist das so eine Den-Wald-vor-lauter-Bäumen-nicht-sehen-Sache, dachte sie. Wenn man von Details überschwemmt wird und etwas ganz Kleines sucht, dann übersieht man immer irgendetwas. In diesem Fall etwas so Offensichtliches wie einen Nachweis über ihre Geburt.

Dennoch konnte sie nicht anders, als die ganzen Punkte noch einmal durchzugehen, die sie in ihrem Gedächtnis gespeichert hatte. Es gab keine Aufnahmen von ihrer Mom während der Schwangerschaft. Auch keine Geburtsurkunde – außer Dylans. Von dem es auch ein Foto gleich nach der Geburt gab.
Und was bitte bedeutete das alles? Etwa, dass sich ihre Welt um 180 Grad gedreht hatte?
Und nun gab es auch noch Alex. Die so aussah wie sie. Mit der sie etwas total Abgedrehtes am Riesenrad veranstaltet hatte. Die wie durch ein Wunder in genau jenem Moment online gewesen war, in dem Cam ihre E-Mails gecheckt hatte. Mit der sie gerade in direktem Kontakt gestanden hatte – bis Alex auf einmal verschwunden war.
Es war so: Aus irgendeinem nicht nachvollziehbaren Grund hatte diese unterbrochene Verbindung Cam davon überzeugt, dass sie das Naheliegende tun musste. Einfach so. Mit ihren Eltern sprechen.
Vielleicht, dachte sie, während sie die Treppe von ihrem Schlafzimmer in die Diele hinunterging, lag es daran, was Alex gesagt hatte. Dass ihre Mom, ihre Mom mit den braunen Augen, wirklich krank war und sie keine Krankenversicherung hatten. Alex war offensichtlich verzweifelt und obschon sie wahrscheinlich gar nicht richtig verwandt waren, hatte Cam Mitleid mit ihr.
Also würde sie, nachdem sie erst mal diese unbedeutende Angelegenheit mit ihrer Geburt geklärt hatte – haha! –, ihren Eltern von ihrem zufälligen Zusammentreffen mit Alex erzählen. Vielleicht konnten sie irgendwie helfen.
Als Cam die unterste Stufe erreichte, blieb sie abrupt stehen, übermannt von einem plötzlichen Anfall von »was-wäre-wenn«.

Was wäre, wenn ihre Eltern nicht so reagierten, wie sie es erwartete?
Was wäre, wenn diese unerhörte Frage, die in ihr wuchs, keinen Lachkrampf bei ihnen hervorriefe?
Was wäre, wenn es *wirklich* irgendein großes, finsteres Familiengeheimnis gäbe, das sie nicht kannte.
Dieses letzte Was-wäre-wenn brachte Cam zum Lachen. Innerlich hörte sie, wie ihre Eltern launig sagten: »Ach ja, das wollten wir dir noch erzählen, müssen wir damals wohl vergessen haben. Nein, du bist in Wirklichkeit nicht unser Kind. Jaja, es gab auch eine Zwillingsschwester, aber die haben wir nicht genommen. Könntest du jetzt wohl den Abwasch machen?«
Komplett lächerlich.
Cam grinste. Natürlich würde ihre Mom sagen: »Aber Cami, mein Schatz, wie kannst du nur so etwas denken?«
Und ihr Vater würde neckend hinzufügen: »Wenn du so was glaubst, dann würde ich dir nachher gerne Mr Osterhase vorstellen – der hat da ein paar Eier für dich.«
Dann würden sie wahrscheinlich mit ihr auf den Speicher gehen und ihr irgendeinen Karton zeigen, den sie nicht bemerkt hatte. Irgendeinen Karton, auf dem DIE GEBURT DER CAMRYN BARNES: WUNDERKIND! stand. Oder irgendetwas, das die Kitschskala der liebevoll gestalteten Geschmacklosigkeit sprengte. Und anschließend würden sie gemeinsam stundenlang darüber lachen.
Cam hatte sich selbst überzeugt und schritt durch den Flur zum Familienzimmer, wo ihre Eltern gerade fernsahen. Besser gesagt: Wo ihr Vater auf dem Sofa lag, wahllos von einem Kanal zum anderen schaltete und gleichzeitig durch eine Akte blätterte.

Ihre Mom hatte es sich in einem großen Sessel bequem gemacht und las ein Buch.
Cam zögerte und blickte von einem zum anderen. Die gerunzelte Stirn ihres Vaters, sein kurzes Kinn und sein Walross-Schnauzer, die kornblumenblauen Augen ihrer Mutter, der Schleier ihrer blonden Stirnhaare. Ihre Gesichter zu sehen war für Cam ebenso selbstverständlich wie ein- und auszuatmen.
»Hey! Guck mal, wer uns besuchen kommt.« Ihr Dad schenkte ihr ein breites Lächeln. »Telefonieren *und* mailen schon beendet? Das muss wohl irgendein Rekord sein.«
»Sie hat nun mal viele Freundinnen, Dave. Ärger sie doch nicht immer.«
Ihr Dad klopfte neben sich auf das Sofa. »Setz dich zu uns. Wir versuchen gerade, ein Fernsehprogramm zu finden, das sich nicht mit Marleigh Cooper beschäftigt, aber bislang ohne großen Erfolg. Die einzige ›Neuigkeit‹ ist momentan, dass der Music & More Laden hier in Marble Bay eine recht hohe Belohnung für irgendwelche Informationen versprochen hat. Wer weiß? Vielleicht haben wir Glück und es gibt einen Durchbruch in den Ermittlungen.«
Cam schob sich zentimerterweise in den Raum. Ihr Blick fiel auf ein Familienfoto. Wie abertausende, die im ganzen Haus verteilt waren, zeigte es sie alle vier in irgendeinem Urlaub. Alle hielten Tennisschläger in der Hand. Cam trat unbehaglich von einem Fuß auf den anderen.
Emily sah sie erwartungsvoll an. »Was ist denn los, Liebling?«
»Ich … ich wollte mal mit euch reden«, stotterte Cam. Na klasse. »Ich wollte euch was ziemlich Merkwürdiges … besser gesagt was völlig Merkwürdiges fragen.«
Besorgnis spiegelte sich im Gesicht ihres Dads, aber er schwieg.

Cams Herz klopfte auf einmal wie wild. »Es ist echt total wichtig.« Warum hatte sie das denn jetzt noch angehängt?
Aber als ihr Dad sagte: »Ich glaube fast, dass ich weiß, worum es geht«, musste Cam lachen.
»Das kann ich mir nicht vorstellen, Daddy.«
»Es hat etwas mit der Familie zu tun, nicht wahr?« Dave klang selbstsicher.
Cam war überrascht. »Woher weißt du das?«
Emily bemerkte: »Glaubst du, dass du die Einzige in dieser Familie bist, die einen sechsten Sinn hat? Woher hast du den denn wohl? Dein Dad ist ziemlich scharfsinnig.«
Cams Mund stand offen. War es auch nur im Entferntesten möglich, dass sie Bescheid wussten? Woher? Und dann wurde es ihr auf einmal klar – sie war bei ihrer Schnüffel-Aktion so was von stümperhaft vorgegangen, dass sie bestimmt irgendwelche verräterischen Spuren hinterlassen hatte. Wahrscheinlich hatten sie sich zusammengereimt, dass Cam nach irgendetwas gesucht hatte. Aber konnten sie denn wirklich wissen, *wonach*?
Ihr Vater schloss die Augen und legte einen Finger an seine Schläfe, eine grottenschlechte Imitation eines Sehers. »Du willst etwas über Dylan erfahren«, verkündete er.
»Und darüber«, unterbrach ihn ihre Mutter, »was in seinem Zimmer eigentlich vor sich geht. Haben wir ihn wirklich für einen Monat weggeschickt, damit wir seine ganzen Poster abnehmen, neu tapezieren und seine alten Möbel wegschmeißen können?«
Cam traute ihren Ohren nicht. Erst war ihr vor Erleichterung ein ganzer Steinbruch vom Herzen gefallen und sie hatte gedacht, dass sie mit ihren Eltern total auf einer Wellenlänge war, und auf einmal redeten die von irgendwas ganz anderem.

»Möglicherweise wird er erst mal so tun, als sei er geschockt, wenn er nach Hause kommt«, führte Emily das Thema mit wachsender Begeisterung fort, »aber ich kenne meinen Sohn. Es wird keine Woche dauern, bis er es vollkommen Klasse findet. Und Schatz, wenn du willst, können wir mal darüber nachdenken, ob wir dein Zimmer auch renovieren, wenn wir mit Dylans fertig sind. Vielleicht das zweite Bett rausschmeißen. Beth bleibt inzwischen nur noch so selten über Nacht – normalerweise hängt ihr doch mit der ganzen Clique im Keller rum.«

Cams Magen schmerzte. Hatte sie nicht gesagt, dass es um etwas Wichtiges ging? Und ihre Mom dachte, dass sie sich den Kopf über die neuen Tapeten in Dylans Zimmer zerbrach. Sie kennt ihren Sohn, dachte Cam, aber mich kennt sie überhaupt nicht.

»Es geht nicht um Dylan. Auch nicht um sein Zimmer. Auch nicht um meins«, sagte sie hitzig. »Es geht um … etwas ganz anderes.«

Nun schauten beide Eltern sie erwartungsvoll an.

»Bin ich …«, begann sie.

In diesem Moment sah Dave ihr direkt in die Augen und mit einem Mal war Cam alles klar. Ihre Mutter hatte irgendwas von Innenausstattung geschwafelt, aber Spaß beiseite: Ihr Dad wusste, dass irgendetwas nicht in Ordnung war.

»Jetzt kommt mir diese Frage total blödsinnig vor …«

Emily lächelte breit. »Ein berühmter Journalist hat einmal gesagt: ›Es gibt keine dummen Fragen. Nur dumme Antworten.‹«

»Bin ich adoptiert?«

Na bitte, jetzt war es raus.

Ihre Worte standen im Raum wie drei kleine Waisen, schwebten über ihren Köpfen ohne irgendetwas, woran sie sich festhalten konnten.

Emily Barnes erblasste.

David Barnes' Mund stand offen.

Keiner von beiden sagte etwas. Das einzige Geräusch im Zimmer war das Knallen, mit dem Emilys Buch auf den Parkettboden schlug. Und erst in dem Moment, in dem ihr Blick auf den Einband des Buches fiel, verlor Cam die Beherrschung. Über der Darstellung zweier identischer Kinder im Mutterleib stand der Titel: *Dies ist meine Wahrheit.*

Cams Wahrheit sah momentan folgendermaßen aus: Ihr ganzes Leben war eine einzige große Lüge.

Cam erfährt, dass sie adoptiert ist

Beerdigung von Sara

Kapitel 15

DER ABSCHIED

Alex war wie betäubt.

Lucinda ging vorn um den Lieferwagen herum, um ihr die Tür zu öffnen. Evan eilte herbei, um ihr beim Aussteigen behilflich zu sein.

Ein seltsames Gefühl ein Kleid zu tragen, dachte sie, als sie Evans Hand nahm und aus dem Wagen stieg.

Der Boden unter ihren neuen Schuhen war trocken. Er wirkte hart wie Stein. Sie konnte sich nicht vorstellen, wie da ein Loch gegraben werden sollte. Dann blickte sie auf und sah, dass es schon fertig war.

Dort drüben gähnte ein sauberes Loch in der steinharten, roten Erde. Daneben war ihre Mutter. Der Sarg, den Alex bestellt hatte, sah genauso billig aus, wie er auch war, dachte sie.

»Siehst du«, flüsterte Luce und drückte Alex' andere Hand ermutigend. »Es sind viele Menschen gekommen.«

Das stimmte, Alex sah es, während sie zur Grabstätte hinüberging. Viel mehr, als sie erwartet hatte. Arbeitskollegen ihrer Mom aus dem Waschsalon und der Imbissbude waren erschienen. Obschon ihnen wahrscheinlich eine Menge Geld durch die Lappen gehen würde, weil sie sich freigenommen hatten, vermutete Alex.

Mrs Bass, die Bibliothekarin, war hier. Und Mrs Medgers, Alex' Englischlehrerin. Und Andy Yatz und einige andere Kids aus der Schule, was Alex irgendwie überraschte.

Selbst Hardy Beeson, der Vermieter, hatte es geschafft, zur Beerdigung zu kommen. Sie hatte so darauf gehofft, dass es noch ein bisschen dauern würde, bevor der König des Wellblech-Slums herausfand, dass ihre Mutter … nicht mehr da war.

Pech gehabt.

Es waren sogar einige völlig Fremde zum Begräbnis erschienen. Nun ja, zumindest Leute, die Alex nicht wiedererkannte. Außer einem. Der weißhaarige Arzt mit dem elektrisierenden Arm war aufgetaucht. Mit seinem schwarzen Samtmantel und den merkwürdigen Schuhen passte er nicht so recht zum Rest der Umgebung. Aber es war natürlich nett von ihm, dass er gekommen war.

Die Ansprache war kurz. Nachdem der schäbige Sarg aus unbehandelter Kiefer ins Grab gesenkt worden war, warf Alex die Rose darauf, die Evan ihr gegeben hatte. Dann wandte sie sich rasch ab. Die Totengräber warteten mit ihren Spaten in der Nähe. Alex wollte nicht mit ansehen müssen, wie sie ihre Arbeit begannen.

Während sie im Schatten eines Baumes stand, kamen ständig Menschen zu ihr herüber. Sie nickte den meisten von ihnen zu. Andy Yatz gab ihr einen Strauß Blumen, die er wahrscheinlich in irgendeinem Garten geklaut hatte. Aber Alex war dankbar. So hatte sie wenigstens etwas, woran sie sich festhalten konnte.

»Wir werden sie alle vermissen«, sagte Mrs Bass und streckte den Arm aus, um Alex über die Haare zu streichen.

Alex duckte sich. Es war keine Absicht und sie war erleichtert, dass Mrs Bass es ihr offenbar nicht übel nahm.

»Ich komme später mit etwas zu Essen vorbei. Du musst was in den Bauch kriegen«, sagte die Bibliothekarin.
Alex erwiderte: »Danke schön.« Danke schön war das, was sie pausenlos wiederholte. Etwas anderes fiel ihr nicht ein. Sie murmelte »Danke schön«, gab Leuten die Hand und hörte nicht auf zu nicken, als ob sie tatsächlich verstehen könnte, was die Leute ihr erzählten, als ob es ihr nicht völlig egal wäre.
»Na, wir sprechen uns demnächst«, drohte Hardy Beeson. »Deine Mama, Gott habe sie selig, war mir noch eine Stange Geld schuldig, weißt du.«
Schließlich, nachdem alle an ihr vorbeimarschiert waren, ihr Beileid ausgesprochen und betont hatten, was Sara doch für ein guter Mensch gewesen war, bemerkte sie den Arzt, der in seinen seltsamen schwarzen Klamotten noch immer neben dem Grab stand.
Sie wünschte sich, dass er verschwinden würde. Wenn die Totengräber fertig waren, wollte sie sich noch ganz allein von ihrer Mom verabschieden.
Sie konnte Lucinda und Evan hören, die am Lieferwagen warteten und sich mit ein paar Bekannten aus der Schule unterhielten.
Alex wusste nicht, ob sie den kurzen Weg zum Grab gehen sollte, an dem der Mann in schwarzem Samt stand, oder ob sie einfach zurück zu Evans Wagen rennen und den Friedhof so schnell wie möglich verlassen sollte.
Schließlich könnte sie ja immer noch später wieder herkommen, überlegte sie. Sie könnte heute Abend wiederkommen. Allein.
Besser nicht, sagte der Arzt. *Nicht allein. Das wäre zu gefährlich.*
Aber wie hätte sie ihn denn hören sollen? Er stand doch ein ganzes Stück von ihr entfernt.

Komm mal her. Wir müssen miteinander reden.
Alex war den ganzen Tag über wie betäubt gewesen. Kalt wie Stein, hart wie die Erde des Friedhofs. Jetzt wurde sie von einer Empfindung überflutet, laut und einsam wie ein tosender Sturm in einer Höhle. Sie begann zu zittern.
Mit einem Mal stand sie neben dem Arzt. Wie war sie zu ihm gekommen?
Es wird schon alles werden, sagte er und berührte ihre Schultern. Und wie durch ein Wunder fühlte sie sich besser.
Das Zittern ließ nach. Der Sturm legte sich. Der Eisklotz, der noch vor wenigen Augenblicken ihr Herz gewesen war, begann zu tauen. Sie fühlte, wie ihr Inneres sich langsam erwärmte, wie sie sich entspannte. »Sie sind der aus dem Krankenhaus, stimmt's? Der Arzt, mit dem ich zusammengestoßen bin, als ich ins Zimmer ging.«
»Ich wollte mich nur bei Sara bedanken«, erwiderte der alte Mann.
»Bedanken?«, fragte Alex.
»Nicht so wichtig.« Mit einer Handbewegung fegte er ihre Fragen beiseite. »Alexandra … so hat sie dich doch genannt, nicht wahr? Alexandra, ich habe etwas für dich. Es ist von deiner Mutter. Sie hat es dir vor vielen Jahren geschenkt. Es ist an der Zeit, dass du es wiederbekommst.«
Alex strich sich durch ihr struppiges kastanienbraunes Haar mit den blauen Strähnen. »Sie kannten meine Mom?«, fragte sie und alles in ihr schmerzte bei dem Gedanken an die junge Sara, die lebendige Sara.
»Ja. Ein schöneres Wesen gab es nie auf dieser Welt. Zerbrechlich wie aus hauchdünnem Porzellan. Mit Augen, die …«
Der Arzt schien nach einem Wort zu suchen, das diese Augen beschreiben könnte. Dann erschien ein vergnügtes Lächeln

auf seinem runzeligen alten Gesicht. »Na, mit den gleichen Grusel-Pupillen, wie du sie hast«, erklärte er.
»Mom, zerbrechlich wie Porzellan? Grusel-Pupillen?« Alex musste beinahe lachen. »Sie hatte braune Augen«, bemerkte sie.
»Augen der Begabung, grau und mit dunklen Rändern.« Der alte Arzt schwelgte in Erinnerungen.
»Wann haben Sie sich denn kennen gelernt?«, fragte Alex zweifelnd.
»Kennen gelernt?« Er kam zurück in die Wirklichkeit. »Ach so, du meinst Sara. Wir haben uns vor vierzehn Jahren zum ersten Mal getroffen.«
War ich da schon geboren, hätte sie gerne gefragt. Kannten Sie mich auch? Aber er fuhr fort: »Sie war so stark, Sara. Und sie hatte den Bogen raus, sie hatte einiges Geschick. Sie war ziemlich perfekt.«
Mit einem traurigen Seufzer griff er in seine Manteltasche und nahm ein kleines, mit Seide bespanntes Kästchen heraus. Er warf einen liebevollen Blick darauf, strich kurz mit seiner Handfläche darüber und drückte es dann Alex in die Hand.
Das Seidenkästchen fühlte sich warm an. »Soll ich es hier aufmachen?«, fragte sie mit rauher Stimme. Ihre Kehle hatte sich zusammengeschnürt und in ihren Augen brannten Tränen.
»Wie du möchtest«, sagte der alte Mann und kicherte auf einmal. »Hey, da kommt deine Clique. Ich verzieh mich. Bis später, Als.«

Cam konnte sich nicht daran erinnern, wie sie aus der Diele gestürzt war, nur an die laut klatschenden Tritte ihrer Hausschuhe, als sie die Treppe hinaufhechtete. Jetzt, wenige Sekunden nachdem sie ihren Eltern eine Frage gestellt hatte, die ihr vor dem Urlaub niemals in den Sinn gekommen wäre, lag sie bäuchlings auf ihrem Bett und versuchte, ihren bebenden Körper zu beruhigen.

Das schockierte Schweigen ihrer Eltern hatte ihr alles gesagt.

Eine Liedzeile kam ihr in den Sinn: »Nichts bleibt beim Alten, nichts wie gehabt ...«

Was für eine dämliche Melodie.

Aus dem Erdgeschoss konnte sie ihre Eltern hören. Nicht was sie sagten, aber das verzweifelte Schluchzen ihrer Mutter, das mit der tiefen, beunruhigten Stimme ihres Vaters zusammenprallte. Emily und David Barnes stritten sich selten, zumindest nicht in Gegenwart der Kinder. Und Cam – die gerade herausgefunden hatte, dass sie nicht ihr Kind war – wollte es nicht mit anhören müssen. Sie sprang vom Bett auf, ließ sich in den Drehstuhl an ihrem Schreibtisch fallen und griff nach ihren Kopfhörern. Mit einer raschen Bewegung verbarg sie ihre Ohren darunter, drehte die Stereoanlage auf und stellte sie so laut, dass ihr beinahe das Trommelfell platzte.

Die CD, die gerade in der Maschine war, tat ihr Bestes, konnte aber das wilde Chaos in ihrem Kopf nicht übertönen. Sie griff nach dem Telefon. Alex! Ich muss Alex anrufen! Was ... nein!! Ich meine natürlich Beth. Ich muss es ihr erzählen ...

Vorsichtig nahm Cams Dad ihr den Kopfhörer ab.

»Ja. Die Antwort auf deine Frage lautet: ja.«

Ihre Mom stellte die Stereoanlage aus.

Cam drehte ihnen demonstrativ den Rücken zu. Und so würde es auch bleiben.

Sie schenkte ihnen keine Beachtung und konzentrierte sich stattdessen auf ihre Pinnwand. Fotos ihrer Freundinnen lächelten ihr entgegen. Beth, Kris, Bree – gemeinsam mit Cam saßen sie in einer Eisdiele und schnitten Grimassen. Die Aufnahme von ihr mit Marleigh Cooper und Tonya auf dem Fußballfeld. Dylan, der auf seiner Gitarre spielte und erfolglos versuchte, lässig zu wirken. Scott Marino, in den sie in der Achten so verknallt gewesen war. Was hatte sie bloß jemals an ihm gefunden?

»Bitte, Cami. Dreh dich um. Wir müssen miteinander reden.«

»Ich habe euch nichts zu sagen«, erwiderte Cam tonlos. »Bitte geht wieder. Ich habe zu tun.«

»Aber wir wollen *dir* etwas sagen.« Die Stimme ihres Vaters war sanft und leise.

Cam verschränkte die Arme. Sie beschloss, sich ihm nicht zuzuwenden. Sonst würde sie ihren Dad ansehen müssen und die Beherrschung verlieren. »Es interessiert mich nicht. Euer Schweigen hat alles gesagt.«

Nun legte Dave seine Hand auf ihre Schulter und drückte sie leicht. »Cami, ich möchte, dass du dich umdrehst und uns ansiehst. Vielleicht hätten wir es dir früher sagen sollen …«

»Früher? *Vielleicht?!*« Blitzartig wirbelte Cam auf ihrem Stuhl herum. »Ihr habt mich angelogen! Mein ganzes Leben lang! Ich versteh das nicht!«

Ihre Mutter brach in Tränen aus. »Es war … Wir hatten nie vor, dich anzulügen.«

Ein riesiger Kloß bildete sich in Cams Hals. Dennoch schaffte sie eine Erwiderung: »Habt ihr aber!«, sagte sie und ihre Stimme brach. »Irgendetwas nicht erzählen, nicht alles sagen, was man weiß … nur, weil einen nie jemand danach gefragt hat, das ist ja wohl trotzdem Lügen.«

»Du bist doch unsere Kleine …«, schluchzte Emily.

»Ich weiß nicht einmal mehr, wer ihr seid.« Cams Lippen bebten. Und dann weinte auch sie.

Kapitel 16

DAS AMULETT

Lucinda legte den Arm um Alex' Schulter. »Alles in Ordnung?«
Alex wusste es nicht. Gerade noch hatte sie am Grab ihrer Mutter gestanden und sich mit dem merkwürdigen alten Arzt unterhalten, und nun saß sie auf einmal zwischen ihren beiden besten Freunden im Fahrerhaus von Evans Lieferwagen. Sie blickte an Lucinda vorbei auf den Friedhof. Der alte Kerl war verschwunden.
»Hast du dich noch allein von deiner Mom verabschiedet?«, erkundigte sich Evan taktvoll.
»Nein, ich habe mich mit ...« Sie mussten ihn doch wohl gesehen haben, dachte sie und unterbrach sich selbst mitten im Satz. Die Begegnung war seltsam gewesen, der Typ irgendwie abgefahren, aber sie hatte sich das Gespräch nicht einfach nur eingebildet.
Alex sah auf ihre Hände. Irgendetwas hielt sie umklammert. Vorsichtig öffnete sie ihre Finger und sah das blassrosa Seidenkästchen, der Beweis dafür, dass der alte Mann wirklich existierte.
»Ich bin total kaputt«, erklärte sie Evan und Luce, während sie ihre Hände wieder um das Kästchen schloss. »Ich fühle mich ... als hätte ich einen Sonnenstich oder so was.«

»Hey, was ist das denn?« Lucinda übersah niemals etwas. Sie hatte aus den Augenwinkeln entdeckt, was Alex in ihren Händen hielt.

»Ich weiß es nicht. Irgendwas von meiner Mom«, murmelte Alex.

»Was denn? Lass mal sehen«, drängte Luce.

Vorsichtig öffnete Alex das verblichene rosa Seidenkästchen. Ausgebreitet auf rotem Satin, glitzernd im Sonnenlicht, das durch die Windschutzscheibe fiel, lag ein Schmuckstück, eine dünne goldene Kette, an dem ein glänzender Halbmond-Anhänger befestigt war.

»Wow, das ist ja total cool«, sagte Lucinda und nahm die Kette behutsam aus Alex' zitternden Fingern. »Sieht aus wie echtes Gold.«

»Was ist es denn?«, fragte Evan.

»Der Mann im Mond, nehme ich an«, erwiderte Alex. »Ein Halbmond mit einer Art Gesicht oder so was.«

»Hat deine Mom das früher getragen?« Luce betrachtete den Halbmond verwundert. »Habe ich das vielleicht mal an ihr gesehen?«

»Nein.« Alex schüttelte den Kopf und fügte dann zögernd hinzu: »Ich … mir kommt es irgendwie bekannt vor.«

»Los, dreh dich mal um«, sagte Luce. »Ich leg sie dir um.«

Alex wandte sich Evan zu, während Lucinda die Kette aus dem Kästchen nahm. »Hey, die ist ja viel zu klein«, sagte sie. »Muss wohl aus der Zeit sein, als sie noch ein Kind war.«

Evan räusperte sich, als wollte er etwas fragen, was er sich schon lange überlegt hatte. »Also, was ich sagen will … ich meine, was hast du denn jetzt so vor, Als? Ich denk mal, du kannst ja nicht ganz allein da wohnen bleiben.«

Das war eine gute Frage, eine, die Alex schon eine Weile verdrängt hatte. Sie nahm die Kette wieder an sich und zuckte mit den Schultern. »Wäre auch auf die Dauer gar nicht möglich. Beeson wird mir ständig wegen Geld auf die Pelle rücken und ich habe gerade jeden Cent, den wir noch hatten, für die Beerdigung ausgegeben.«

»Du kannst bei uns wohnen«, bot Lucinda an.

»Klar, das hätte deinen Eltern gerade noch gefehlt.« Sie zwang sich zu einem Lächeln und drückte Luces Hand. »Ich meine, jetzt wo deine Schwester und ihre Kinder noch da leben, seid ihr ohnehin schon zu zehnt, das reicht ja wohl.«

»Sie sind alle total verrückt nach dir, Alex«, beharrte Lucinda. »Ich meine, wenn mein Dad einen Job hätte, würden sie keine Sekunde zögern und dich aufnehmen.«

»Meine Ma hat wieder angefangen zu trinken«, gestand Evan. Er sagte es, als ob es unheimlich witzig wäre, aber Alex konnte den brennenden Schmerz empfinden, der in ihm aufstieg. »Ansonsten würde ich dich mit zu uns nehmen. Aber sie ist einfach ständig zu … du weißt ja, wie sie dann wird … unberechenbar.«

Sie bedankte sich, versicherte ihnen, dass sie wirklich die Allerbesten waren, und bat darum, zu Hause einfach abgesetzt zu werden. Sie wollte allein sein, erklärte sie.

Nicht allein. Das wäre zu gefährlich, hatte der alte Arzt sie zuvor gewarnt. Jetzt, während sie aufrecht dasaß, hellwach war, Luces Arm um ihre Schulter spürte und Evans große Hand auf der Gangschaltung des Lieferwagens sah, hörte sie ihn wieder deutlich: *Gute Idee. Geh zurück zu dieser Bruchbude, dieser alten Rattenfalle aus Blech. Wir sehen uns dann da.*

Er kam aus dem Wohnwagen, als Alex den anderen zum Abschied winkte. Evans Auto hatte bereits den halben Weg zur Asphaltstraße hinter sich gelassen.
Wahrscheinlich hätte sein plötzliches Erscheinen sie aus der Fassung bringen sollen, aber das war nicht der Fall. Sie hatte keine Kraft mehr, um nervös zu sein, sein Waldgeruch hatte eine beruhigende Wirkung auf sie. »Was haben Sie denn da drin gemacht, Doc?«, erkundigte sie sich.
»Doc«, wiederholte er und ließ sich das Wort auf der Zunge zergehen. »Das gefällt mir. Ich habe deine Sachen gepackt«, antwortete er. »Du willst doch wohl nicht hier bleiben, oder?«
Schlagartig wurde ihr bewusst, dass er Recht hatte. Sie wollte den Wohnwagen eigentlich niemals mehr betreten. Aber wo sollte sie sonst hin? »Meine Mom hat mir von Ihnen erzählt«, sagte sie und setzte sich auf die von der Sonne aufgeheizte Stufe vor ihrer einstigen Behausung.
»Wirklich?« Er schien erfreut. »Was hat sie denn gesagt?«
»Na ja«, begann Alex, »sie hat gesagt, dass ich auf Sie hören soll.«
»Gut. Und weiter?«, ermutigte er sie grinsend.
»Nun ja, und dass Sie manchmal Schrecken erregend wirken, aber trotzdem ein guter Mensch sind.«
Der alte Mann räusperte sich und strich sich über seinen schlohweißen Kopf. »Da hatte sie Recht. Mir ist schon Schlimmeres nachgesagt worden.« Er setzte sich neben Alex auf die Metalltreppe.
»Sie sind kein Arzt, stimmt's?«, fragte sie zu ihrer eigenen Überraschung.
»Zumindest bin ich sehr bewandert in den heilenden Künsten«, protestierte er. »Das könntest du natürlich auch sein, mit ein bisschen Übung.« Er deutete auf das grüne Dickicht,

das den Wohnwagen umgab. »Du müsstest erst einmal etwas über Kräuter und Blumen lernen«, riet er. »Dich dann mit Kristallen und Steinen beschäftigen. Und für Beschwörungen hast du ja offenbar schon jetzt ein gutes Gespür.«

Er bemerkte ihr Unverständnis. »Beschwörungen. Du weißt schon, Wünsche oder Hoffnungen in Versform, so eine Art Bann.«

Versform? Eine Art Bann? War das der Grund, weshalb sie und Cam damals am Riesenrad auf einmal in Reimen gesprochen hatten? Sie wollte gerade nachfragen, aber Doc sprach noch immer.

»Zum Beispiel.« Er sah sie direkt an. Alex bemerkte verwundert einen merkwürdigen Sog, eine Art unmittelbarer Verbindung zwischen seinen wässrig blauen und ihren eigenen grauen und mit einem Mal müden Augen.

»Stellen wir uns einmal vor, dass du an Zauberei glaubst und jemanden verwünschen willst, eventuell einen Bann auf ihn legen möchtest, um ihn dazu zu bringen, sich mit Leib und Seele für dich einzusetzen«, hörte sie Docs Stimme. »Dann könntest du zum Beispiel folgende Beschwörung aufsagen. ›Oh Sonne‹ – aber bei dir wäre Mond wahrscheinlich besser«, überlegte er. »›Oh Mond, der droben wacht; schenk mir ein Teil von deiner Macht; nimm nun‹ – und dann musst du einen Namen einsetzen, etwa so«, erklärte er. »›Nimm nun Alex' Schuld und Schmerz; füll mit Kraft und Mut ihr Herz.‹«

Alex fühlte sich leicht, als wäre eine Last von ihr genommen worden, ein schwerer Stein von ihrer Brust gerollt.

»Es versteht sich von selbst«, fuhr der alte Arzt fort, »dass man besser die eine oder andere Klette oder Kamillenblüte oder Zitronenmelisse dazunimmt, wenn man's richtig machen will, aber da kommt man ja leicht dran. Man kann auch ein

Stückchen Quarzkristall verwenden.« Er griff in seine Jackentasche und zog einen geschliffenen rosa Stein hervor. »Den reibt man dabei mit den Fingern«, erläuterte Doc.

Alex öffnete ihre Hand und er legte den zarten, klaren Gegenstand sanft hinein. Der Stein fühlte sich zunächst kühl an, aber als ihre Finger ihn umschlossen, erwärmte er sich langsam. »Oh Mond, der droben wacht«, begann sie.

»Nein, halt«, sagte Doc und nahm den Kristall wieder an sich. »Ich habe doch gesagt, dass es nur funktioniert, wenn man fest an Zauberei glaubt. Es gibt da noch so einen Spruch: ›Hilf Gutes tun, ich bitte dich; Hilf diesem Kind zu öffnen sich; Lass wahr sie sprechen, stark sie sein; Flöß ihr Vertrauen zu mir ein …‹«

Alex konnte ihre Augen kaum noch offen halten.

»Schon gut«, lachte er, »alles zu seiner Zeit. Aber nenn mich ruhig weiterhin Doc. Das gefällt mir. So, und jetzt reden wir mal von dir. Was sollen wir mit dir machen? Hier kannst du nicht bleiben.«

»Im Wohnwagen? Warum denn nicht?«, fragte Alex.

»Nein, nein, ich meine hier in der Gegend, wie heißt sie denn noch … Montana. Man hat ihn hier gesehen. Kurz und gut, Artemis – äh, Alexandra«, verbesserte er sich, »es ist einfach zu gefährlich.«

Alex erinnerte sich an das Mythologie-Buch. »Artemis, Herrin der Jagd, Beschützerin der Kinder und wilden Tiere, die Göttin des Mondes.«

»Ah«, machte Doc, »das hätte ich beinahe vergessen. Ich habe dir eine neue Kette mitgebracht. Eine längere.«

Er streckte ihr seine große, flächige Hand entgegen. Darin lag, inmitten von Kräutern und leuchtend bunten Steinen, eine zarte Goldkette, drei Mal so lang wie die aus dem Kästchen.

Alex nahm sie und genau wie zuvor der Kristall schien sich auch die Kette langsam zu erwärmen. »Was ist denn dieses grüne Zeug?«, fragte sie und atmete den Duft der Blättchen ein, die an ihrer glänzenden neuen Kette hafteten.
»*Scutellaria laterifolia*«, erwiderte er. »Im Volksmund ›Helmkraut‹ genannt. Ausgezeichnet, wenn man sich vor einem wichtigen Anlass entspannen will.«
»Davor?« Es erschien Alex, als sei der wichtigste Anlass, die einschneidendste Begebenheit ihres jungen Lebens, das Begräbnis ihrer Mutter, gerade vorüber.
Sie wollte dem alten Mann das erklären, doch auf einmal wurde sie von einer lähmenden Müdigkeit übermannt. Sogar das Blut in ihren Adern schien zäher und langsamer zu fließen.
»Was soll ich nur machen?«, fragte sie träge und schläfrig. »Wo soll ich denn jetzt hin?«
Der Alte nahm ihre Hände. »Ich habe da so eine Idee«, hörte sie ihn sagen.

Kapitel 17

DIE WAHRHEIT

»Was habt ihr mir denn noch alles verschwiegen?«

Cam wusste nicht, wie lange sie nun schon reglos an ihrem Schreibtisch gesessen hatte. Vor ein paar Minuten war ihre Mutter verzweifelt aus dem Zimmer gestürzt. Nun beobachtete Cam, wie ihr Dad auf und ab ging, nervös gestikulierte und ihr etwas erklärte.

Oder es zumindest versuchte.

Sie konnte ihn hören, aber seine Worte zu verarbeiten, sie zu verstehen, war etwas völlig anderes. Etwas, das sehr, sehr viel Zeit in Anspruch nehmen würde.

Zeit: Das war das Einzige, was dieses Mädchen, Alex, nicht hatte. Das Mädchen – vielleicht ihre Schwester! Deren Mutter im Sterben lag. Und was, wenn Alex' Mutter in Wirklichkeit auch Cams Mutter war?

Während Cam also zuhörte, wie David Barnes ihr alles Mögliche erzählte …

Davon, wie stark sein und Emilys Wunsch nach einem Kind gewesen war, und davon, dass es einfach nicht geklappt hatte.

… unterbrach sie ihn fortwährend. »Und was war mit dem anderen Baby?«

Davon, wie sie Cam adoptiert hatten – eine schöne, wunderbare Tochter, ein Kind, von dem er sofort gewusst hatte, dass es etwas Besonderes war.

»… warum habt ihr das nicht auch genommen?«

Davon, wie Emily am Tag nach Cams Ankunft herausgefunden hatte, dass sie schwanger war.

»… lag es daran, dass ihre Mom nicht genug Geld hatte, um uns beide zu behalten? Hat sie deswegen eines der Kinder aufgegeben?«

Davon, wie unwahrscheinlich ähnlich sich Cam und Dylan gesehen hatten, dass sie gerade in dieses neue Viertel umgezogen waren und alle davon ausgingen, dass die Kinder richtige Geschwister waren.

»… du verstehst das nicht. Sie braucht mich! Der Mann in meinen Albträumen hat es mir gesagt – bei dem Fußballspiel. Jetzt weiß ich, von wem er gesprochen hat. Er muss Alex gemeint haben. Alex braucht mich!«

Davon, wie verletzt sie vielleicht gewesen wäre, wie sie sich vielleicht weniger geliebt, weniger als ein Teil der Familie gefühlt hätte – wenn sie schon vor Jahren von ihrer Adoption gewusst hätte, während Dylan ihr »richtiges« Kind war.

»Ich habe sie getroffen. Ich habe sie in Montana getroffen. Wir sind gleich. Ich meine, nicht gleich, aber wir … spüren beide Dinge. Ich kann es nicht erklären.«

Davon, wie es immer schwieriger wurde, das Thema anzusprechen, je länger sie es aufschoben. Also hatten sie es einfach gelassen.

»Wir müssen ihr helfen! Wir müssen sie finden. Ich bin die Einzige, die ihr helfen kann.«

In ihren Herzen hatten sie Cam immer als ihr eigenes Kind angesehen.

Jetzt schrie Cam: »Warum hörst du mir nicht zu, Daddy?! Sie

braucht Geld! Ihre Mom liegt im Sterben. Und ihre Mom ist vielleicht …«

Selber vollkommen verwirrt versuchte Dave, sie zur Vernunft zu bringen. »Cami, du hast keine Zwillingsschwester. Das wüsste ich doch wohl.«

»Hah!« Cam wickelte ihre Kette mit dem Sonnenamulett immer enger um ihren Zeigefinger. Ohne Absicht zog sie auf einmal mit einem Ruck daran; die Kette riss und fiel zu Boden. Cam trat danach. »Ich dachte immer, ihr hättet mir diese Kette bei meiner Geburt geschenkt. Jetzt weiß ich, dass sogar das eine Lüge war. Ihr kanntet mich bei meiner Geburt noch gar nicht.«

Dave hatte zugesehen, wie die Kette über den Fußboden schlitterte, aber er machte keine Anstalten sie aufzuheben. »Du hast sie schon getragen, als du zu uns kamst«, begann er zu erklären, doch Cam schnitt ihm das Wort ab.

»Wie kannst du nur immer weitermachen mit deinen Lügen? Dad … Dave, meine ich«, verbesserte sie sich und wusste, dass es ihn wie ein Dolchstoß treffen würde, »du musst endlich ein für alle Mal mit dem Lügen aufhören. Jetzt sofort.«

Hinter seinen runden Brillengläsern stiegen sofort Tränen auf. Schlagartig wurde Cam übel. Ganz klasse, Mädchen – heute hast du deine Eltern beide zum Weinen gebracht. Gibt das jetzt Extrapunkte?

»Cam, wir lieben dich so sehr, mehr wäre schlichtweg unmöglich. Und ich schwöre, dass ich nicht lüge. Ich weiß nichts von einer Zwillingsschwester.«

»Ich habe sie kennen gelernt!« Cam sprang von ihrem Stuhl auf. »Das habe ich dir doch gerade erzählt, warum hörst du mir denn nicht zu?«

Ihr Dad umfasste Cam mit seinen Armen und drückte sie an

seine Brust. Instinktiv schloss sie die Augen und atmete tief ein. Der süße Duft seines Rasierwassers, den sie in Gedanken immer »Dad-Geruch« nannte, erfüllte sie. Obschon sie sich dagegen wehrte, wich ein Teil ihrer Anspannung.
»So ist es gut«, sagte Dave. »Hol tief Luft und versuche dich zu beruhigen.«
Dann hörte er zu, als Cam ihm noch einmal von ihrem Zusammentreffen mit Alex erzählte. Davon, dass die Unbekannte wirklich genau so ausgesehen hatte wie sie selbst. Davon, dass ihre Augen vollkommen identisch waren. Sie erzählte ihm alles, mit Ausnahme des Allerwichtigsten – dass sie gemeinsam etwas Unmögliches vollbracht hatten.
Er hörte jedes Wort und versicherte, dass er ihr glaubte. Er versprach sich um die Angelegenheit zu kümmern, aber er schwor, dass er nichts von einem anderen Baby wusste.
Cam entzog sich seinem Griff.
»Wenn du es mir nicht sagen willst, dann gib mir wenigstens den Namen der Agentur. Ich krieg das auch allein raus.«
Dave zögerte.
»Wenigstens das seid ihr mir schuldig.«
»Es war eine private Adoption, Cam.«
»Aber irgendjemand wird doch wohl die Vermittlung übernommen haben. Ich kenne dich«, Cam deutete mit dem Finger auf ihn. »Du bist Anwalt. Du würdest niemals etwas tun, was gegen das Gesetz ist. Es gab doch bestimmt irgendeine Agentur.«
»Nein.«
»Dann zeig mir meine Geburtsurkunde. Da steht drauf, ob es mehr als ein Kind gab. Das weiß ich aus dem Fernsehen. Da steht dann ›Mehrlingsgeburt.‹«
Inzwischen zitterte ihr Vater. Sein Anblick machte Cam

Angst. Er setzte sich und nahm ihre Hände in seine. »Es gab keine Geburtsurkunde, Cami. Zumindest ursprünglich nicht.«

Cams Mund stand offen. Sie fühlte sich, als hätte sie gerade etwas mit voller Wucht in der Magengrube erwischt. Wie war das alles möglich?

»Cam«, setzte ihr Dad an.

Aber sie hob die Hand, um ihn davon abzuhalten, weiter zu sprechen.

Eine Etage tiefer klingelte jemand. Das Geräusch war so laut, dass Cam die Schwingungen im ganzen Körper spürte.

»Was ist denn, Cami?«, fragte ihr Dad. »Da ist doch nur jemand an der Tür.«

Und sie hörte ihre eigene Stimme, selbstsicher und barsch. »Ich weiß auch, wer.«

Kapitel 18

DER VERBLÜFFTE GAST

»Alex?«, rief Cam, noch bevor die Tür ganz geöffnet war.
»Cam?« Alex stand benommen auf der Veranda vor dem Haus.
»Was machst du denn hier?«, fragten sie sich gegenseitig verblüfft wie aus einem Mund.
Alex blickte zur Auffahrt zurück, aber Doc war verschwunden. »Ich weiß nicht genau«, sagte sie.
»Komm rein«, antwortete Cam. Sie nahm Alex' Hand, die den Griff einer kleinen Sporttasche umklammerte, und zog das Mädchen ins Haus.
Ein Knistern entstand zwischen ihnen. Beide kreischten auf. Es war, als hätte die Berührung ihrer Handflächen eine seltsame Verbindung geschaffen, einen Schaltkreis, durch den elektrische Ladung floss.
Es war genau wie der Funkenstrom, den sie verspürt hatte, als sie damals mit Docs Arm in Berührung gekommen war, dachte Alex. Funken zum Quadrat.
Cams Sinne schienen mit einem Mal schärfer zu werden. Was noch einen Moment zuvor nur das leise Murmeln von Stimmen gewesen war, das aus dem Flur kam, verwandelte sich nunmehr in klare und deutliche Worte. »Oh Dave, wir hätten es ihr sagen müssen«, hörte sie.

»Wer ist das denn?«, fragte Alex. »Warum weint sie?«
Überrascht erwiderte Cam: »Meine Mom. Sozusagen.« Ihr Dad war offenbar direkt hinter ihr die Treppe hinuntergelaufen – nun stand er mit ihrer Mutter im Flur. Zum Glück konnten sie von dort aus die Haustür nicht sehen. »Nur eine Freundin«, rief Cam in Richtung ihrer Eltern und nahm die verwirrte Alex rasch mit nach oben.
Alex' graue Augen weiteten sich vor Staunen, als sie sich in Cams großem Zimmer umsah – allein die Ausmaße, der weiche Teppich, das Licht; dazu die Farborgie der an die Wand gehefteten Poster, Postkarten, Schnappschüsse, Sportabzeichen, Comics, Zeitungsartikel und Modefotografien, die Cam aus Zeitschriften gerissen hatte. Der Raum war so groß, dass zwei Betten darin Platz hatten. Eines davon war beinahe vollständig unter einem Berg von Kleidungsstücken, Büchern, Zeitschriften und CDs begraben.
Cam eilte an Alex vorbei und pflückte wahllos ein zerknittertes T-Shirt, Jeans und leuchtende Neonshorts vom Haufen. Entschuldigend sagte sie: »Ich bin einfach noch nicht dazu gekommen …«
»alles wegzuräumen«, vollendete Alex den Satz. »Ich weiß.«
»Das sind meine Urlaubsklamotten.« Aufgeregt rannte Cam ins Bad, das zwischen ihrem und Dylans Zimmer lag, und verfrachtete einen Arm voller Kleider in den Wäschekorb. »Aber das ist dir wahrscheinlich sowieso völlig egal, oder?«
»Gut geraten«, stimmte Alex zu und stellte ihre Sporttasche ab. »Dein Zimmer ist fast so groß wie unser ganzes Haus.«
»Euer Wohnwagen?«, fragte Cam, als sie aus dem Bad zurückkam.
Alex setzte sich auf den Rand des noch immer unordentlichen Bettes, auf die wenigen Quadratzentimeter, auf denen kein

Cami-Zeugs rumlag, und betrachtete ihre Doppelgängerin neugierig. »Ich habe Haus gesagt, aber ich meinte den Wohnwagen. Kannst du irgendwie Gedanken lesen oder so? Ich meine, kannst du das hören, was Menschen nicht laut aussprechen?«

»Normalerweise nicht«, erwiderte Cam vorsichtig. »Du denn?«

»Manchmal«, sagte Alex. »In der Schule habe ich mal gehört, was dieser Typ, Andy Yatz, über mich gedacht hat.«

»Und ich kann Sachen sehen«, brach es aus Cam heraus. »Ich meine, ich kann mir manchmal total deutlich irgendwelche Dinge vorstellen, *bevor* sie geschehen.«

»Kannst du Gegenstände durch deine Gedanken verrücken?«, wollte Alex wissen.

»Nein. Du?« Cams Herz schlug wie wild. Sie hätte beinahe zur gleichen Zeit geweint und gelacht. Es war einfach vollkommen verrückt, dass sie sich so mit jemandem unterhalten konnte, den sie kaum kannte, über Dinge sprechen konnte, die sie mehr oder weniger schon immer vor allen anderen geheim gehalten hatte. Und diese Fremde, dieses Mädchen, das sie gerade erst kennen gelernt hatte, verhielt sich, als fände sie das alles ganz normal.

»Abgesehen davon, dass ich Schrauben an Riesenrädern auf hundert Meter Entfernung drehen kann, meinst du?« Die Situation war vollkommen absurd, befand Alex. Na gut, sie *sahen* sich sehr ähnlich, sie waren sich auch in *ihrem* Wesen seltsam ähnlich, aber im Grunde genommen war dies eine Unbekannte, der sie ihre ganzen Geheimnisse erzählte. Sie ließ sich rücklings auf den Haufen mit der Urlaubsausrüstung fallen. »Ich weiß es nicht«, log sie.

»Das glaube ich dir nicht, Alex. Du kannst es, du willst bloß nicht, dass ich dich für versponnen halte.«

Alex fiel die Kinnlade runter. »Na, diese Bemerkung war ja wohl auch ganz schön spinnig. Nicht schlecht für jemanden, der keine Gedanken lesen kann. Und wenn wir schon mal dabei sind: Wie hast du denn diese Schrauben zum Schmelzen gebracht?«

»Keine Ahnung.« Cam setzte sich auf ihr eigenes Bett, Alex gegenüber, die an die Decke starrte. »In letzter Zeit sind eine ganze Menge gruseliger Sachen passiert …«

»Ach wirklich? Erzähl mir mehr«, bemerkte Alex sarkastisch. Dann, nachdem sie einen Moment lang geschwiegen hatte, fragte sie so gelassen wie möglich: »Kennst du irgendwelche Beschwörungen?«

»Was bitte?«

»Du weißt schon, irgendwelche Wünsche oder Hoffnungen in Versform.« Im gleichen Augenblick bereute sie ihre Frage. Sie musste sich wie ein vollkommener Trottel anhören, dachte sie, wie irgendein zauberstabschwingender, barfüßiger Depp. Na ja, zumindest hatte sie nicht auch noch irgendwas von Kristallen und Kräutern geschwafelt.

War es das, was sie – unterbewusst – damals am Riesenrad gemacht hatte? Was sie beide gemacht hatten? Entgegen ihrer Erwartungen erwiderte Cam leise: »Ich bin nicht sicher. Vielleicht.«

»Vielleicht was? Vielleicht kannst du zaubern?«

»Neulich, im Erlebnispark«, erwiderte Cam, »ist etwas total Merkwürdiges geschehen.«

»Hey, klasse, die Untertreibung des Jahrtausends«, lachte Alex.

Cam grinste. »Kennst du denn welche? Beschwörungen? Zaubersprüche?«

»Klar«, sagte Alex mit gespielter Überheblichkeit. »Ich kenne ganze zwei. Für einen braucht man einen magischen Kristall.«

Sie hatte damit gerechnet, dass Cam aufstöhnen, kichern oder ihr einfach sagen würde, dass sie nicht alle Tassen im Schrank hätte. Stattdessen erwiderte Miss Massachusetts: »Kannst du ihn mal aufsagen?«

»Ähm … sicher«, stammelte Alex. »Aber du musst dich umdrehen, weil der Spruch unheimlich starke Kräfte hat. Sonst tust du nachher noch irgendwas, das du anschließend bereust.« Zu ihrer Verwunderung drehte sich Cam gehorsam zur Wand.

»Also gut, dann wollen wir mal.« Alex schloss die Augen und rief sich Docs Worte in Erinnerung. Es gefiel ihr, dass sie sich an die meisten erinnern konnte. An die meisten, aber eben doch nicht an alle. Dann geschah etwas Verblüffendes. Cam, die Alex noch den Rücken zugekehrt hatte, vervollständigte den Spruch.

»Wollen wir doch mal sehen, was du alles so zwischen deinen schäbigen Klamotten versteckt hast«, erklärte Alex und griff hinter sich in das Chaos von Klamotten. »Und übrigens: Wenn es um gruselige Begebenheiten geht, dann kannst du wirklich nicht mithalten. Glaub mir, im Vergleich zu meinem Leben verläuft deines in vollkommen geordneten Bahnen«, sagte sie, setzte sich wieder aufrecht hin und zog eine CD-Hülle hervor, die irgendwo in dem riesigen Haufen gelegen hatte.

»Deine Mom. Tut mir Leid.« Cam sah Alex an. »Wie geht es ihr?«, erkundigte sie sich leise.

»Sie ist gestorben. Am Mittwoch«, erwiderte Alex knapp. Sie wollte nicht darüber nachdenken und schon gar nicht davon sprechen. Sie hatte das kurze Aufflackern von Schmerz in Cams Augen bemerkt, sie wollte kein Mitleid.

Alex senkte den Kopf und zwang ihre Konzentration auf die

CD in ihrer Hand. Es war Marleigh Coopers erstes Album.
Marleigh Cooper, der verschwundene Star.
Verschwunden in Marble Bay, Massachusetts.
Also da bin ich gelandet, erkannte sie nun.
Na klar. Da lebte Camryn Barnes. Das Mädchen hatte ja seine Adresse auf den Zettel für Alex gekritzelt. Sie hatte nur vorher den Zusammenhang nicht begriffen.
»Sie ist gestorben, unmittelbar nachdem du mir gemailt hast?«, fragte Cam verwirrt. »Gleich am nächsten Tag?«
Alex ließ die Schultern hängen. »Mehr oder weniger«, sagte sie und warf die CD wieder auf das Bett. »Etwa so um drei Uhr morgens. Die Beerdigung war letzten Freitag. War nicht so schlimm. Es sind viel mehr Leute aufgetaucht, als ich erwartet hatte.«
»Alex«, Cam schnappte nach Luft. »Das kann nicht sein. Heute ist Freitag, Freitagabend. Du kannst unmöglich so schnell hierher gekommen sein, wenn du nicht mit der Concorde geflogen bist – und ich glaube, die haben gar keine Verbindung zwischen hier und Montana.«
Alex seufzte. »Dieser alte Typ, Doc, hat mich hergeschafft. Ich bin wohl eingeschlafen oder so was. Ich weiß nicht, *wie* er mich hierher befördert hat, aber es ist so. Er hat behauptet, dass er weiß, wo ich jetzt hingehöre. Leider hat er sich wohl total verrechnet«, fügte sie hinzu und sah sich in Cams durchgestyltem Zimmer um. »Ich und hierher gehören! Der hat sie nicht alle.«
»Was ist denn mit deinem Dad? Weiß er –«
»Er lebt nicht mehr«, unterbrach Alex sie barsch und erhob sich. Um Cams überraschtem Blick zu entfliehen, um ihrer eigenen Panik etwas entgegenzusetzen, begann sie, im Zimmer auf und ab zu gehen.

»Warum bist du denn so …« Empfindlich, wollte Cam eigentlich sagen, aber sie ließ es bleiben. Denn plötzlich war ihr die Antwort selbst klar geworden. Mit einem Mal wurden ihre Augen ungewöhnlich scharf und sie konnte nur noch das Pochen ihres eigenen Pulsschlages hören. Sie »sah« einen Wohnwagen mitten im Wald – denselben, den sie sich vorgestellt hatte, als Alex »unser Haus« gesagt hatte – und eine hübsche, wenn auch übermüdete, hustende Frau. Sie war von einem hellen Lichtschein umgeben, dessen Farbtönung sich rasant veränderte.

Eine Aura, dachte Cam und fragte sich, woher sie dieses Wort auf einmal kannte. Und dann wusste sie, dass die Frau Sara hieß und dass sie Alex' Mutter war.

Und vielleicht auch ihre eigene.

Dann zerbrach das Bild vor ihren Augen.

Kapitel 19

DAS VERSENGTE BILD

»Du hast gerade … an deine Mom gedacht, stimmt's?«, fragte Cam atemlos.

Tränen blitzten in Alex' Augen. Sie wischte sie wütend am Ärmel ihres schwarzen Kleides ab. »Das gehört zum Thema Geht-dich-so-was-von-nichts-an«, raunzte sie. »Außerdem hast du mir doch gerade noch erzählt, dass du keine Gedanken lesen kannst.«

Hinter den verbitterten Worten spürte Cam schmerzhafte Trauer. »Das mit deiner Mom tut mir wirklich Leid«, sagte sie.

»Warum? Ist ja nicht deine Mom«, schnauzte Alex sie an – in letzter Zeit hatte sie sich immer so verhalten, hatte unwillkürlich ihre Angst, Trauer und jetzt auch ihren Schmerz in Zorn verwandelt.

Woher wollte sie das denn wissen?, hätte Cam am liebsten zurückgeschossen. Aber sie wollte Alex nicht noch mehr wehtun. Und ihr Kopf schmerzte. Ihre Augen brannten noch von der Vision oder was immer es auch gewesen sein mochte. »Stimmt.« Sie machte einen Rückzieher. »Erzähl doch etwas von ihr, wenn du magst«, forderte sie Alex vorsichtig auf. »Wie war sie so? Außer hübsch.«

»Sie war zäh«, erwiderte Alex und betrachtete die Fotos, die an Cams Wände geheftet waren. »Stark, witzig, großzügig. Sie ist einfach die Beste. Ich meine, sie war …« Alex Stimme verlor sich. Sie wollte nicht über ihre Mom sprechen – vor allem nicht mit Cam. Plötzlich fiel ihr Blick auf eines der Bilder und sie platzte heraus: »Hey, das ist das Mädchen aus den Nachrichten.« Das war eine dämliche Bemerkung, aber immer noch besser, als wieder zu heulen. »Mit Marleigh Cooper – und dir.«

Cam warf einen flüchtigen Blick auf das Foto, das Alex betrachtete. »Die, auf die du gerade zeigst, das ist Tonya Gladstone. Woher wusstest du das?«, fragte sie. »Ach so, wahrscheinlich hast du sie im Fernsehen gesehen.«

»Ja, stell dir mal vor! Auch in der Wildnis Montanas haben wir Fernseher«, gab Alex zurück. »Auch Zeitungen und Zeitschriften. Und einige von uns können sogar lesen.«

Cam zuckte zusammen. Das Mädchen, das vielleicht ihre eigene Schwester war, ihre Zwillingsschwester, war so eine Ner-ven-sä-ge. Ihr Sarkasmus war zermürbend. Dann kriegte Cam Gewissensbisse – Alex' Mutter war gerade gestorben, das Mädchen war in einer fremden Umgebung und wusste nicht einmal, wie sie da hingekommen war. Wahrscheinlich, dachte Cam, musste sie Alex einiges nachsehen.

Und dennoch wollte Cam nicht alles, was sie sagte, auf die Goldwaage legen. Immerhin waren die vergangenen Tage und Stunden auch für sie nicht unbedingt traumafrei gewesen. Sie hatte gerade herausgefunden, dass sie adoptiert war! Und trotzdem führte sie sich nicht so auf. Na egal.

Cams Handy klingelte.

Halbzeit, dachte sie.

»Wir haben sogar Handys«, fügte Alex verächtlich hinzu und beobachtete Cam, die das Gerät aus ihrer Tasche fischte.

»Aber nur die überprivilegierten, total trendbegeisterten Montana-Hightech-Fanatiker unter uns.«

Cam zögerte, das Telefon schon in der Hand. »Ich muss ja nicht drangehen«, sagte sie, weil sie sich von Alex dazu genötigt fühlte.

»Warum denn nicht? Bloß weil eine Außerirdische aus dem hintersten Montana hier gerade gelandet ist? Ich bitte dich! Lass dich nicht stören.«

»Danke für die Erlaubnis«, brummte Cam und klappte das Telefon auf.

Es war Beth. »Cami. Himmel. Es ist furchtbar. Du glaubst ja gar nicht, was passiert ist!«

»Danke gleichfalls. Ich habe hier schon genug Furchtbares, mit dem ich zurechtkommen muss«, murmelte Cam in der schwachen Hoffnung, dass Alex nicht zuhörte. Zuhörte? Das Mädchen konnte Gedanken lesen, erinnerte sie sich.

»Jetzt mal im Ernst. Sie haben eine Leiche gefunden«, sprudelte es aus Beth heraus. »Ein blondes Mädchen, etwa in Marleighs Alter.«

Cam überlief ein kaltes Zittern. Sie blickte auf und bemerkte, dass Alex sie anstarrte. Ihre Lippen formten das Wort: »Wo?«

»Wo denn? Ich meine, wo haben sie die Leiche gefunden?«, fragte Cam in den Hörer.

»In Boston. Angeblich in der Nähe eines der Colleges. Sie sagen noch nichts Genaues, aber ... bitte, Cam, du musst jetzt eine deiner Ahnungen kriegen – und mir sagen, dass es nicht Marleigh ist.«

»Sag ihr, dass sie es nicht ist und leg einfach auf«, befahl Alex und wandte sich wieder um, dem Foto von Cam, Marleigh und Tonya zu.

»Ich muss los. Hab leider überhaupt keine Zeit«, sagte Cam

und beendete das Gespräch, rasend vor Wut. Was bildete sich dieses Mädchen eigentlich ein? Sie, Cam, so herumzukommandieren – Einen Augenblick lang starrte sie auf Alex' Rücken und dann konzentrierte sie ihren wütenden Blick auf das Marleigh-Tonya-Bild. Ein erschreckendes Zischen war zu hören und die Heftzwecken, mit denen das Bild an der Wand befestigt war, qualmten, glühten und schmolzen dann.
Als das versengte Foto zu Boden glitt, machte Alex einen Satz zurück. Beeindruckt brach sie in ein breites Grinsen aus. »Heißer Trick! Wer bist du denn eigentlich – Uri Geller, der Mann, der die Löffel verbiegt? Ich meine, wie *machst* du das bloß?«
»Keine Ahnung«, gestand Cam zitternd. Hin- und hergerissen zwischen Schrecken und Freude war ihr beinahe schwindelig. »Was provozierst du mich auch so?«
»Ich *dich*?« Mit einem Mal lachte Alex. »Pack dich an deine eigene Nase«, sagte sie.
»Deine oder meine, ist doch egal«, erwiderte Cam und brach ebenfalls in Lachen aus. Schnaubend und röchelnd lief sie ins Badezimmer, um sich ein Taschentuch zu organisieren. »Ist dir schon jemals etwas ähnlich Merkwürdiges passiert?«, rief sie Alex zu. »Bitte sag Nein.«
Es tat so gut zu lachen. Es war albern und unbeschwert. »Warum fragst du? Findest du wirklich, dass wir uns ähnlich sehen?«, erkundigte sich Alex ausgelassen.
Cam brachte keine Antwort zu Stande. Aufgelöst in schrillem Lachen war sie kaum in der Lage, ein Wort herauszubringen. Ihr Lachkrampf hatte sie noch nicht vorüber, als ihre Eltern durch die Tür ins Zimmer stürzten.
»Ist alles in Ordnung?«, fragte Dave besorgt. »Camryn, was ist denn mit dir passiert? Was hast du mit deinen Haaren gemacht?«

Er sah natürlich Alex an.
Schallendes, hysterisches Gelächter lenkte seine Aufmerksamkeit zum Badezimmer. »Ich bin hier drüben«, gackerte Cam und winkte aus dem Türrahmen.
Dave schnappte nach Luft. Sein Gesichtsausdruck brachte Alex vollkommen aus der Fassung. Ihre Schultern bebten, während sie sich verzweifelt bemühte, nicht vollständig die Kontrolle über sich zu verlieren.
Jetzt trat auch Emily ins Zimmer. Alex' Bedürfnis zu kichern verschwand abrupt.
»Was geht hier vor sich?«, erkundigte sie sich verängstig, ihre Stimme schrill vor Aufregung.
Cam ging zu Alex hinüber, nahm ihre Hand und hob sie triumphierend. »Dies ist Alex, meine Schwester«, erklärte sie. »Meine Zwillingsschwester. Wie ihr ja sehen könnt.«

Es war beinahe Mitternacht, als Dave endlich keine Fragen mehr hatte. »Also, lasst uns noch einmal zusammenfassen«, sagte er, ganz der professionelle Anwalt. »Ihr zwei habt euch in Montana getroffen, in diesem Erlebnispark …«
»Hey, jetzt erinnere ich mich wieder an Sie«, unterbrach Alex. »Ich saß an der Kasse. Ich habe Ihnen vier Ganztags-Karten verkauft. Und Sie haben mich so merkwürdig angesehen, als ob ich Ihnen irgendwie bekannt vorkäme.«
»Wen wundert's?«, murmelte Dave.
»Du hast sie gesehen und mir nichts davon erzählt?«, fragte Emily vorwurfsvoll. Sie sah aus, als wäre sie unter einen Laster gekommen – einen, der Erdbeeren transportierte. Ihre blasse Haut war vollkommen von knatschroten Flecken übersät und ihre Augen und Nase vom Weinen gerötet.

»Es erschien mir in dem Moment nicht so wichtig.«

Er wandte sich wieder an Alex. »Du hast gerade deine Mom verloren. Dein Dad ist schon vor einigen Jahren gestorben. Du gehst zur Highschool und es gibt nichts und niemanden in Montana, der dir etwas bedeutet.«

»Außer«, unterbrach Cam, »ihren Freunden, Lucinda und Evan.«

»Keine Erwachsenen«, verbesserte sich Dave. »Ein merkwürdiger Mann, der deine Mutter kannte, hat dich hierher gebracht. Aber du hast kein Geld und keine Rückfahrkarte. Und du hattest keine Ahnung, dass du eine Schwester hast.«

»Zwillingsschwester«, betonte Cam.

»Möglicherweise«, warf Emily ein.

»Bis du Cam im Big Sky begegnet bist. Stimmt das alles so?«

Alex nickte. Sie sah sehr müde aus, fand Emily. Mit diesen bleichen Wangenknochen und den wunderbaren grauen Augen, die genau wie Cams waren, mit diesen wilden Haaren und den blauen Strähnen darin, erinnerte Alex sie an einen Film über ein einsames Wolfjunges, den sie kürzlich im Fernsehen gesehen hatte. Wie Alex, so hatte auch das verzweifelte Tier seine Mutter verloren.

Das Mädchen war vollkommen erschöpft, erkannte Emily. Camryn ebenfalls. Und um ehrlich zu sein: Sie selbst war es auch. »Dave«, sagte sie leise. »Sie hat eingewilligt, einen DNA-Test zu machen, um herauszufinden, ob sie … miteinander verwandt sind. Warum gehen wir nicht alle erst einmal schlafen? Du kannst ja morgen früh gleich bei »Biogentech« anrufen und einen Termin ausmachen. Und dann werden wir wissen, ob die beiden wirklich …«, sie zwang sich, das Wort auszusprechen, »Zwillinge sind.«

wollen DNA Test machen → ob sie Z. sind tragen Amulette

Kapitel 20

DIE OBERE HALBINSEL

Thanatos sucht seine Nichten

Coventry Island war eine von einem guten Dutzend flachen, dicht bewachsenen Inseln vor der Westküste des Michigansees. Stürmischer Wind blies vom Wasser und kühlte das Waldland auch im Sommer, so wie jetzt.

Zunächst meinte Karsh, dass dies der Grund für sein Zittern sei: die Meeresbrise auf seiner papierdünnen Haut – und natürlich seine Erschöpfung.

Was hatte er sich bloß dabei gedacht, als er sich selbst und die trauernde Artemis quer durch einen ganzen Kontinent befördert hatte? Jetzt taten ihm alle Knochen im Leibe weh.

Karsh merkte auf. Jemand folgte ihm. Er sammelte sich, um die Schritte besser hören, den Geruch seines Verfolgers wahrnehmen zu können.

Es reizte ihn, sich wieder in einen Falken oder ein Reh zu verwandeln, irgendein leichtfüßiges oder hochschwebendes Tier des Waldes. Aber er war zu müde.

Die Anstrengung, die es ihn gekostet hatte, seine Gestalt zu verändern, damit er das Mädchen dreitausend Kilometer weit tragen konnte, hatte ihn vollkommen erschöpft. Seine sehnigen Arme, die wenige Stunden zuvor riesige Flügel gewesen waren, brannten noch immer vom Wind. Sein Gesicht fühlte sich wund an. Und sein Rücken, der Rücken, der das schlafende Mädchen getragen hatte – würde er jemals wieder frei von Schmerzen sein?

Genug davon. Eisige Schwingungen in seinem ganzen Körper hätten ihn gleich warnen müssen. Nun vernahm er das gedämpfte Geräusch zerdrückter Kiefernnadeln, den knirschenden Rhythmus von Schritten hinter ihm.

Karsh griff unauffällig in seinen Lederbeutel und suchte nach seinem großen Kristall. Als seine Finger den glitzernden Stein fanden, bildete Karsh eine Faust darum und murmelte eine Beschwörung.

Dann ließ er den Kristall wieder los und trotz seiner eben noch verspürten Müdigkeit wirbelte er blitzartig herum – und packte einen entsetzten Zauberer beim Kragen.

Ein magerer Junge von vielleicht siebzehn oder achtzehn Jahren wand sich in seinem Griff.

»Lord Thantos lässt fragen, wo sich seine Nichten aufhalten«, stotterte das verängstigte Kind.

»Was bist du denn? Ein Medium? Ein Zögling? Ein Meister? Mit Sicherheit jedenfalls kein Mächtiger. An deinen Nagelstiefeln kann ich erkennen, dass du ein Anhänger des wahnwitzigen Hexenmeisters bist.«

Der Junge in Karshs Griff verfärbte sich, seine Gesichtsfarbe wechselte von blass über rot gefleckt und blau zu aschgrau. Doch Karshs Arm begann zu zittern. Er würde den Laufburschen nicht mehr lange festhalten können.

»Herrje, Karsh, nun lasst ihn doch endlich fallen!«, erschallte auf einmal Ileanas gereizte Stimme hinter ihm. »Und ganz nebenbei bemerkt, alter Hexer: Auch mich würde die Antwort auf seine Frage interessieren.«

»Wie konntet Ihr nur? Ohne mich zu Rate zu ziehen?« Ileana trampelte gekränkt und außer sich vor Wut durch den Kiefernwald, während Karsh ihr dicht auf den Fersen blieb.
Er hatte noch niemals erlebt, dass die junge Hexe so außer Fassung war.
Er hätte ihr gern gesagt, wie dringend es gewesen war, das Mädchen aus Montana wegzuschaffen. Wie nahe Thantos beiden Töchtern Arons schon im Erlebnispark gekommen war. Wie überheblich der stämmige Zauberer geworden war – ohne Tarnung aufzutauchen, sein wahres, schwarzbärtiges Gesicht in der Öffentlichkeit zu zeigen.
Aber Karsh wagte es nicht, sein Zusammentreffen mit dem mächtigen Hexenmeister zu erwähnen. Nicht gerade jetzt, angesichts Ileanas Tobsuchtsanfall. Nicht einmal, um zu erklären, wie er sich zwischen das Monster und seine Beute gestellt, Thantos' Gewalt über Apolla gebrochen und den abtrünnigen Mächtigen beinahe in eine unscheinbare Muschel verwandelt hatte.
Denn dann hätte er auch zugeben müssen, dass er im gleichen Moment, in dem er mit seinem Zauberspruch begann, Feuer auf seiner Stirn gespürt hatte und vernahm, wie Thantos eine Beschwörung murmelte, die ihn, den ehrwürdigen Karsh, zu Asche verbrannt hätte.
Sie trennten sich also unentschieden. Der unverfrorene Tyrann, der behauptete, dass er die Mädchen nur zusammenbringen wollte, um ihre Kräfte kennen zu lernen, die er als ausgezeichnet einschätzte, war aus dem Park geflohen. Und Karsh war zurückgeblieben, als Würstchenverkäufer getarnt, um den Zwillingen zu helfen, wenn sie seiner Dienste bedurften. Was zu seinem Erstaunen nicht der Fall gewesen war!
Er war ihnen ein guter Lehrer gewesen, in ihren Träumen

hatte er ihnen beigebracht, ihr Vermächtnis zu akzeptieren und sich die ersten Geheimnisse der Kunst anzueignen.

Er hatte Apolla gelehrt, ihre Augen zu schärfen, nicht nur in die Weite, sondern auch in die Tiefe zu blicken, zu blenden, zu verblüffen und zu verbrennen, wenn es denn sein musste – wie ihr fürstlicher Pate Apollo es täte.

Artemis hatte er offenbart, wie sie Geräusche vernehmen konnte, die andere niemals hören würden – genau wie es die Jägerin vermochte, nach der sie benannt war.

Er hatte ihnen Beschwörungen, Wissen um Zaubertränke, um die heilende Kraft der Blumen, Steine und Kristalle zugeraunt. So viel hatte er in ihre jungen Ohren fließen lassen – und hatte dann mit Staunen verfolgt, wie sie zum ersten Mal ihrer Bestimmung folgten und ihre Begabung zum Nutzen anderer einsetzten.

Es brauchte Karshs ganze Kraft, um im Angesicht von Ileanas Erregung die Ruhe zu bewahren. Zumindest den Anschein von Ruhe zu wahren, während er ihr sperriges Gepäck durch den Wald schleifte. Wie üblich war ihr Koffer mit so viel Zeug voll gestopft, wie niemand anderes für einen Ausflug von zwei Tagen benötigen würde.

»Ihr wart verreist«, erinnerte er sie und versuchte schnaufend und keuchend sie einzuholen. »Ein Kuraufenthalt.«

»Das war keine Kur.« Ileana blieb abrupt stehen, stampfte mit dem Fuß auf und schlug sich mit der Zeitschrift, die sie bei sich trug, auf den Oberschenkel. Das Hochglanzmagazin knallte wie eine Reitpeitsche. »Es war ein Verwünschungs-Seminar.«

»In Kalifornien?« Karsh hob seine angesengten Brauen – eine Folge seiner Begegnung mit Thantos – und betrachtete zweifelnd Ileanas strahlende Sonnenbräune und die neuen Kleidungsstücke, die sie unter ihrem flatternden Mantel trug.

»Viele der erfahrendsten Zauberer und größten Hexen der Welt wohnen in Los Angeles«, entgegnete Ileana. »Ich habe dutzende von hervorragenden Medien, Zöglingen, Protektoren und Wächtern …«

Sie war wirklich noch sehr jung, dachte Karsh, der sich wie so oft darüber wunderte, dass ihn ein Gefühl von Zuneigung für das eitle kleine Geschöpf überkam.

»… Hexen und Hexenmeistern aus allen Fachgebieten getroffen«, fuhr Ileana hitzig fort. »Ratet mal, wer auch dabei war.«

»Soll ich dafür auf die telepathischen Kräfte verzichten, die ich schon vollkommen beherrschte, bevor Ihr auch nur geboren wart?«, murmelte der müde Karsh. Laut fragte er: »War es vielleicht Bruce Stanley? Herrscher über ganz Hollywood …« Wie nannte man ihn noch – in allen Zeitschriften und Klatschblättern Amerikas? Guru? Adonis? Rambo? Karsh versuchte, sich zu erinnern.

»Angeber!« Ileana funkelte ihn wütend an.

Sie hatte Recht, dachte Karsh. Musste er denn seine überlegene Begabung noch unter Beweis stellen, wenn sie ohnehin schon so durcheinander war? Einen Augenblick später, als er das Kribbeln in seinen Händen und Füßen spürte und das Gewebe zwischen seinen Fingern wachsen sah, wurde ihm deutlich, wie groß das Ausmaß ihrer Verärgerung wirklich war.

»Lasst das unverzüglich sein, Ileana!«, krächzte er und fühlte, wie seine Kehle anschwoll. »Verwandelt mich in einen Frosch und ich bringe Euch unter Anklage. Machtmissbrauch, Verzauberung eines Älteren …« Ihre Kühnheit schockierte ihn, doch zugleich fühlte er einen gewissen Stolz. Es war ihm nicht klar gewesen, wie weit sich ihre Kräfte entwickelt hatten.

»Habe ich gestern gelernt«, prahlte Ileana. »Ich wollt's nur mal ausprobieren.«

Als sie den Wald verließen, bemerkte Karsh noch weitere Hinweise auf die wachsenden Fähigkeiten Ileanas. Ihr Kräutergarten war eine Pracht. Die Pflanzen wirkten doppelt so groß wie noch vor wenigen Tagen. Er konnte seine Bewunderung nur schwer unterdrücken – und kam auf den Gegenstand ihres Streites zurück. »Es tut mir Leid, dass meine Entscheidung Euch verstimmt«, sagte er vorsichtig. »Ihr wisst, dass ich mich nur selten einmische. Aber ich spürte, dass Artemis in Gefahr schwebte.«
»Und Eurer Meinung nach ist sie jetzt also in Sicherheit?«, schnaubte Ileana. »Wenn Thantos eine von ihnen fände, dann wäre diese in Gefahr. Wenn er sie beide auf einmal erbeutet, dann bedeutet das schlichtweg Verdammnis.«
»Sie hatte niemanden, der ihr hätte helfen können. Keinen Ort, an den sie gehen konnte.«
»Verdammnis!«, wetterte Ileana. »Und zwar für alle Beteiligten, wie ich Euch vielleicht erinnern darf. Ich bin zum Vormund der Mädchen ernannt worden. Wer, glaubt Ihr, oh alter Hexer der vielen Gestalten, wird wohl dafür verantwortlich gemacht werden, wenn man sie findet? Ich allein.«
»Schiebt die Schuld einfach auf mich«, riet Karsh vergnügt.
»Das werde ich auch tun!« Mit diesen Worten schien der Zorn wie ein tiefer Seufzer aus der noch jugendlichen Hexe zu fahren. Ihre schmalen Schultern fielen herab. Ihr schönes Gesicht nahm einen todernsten Ausdruck an. Für diesen kurzen Augenblick wirkt sie einfach so wie sie ist, dachte Karsh zärtlich. Eine unerfahrene Zauberin, die sich noch immer davor fürchtet, einen Fehler zu machen.
»Erhabene«, sagte er sanft, »sie sind sich schon begegnet. Ich habe sie beobachtet. Ihre Kraft ist eindrucksvoll. Doppelt so stark wie die von einer allein. Sie werden dieser Kraft auch be-

dürfen, um sich ihrer Feinde zu erwehren. Um sich vor der Gefahr zu schützen, werden sie zusammenarbeiten müssen.«
»Wissen sie von Lord Thantos?«
»Noch nicht …«
»Gut«, befand Ileana. »Ihr werdet ihnen nichts sagen. Sie sind zu jung, um zu erfahren, dass sie das Objekt eines solchen Zornes sind.«
»Ja, gute Hexe.«
»Göttin«, fuhr Ileana ihn an und nahm ihm den Koffer ab. »Ich wusste gar nicht, dass Brice Stanley einer der unseren ist«, sagte sie mit dem Tonfall eines verdrossenen Kindes. »Er wirkt so … menschlich.«
Karsh beschloss, dass es zwecklos wäre, sie daran zu erinnern, dass der junge Filmstar in der Tat ein Mensch war, dass sie, die Hexen und Zauberer, alle Menschen waren.
Gewöhnliche Menschen mit besonderen, außergewöhnlichen Talenten und Fähigkeiten – wie freies Schweben, Verwandlung, Beschwörungen, Hellsichtigkeit, Gedankenlesen und Ähnlichem. Egal, welches Niveau sie erreicht hatten – das eines Mediums, eines Zöglings, Meisters, Beschützers, Vormundes oder Mächtigen – im Endeffekt waren sie alle nur Menschen mit großen helfenden Talenten.
Natürlich hatte man sie zu anderen Zeiten und an anderen Orten Schamanen genannt, Sibyllen, Seherinnen und Orakel, Wahrsagerinnen, Zauberer, Magier und sogar Hexenmeister. Es hatte sie seit jeher in allen Kulturen der Welt gegeben.
Heutzutage hießen sie ganz einfach Hexen. Hexen und Zauberer.
Einige, so wie Ileana, der listige Thantos und natürlich die Zwillinge, hatten ihre Begabung von ihren Eltern geerbt. Andere hatten es schwerer gehabt. Sie – auch er selbst gehörte

dieser Gruppe an, dachte Karsh mit einem zufriedenen Lächeln – hatten lange und hart an sich arbeiten müssen, um Vollkommenheit zu erlangen.
Die meisten Menschen verfügten über die Grundvoraussetzungen – scharfe Sinne, reine Herzen, Hunger nach Wissen –, aber nur wenige wurden in Familien geboren, die ihre Talente erkannten und förderten, während andere ihre Fähigkeiten selbst entdeckten.
Wie gut, dass es Menschen gab, die die Begabten ohne das Wissen darum schützten. Sara war eine der Besten gewesen, bis die abscheuliche Krankheit sie überwältigte. Sie hatte ohnedies so vieles aufgeben müssen – ihr Heim, ihre Ehe und ihre Gesundheit – um den Hexenzögling Artemis beschützen zu können.
Auch David Barnes gehörte zu ihnen.
Doch Ileana stand der Sinn nicht nach einem Vortrag über Hexologie. Noch wollte Karsh ihr einen halten. Sein schmerzender Rücken verlangte, ebenso wie seine Arme, nach sofortiger Pflege. Falls er es nicht bald ins Coventry-Krankenhaus zu einem Spezialisten schaffte, wäre er bald niemandem mehr von Nutzen – weder Ileana noch Artemis und Apolla.

seit sie zusammen sind
sind ihre Sinne schärfer
bessere kräfte
stärkere

Kapitel 21

EINE LEICHE IN BOSTON

Noch bevor sie die Augen aufgeschlagen hatte, wusste Alex, dass sie nicht zu Hause war. Die stabile Matratze, die sie unter sich spürte, fühlte sich vollkommen anders an als die durchhängende Schaumstoffunterlage, auf der sie seit Jahren geschlafen hatte. Ihr Gesicht ruhte auf frisch gestärkter, knisternder Wäsche, statt auf dünnen, abgewetzten Laken, die schäbig glänzten. Sogar das Licht schien anders zu sein. Zu hell, glühendrot hinter ihren geschlossenen Lidern. Und die Stimme, die »neueste Informationen über Marleigh« ankündigte, gehörte nicht ihrer Mom.

Aber auch nicht Cam, der Unbekannten mit dem perfekten Postkarten-Leben, von der sich möglicherweise herausstellen würde, dass sie ihre Schwester war.

Alex lauschte, ohne sich im Geringsten zu bewegen.

»Warum flüsterst du, Cam-o-rama?«, fragte die fremde Stimme.

Die Frage war schwach, aber deutlich zu verstehen. Sie zog ein metallenes Echo, einen Hauch von statischer Störung nach sich. Letzteres, nicht die Stimme selbst, erinnerte Alex daran, wie Cams Freundin Beth gestern am Telefon geklungen hatte. Ihr wurde deutlich, dass sie hörte, wie jemand telefonierte –

nicht Beth und auch nicht Cam. Diese Erkenntnis erfreute und verwirrte sie zugleich, denn sie war nie zuvor in der Lage gewesen, Telefongespräche zu verstehen, zumindest niemals deutlich auf eine größere Entfernung.

Seit sie hier angekommen war, seit Camryn Barnes ihre Hand genommen hatte, waren Alex' Sinne schärfer geworden, insbesondere ihr Hörvermögen.

Gestern Abend hatte sie gewusst, dass Cams Eltern nach oben kamen. Gedämpft von ihrem eigenen und Cams Lachen hatte sie eine leise, ängstliche Stimme gehört: »Dave, wir müssen einfach nachsehen.« Und dann die Schritte auf der mit Teppich ausgelegten Treppe. Sie waren ins Zimmer geplatzt, die hübsche Frau mit den geschwollenen Augen, dicht gefolgt von ihrem Mann, dem Anwalt.

Emily und Dave. Sie waren eigentlich ganz in Ordnung. Sie rochen sogar gut. Emilys Duft erinnerte an Marshmallows und Gardenien – zart, süß, pudrig und dennoch mit einem parfümierten Unterton. Davids hingegen war … freundlich, dachte Alex. Grün und erdig, wie ein neuer Garten. Sie waren beide ganz nett, nur nervös und verwirrt.

Auch nicht mehr als sie selbst, musste Alex sich eingestehen, und mehr oder weniger aus demselben Anlass. Zum Beispiel, was sie in diesem Haus tat, wie sie da hingekommen war und warum. Ihrem Erstaunen zum Trotz hatten sie Alex angeboten, so lange wie nötig bei ihnen zu bleiben.

Sie öffnete die Augen und blinzelte vorsichtig ins Sonnenlicht. Vor der Helligkeit des Morgens zeichnete sich der Schatten eines Mädchens mit vom Schlaf zerzausten Haaren ab, die vor dem Fenster kauerte und etwas in einen Telefonhörer flüsterte.

»Alles in Ordnung. Ich bin schon wach«, sagte Alex, während

der Schatten ihre eigene Gestalt annahm und sich dann in Camryn Barnes verwandelte.
»Ah, du bist wach«, sagte Cam. Sie hielt ihre Hand über die Sprechmuschel und fügte hinzu: »Meine Freundin Brianna ist dran – sie hat Neuigkeiten über Marleigh.«
Alex hörte die Echo-Stimme. »Hallo? Cam? Mit wem sprichst du?«
Cam wich Brees Frage aus. »Was weißt du denn Neues?«
»Na gut. Du wirst ausrasten. Rate mal, was irgendein bedauernswerter Typ an der B. U. gefunden hat?«
»B. U.?«, fragte Alex.
»Boston University?«, sagte Cam in den Hörer. »Was könnte das wohl sein? Vielleicht die bislang nicht identifizierte Leiche eines blonden Mädchens, das in etwa so alt und so groß wie Marleigh war?«
»Du wusstest es schon! Entweder hattest du eine von deinen Eingebungen oder irgendjemand hat es dir erzählt. Hoffentlich war's deine Psycho-Power-Version, sonst hätte mich ja jemand ausgestochen«, beschwerte sich Bree am anderen Ende der Leitung. »Wer hat es dir gesagt?«
»Beth«, erwiderte Cam. »Gestern Abend.«
»Kann ja gar nicht. Beth Fish? Die hat doch sonst nie auch nur einen blassen Schimmer von irgendwas. Mach schon, gib mir den Gnadenstoß – halt, Moment! Stell mal dein Radio an, Cami-sol. Sie berichten gerade darüber.«
Alex verdrehte die Augen. »Das ist nicht Marleigh«, sagte sie und schaltete das Radio an, das zwischen ihren Betten stand.
»Wahrscheinlich ist sie es nicht«, sagte Cam in den Hörer.
»Was meinst du damit?«, erwiderte ihre Freundin. »Ist das eine von deinen Psycho-Erkenntnissen, Camay?«
»Allerdings«, erwiderte Cam in genau dem Moment, in dem

der Radiosprecher sagte, dass man die Leiche identifiziert habe, dass die Polizei den Namen des Opfers aber noch so lange geheim halten würde, bis die Familie verständigt worden war. »Den Angaben der Behörden nach ist nur eines vollkommen sicher«, schloss der Reporter. »Bei der Verstorbenen handelt es sich nicht um Marleigh Cooper.«

Cam stieß einen Seufzer der Erleichterung aus. Dann beobachtete sie Alex und stichelte: »Willst du zur Abwechselung mal etwas richtig Aktuelles hören, Bree? Ich könnte dir was erzählen, was dir deine Haare zu Berge stehen lassen würde.«

»Raus damit«, befahl Bree.

Mit einer raschen Bewegung riss Alex Cam das Telefon aus der Hand. »Bis später, Bree«, sagte sie und legte auf.

»Was soll das denn?«, fragte Cam gereizt.

»Du wolltest ihr ja wohl gerade von mir erzählen und ich lasse mich nicht als Knüller vermarkten«, gab Alex zurück, schlenderte zu Cams Fotowand hinüber und betrachtete erneut die Bilder. »Also, was meinst du denn, was mit Marleigh passiert ist?«, fragte sie, abrupt das Thema wechselnd. »Ich meine, Menschen verschwinden doch nicht einfach so ohne Grund. Außer mir natürlich.« Sie stöhnte schuldbewusst. »Lucinda und Evan sind bestimmt total sauer, weil ich einfach so abgehauen bin. Ich habe mich nicht mal verabschiedet.«

»Wieso nicht?«, fragte Cam.

Alex fuhr sich mit den Fingern durch ihre zotteligen, blau gefärbten Haare. Langsam sah man ihre natürliche Farbe am Ansatz, kastanienbraun mit kupferfarbenen Strähnen. Genau wie Cams. »Alles geschah einfach so schnell«, sagte sie.

»Willst du sie anrufen?«, bot Cam an. »Du kannst mein Telefon benutzen.«

Alex zögerte.

»Schon gut, schon gut«, sagte Cam. »Du willst ungestört sein. Ich gehe mal unter die Dusche.«
Sobald sich die Badezimmertür hinter Cam geschlossen hatte, wählte Alex Lucindas Nummer. Nach dem fünften Klingeln nahm ein sehr verschlafenes Mädchen ab. Wahrscheinlich eine von Luces Nichten, dachte Alex. »Hallo, tut mir Leid, wie spät ist es?«
»Keine Ahnung«, erwiderte das Kind. »Alle außer mir schlafen noch.«
Alex hatte den Zeitunterschied vergessen. Sie wollte sich gerade noch einmal entschuldigen und auflegen, als mit einem Mal Lucinda am Apparat war. »Alex?«
»Luce! Woher wusstest du, dass ich es bin?« Übertrug sie vielleicht irgendein Virus, einen Gedankenlese-Bazillus, der alle befiel, die mit ihr in Berührung kamen?
»Ich glaub's ja nicht!«, quietschte Lucinda. »Du bist es wirklich! Jedes Mal, wenn das Telefon klingelt, hoffe ich, dass du es bist. Was ist denn passiert, Als? Wo warst du bloß? Ist Evan bei dir? Wir haben bis total spät in den Abend im Wohnwagen auf dich gewartet. Dann musste ich nach Hause. Ist Evan noch da?«
»Keine Ahnung«, sagte Alex. Beim Klang von Luces Stimme musste sie beinahe weinen. »Ich meine, ich bin nicht da. Am Wohnwagen ...«
»Umso besser«, sagte Lucinda. »Euer ekliger Vermieter ist da nämlich aufgekreuzt.«
»Hardy Beeson?«
»Ich hatte ja keine Ahnung, wie einschüchternd der ist, Als. Ich sag's dir: Sobald der anfing, gegen die Tür zu hämmern, dachten Evan und ich irgendwie: Himmel, was ist denn jetzt los! Wie ein Feuersturm, der auf einmal losbrach. Uns wurde

total heiß, wir fingen an zu schwitzen und alles. Der Typ war wutentbrannt, aber wörtlich. Man konnte richtig die Hitzewellen sehen, die er ausstrahlte. Und er wollte unbedingt wissen, wo du bist. Als wir ihm sagten, dass wir keine Ahnung haben, ich meine, nachdem wir das ungefähr zum hundertsten Mal wiederholt hatten, stampfte er mit dem Fuß auf und hat ein Loch in den Boden getreten, Alex! Diese dämlichen Stiefel, die er anhat, sind einfach, zack!, durch die Bretter gegangen.«

»Beeson?«, fragte Alex schockiert. »Das kann nicht sein.«

»Doch, doch«, beharrte Lucinda. »Er hatte noch seine schäbigen Beerdigungs-Klamotten an.«

»Der Kerl hat ein Rad ab, Luce. Aber nie im Leben ist der stark genug, um ein Loch in den Boden zu stampfen. Niemals.«

»Na gut, wenn du meinst. Aber wir waren dabei, Evan und ich. Ist ja auch egal. Jedenfalls: Wenn er dir mehr Miete abknöpfen will, dann sag ihm einfach, dass du weißt, wer für das Loch im Küchenboden verantwortlich ist.«

»Luce«, sagte Alex vorsichtig, »kann sein, dass ich so schnell nicht wieder da sein werde. Ich bin … ziemlich weit weg.«

»Wo denn? Bist du raus aus der Stadt oder was?«

Raus aus der Stadt. Luce dachte sicher an den Crow Creek, fünfzehn Kilometer von zu Hause entfernt. Da war ihre Mom immer mit ihnen zum Wandern hingefahren, als sie noch klein waren, da hatte sie ihnen beigebracht, wie man Steine übers Wasser flitschen lässt. Die Erinnerung schmerzte. Alex atmete tief ein. »Ich bin in Marble Bay, Massachusetts«, sagte sie.

»Hinter den sieben Bergen, was, Schneewittchen? Was machst du denn da, nach Marleigh Cooper suchen?«

»Nein. Ich … Erinnerst du dich noch an das Touri-Mädchen

aus dem Park, Luce? Das mir so ungeheuer ähnlich sah. Ich bin bei ihr.«

»Jetzt komm mal wieder auf den Teppich, Alexandra Nicole *Flunker*. Warum kriege ich bloß das Gefühl, dass du mir einen Bären aufbinden willst?«

»Weißt du noch, dieser alte Typ bei der Beerdigung?«

»Beeson?«

»Nein, dieser weißhaarige Arzt, mit dem ich mich auf dem Friedhof unterhalten habe. Er kannte meine Mom, also vor Urzeiten. Er hat mich hierher gebracht.«

»Halt! Jetzt reicht's aber, Als. Ich finde das schon seit ungefähr vier Minuten überhaupt nicht mehr witzig.« Mit einem Mal klang Lucinda leicht beleidigt. »Ich habe keinen einzigen weißhaarigen Typ auf dem Friedhof gesehen. Und das war erst gestern, also würde ich mich wohl daran erinnern. Außerdem kann man nicht an einem Tag von Montana nach Massachusetts fahren. Und ich hoffe doch stark, dass du mir nicht gleich erzählen willst, dass er dich in seinem Privat-UFO mitgenommen hat.«

»Genau darum geht es, Luce. Ich weiß gar nicht so recht, was passiert ist. Er hat meine Sachen gepackt und dann stand ich auf einmal hier und klingelte an Camryn Barnes' Haustür.«

»Na, dann bin ich ja froh, dass du um fünf Uhr morgens angerufen hast, um mir das mitzuteilen. Geh schlafen, Alex. Leg dich hin, wir telefonieren später noch mal«, sagte Lucinda und legte auf.

Alex kämpfte mit den Tränen, als Cam aus dem Badezimmer kam, ihre Haare mit einem Handtuch trocknend. »Schlechte Nachrichten?«, fragte sie.

»Wenn du darunter verstehst, dass meine beste Freundin denkt, ich hätte den Verstand verloren …«, murmelte Alex.
»Mach dir keine Sorgen«, versuchte Cam, sie zu trösten. »Ich bin sicher, dass sie es verstehen wird … sobald wir selber wissen, was los ist. Und hier in der Gegend gibt es auch eine ganze Menge Kids, die du total nett finden wirst.«
»So wie Brianna, Königin der Kurznachrichten? Kann ich mir irgendwie gar nicht so recht vorstellen.«
»Die ist schon in Ordnung – meistens«, beharrte Cam. »Wart erst mal ab, bis du sie und den Rest der Mannschaft kennen lernst. Wir haben da so eine Clique, das Six Pack. Hört sich ein bisschen flaschig an – mein Dad hat sich das vor Zeiten ausgedacht und jetzt heißen wir immer noch so.«
Alex steckte einen Finger in ihren Mund und tat so, als müsste sie sich übergeben.
»Na, früher oder später wirst du sie wohl kennen lernen müssen. Ich meine, wenn du hier bleiben willst und mit uns –«
Alex unterbrach sie. »Will ich gar nicht. Nehmt's mir nicht übel, Prinzessinnen-Pack, aber ich habe jede Menge Freunde zu Hause. Und damit es keine Missverständnisse gibt: Ich stehe nicht zur Adoption frei.«
»Das habe ich auch nie behauptet.« Cam war gereizt.
»Nein, hast du nicht, aber ich weiß, was du denkst.«
»Ach ja, das hatte ich ganz vergessen, du kannst ja Gedanken lesen …«
»Allerdings«, bekräftigte Alex. »Und falls deine – wie hat deine Freundin Banane es noch genannt?, ach ja – deine Psycho-Power«, spottete sie. »Also, falls deine Psycho-Power gerade außer Betrieb sein sollte: Du kriegst gleich Besuch!«
»Du meinst Beth. Als ob ich das nicht wüsste!«, fuhr Cam sie an und wickelte das Handtuch wie einen Turban um ihre

feuchten Haare. Beth wollte sie abholen, um gemeinsam mit ihr ins Labor wegen des Gentests zu gehen.

Es klopfte an der Tür. »Ich bin's, Cami. Kann ich reinkommen?«, rief Beth.

Cam und Alex erschraken beide, verblüfft von der Genauigkeit ihrer Vorhersage.

»Woher wusstest du das?«, flüsterte Cam.

»Und du?«, fragte Alex zurück.

»Keine Ahnung«, sagten sie zugleich und liefen jede auf eine andere Seite des Zimmers, Cam nach links, Alex nach rechts.

Kapitel 22

DAS TOTENKOPF-AMULETT

Beth erblickte zunächst Alex und kreischte: »Ich glaub's ja nicht! Du hast dich in das Big-Sky-Mädchen verwandelt. Wann hast du denn deine Haare so verunstaltet?«

»Genau genommen bin ich das Big-Sky-Mädchen«, verkündete Alex. Ihre grauen Augen funkelten schelmisch, als sie mit dem Daumen auf Cam wies. »Die Anführerin des Six Pack befindet sich dort herüben.«

Beth folgte dem Daumen – bis hin zu Cam, die leicht benommen, noch immer verwirrt von der Genauigkeit ihrer Vermutung, auf ihren Computerstuhl gesunken war.

Nein, es war mehr als eine bloße Vermutung, es war eine Gewissheit gewesen. Sie hatte gewusst, schlichtweg gewusst, dass der Besuch, den Alex hinter der Tür gespürt hatte, Beth war – die sie nun mit offenem Mund anstarrte und auf eine Erklärung wartete.

Cam zuckte zaghaft mit den Schultern.

»Darf ich dir meine böse Zwillingsschwester aus Crow Creek, Montana, vorstellen?«

Beth fand das nicht witzig. »Jetzt mal im Ernst.« Sie ging dazu über, Alex anzustarren, die den Reißverschluss der kleinen Sporttasche öffnete, die Doc für sie gepackt hatte. »Deine Mom hat gesagt, dass du überraschend Besuch bekommen hast. Aber könnte mir mal jemand freundlicherweise erzählen, was hier eigentlich los ist?«

»Vielleicht setzt du dich besser«, schlug Cam vor.

Gehorsam ließ sich Beth auf Cams Bett plumpsen.

»Es ist ein bisschen schwer zu erklären«, begann Cam. »Du erinnerst dich sicher also noch an Alex?«

»Na, zumindest kommt sie mir bekannt vor«, versuchte Beth einen trockenen Scherz. »Hi, hallo. Natürlich erinnere ich mich«, fügte sie hinzu.

»Du hast wahrscheinlich nicht damit gerechnet, mich hier zu sehen.« Alex zog ein zerknittertes blaues T-Shirt aus ihrer Tasche und eine verwitterte Jeans, die sie einfach auf Kniehöhe abgeschnitten hatte, als der Stoff durchgewetzt war.

»Wow«, erwiderte Beth sarkastisch. »Wie hast du das bloß erraten?«

»Tja, sie kann halt Gedanken lesen«, sagte Cam. Ohne nachzudenken zog sie beim Anblick der Klamotten, die Alex offenbar zu tragen gedachte, die Nase kraus. Was Alex' Entschluss besiegelte.

»Sind diese Shorts nicht toll?«, flötete Alex, an Beth gewandt. »Sind sie nicht einfach, wie soll ich sagen, einfach total Nicht-Marble-Bay?«

Seit dem Moment, in dem sie das Zimmer betreten hatte, war Beths Mund zu einer Grimasse verzogen gewesen. Doch jetzt, als sie von Cam zu Alex und wieder zurückblickte und angesichts des mühelosen Geplänkels zwischen ihrer besten Freundin und dem Mädchen, das sie vor gerade mal einer Woche getroffen hatte, verhärteten sich ihre Gesichtszüge.

»Ihr habt also seitdem noch Kontakt zueinander gehabt?«, fragte sie und fühlte sich mit einem Mal unbeholfen, wie eine

Außenseiterin, obschon dieses Zimmer im Prinzip wie ein zweites Zuhause für sie war.
»Nicht so richtig«, sagte Alex.
Es war auch nicht gerade hilfreich, dass die eigentliche Außenseiterin, der dreiste Klon ihrer besten Freundin, auf die Frage antwortete, die Beth eindeutig an Cam gerichtet hatte.
»Na ja, wir haben uns schon E-Mails geschickt«, erklärte Cam.
»War das *bevor* du aufgehört hast zu sagen, dass ihr euch überhaupt nicht ähnlich seht, oder *danach*?«, fragte Beth kühl.
»Ich hab mich vertan. Du hattest Recht«, versicherte Cam ihr, die den frostigen Tonfall natürlich bemerkt hatte. »Ehrlich, Bethie, du machst dir keine Vorstellung davon, wie sehr du Recht hattest.«
Statt bei ihrem Kosenamen aufzutauen, statt selbstzufrieden Hab-ich's-doch-gesagt zu kreischen, warf Beth ihrer Freundin einen leeren Blick zu.
»Jetzt komm schon, Beth, ich hab gedacht, dass du das total abgefahren finden würdest.« Absichtlich stopfte Cam ihre Stimme voll mit Fröhlichkeit. »Begreifst du es denn nicht? Alex und ich sind vielleicht Zwillinge.« Es funktionierte nicht. Warum hatte sie sich das nicht gleich gedacht? Dies war Beth. Nicht irgendjemand x-Beliebiges. »Es ist genau wie du damals in Montana gesagt hast. Du hattest Recht. Ich bin adoptiert. Und ich hatte nicht die mindeste Ahnung davon«, Cams Stimme war heiser.
Aber Beth ließ sich nicht erweichen, zäh erwiderte sie nur: »Seit wann weißt du es?«
Cam stieß einen tiefen Seufzer aus. »Seit gestern Abend.«
»Und in der Zeit zwischen gestern Abend und heute Morgen bist du einfach nicht dazu gekommen, es mir zu erzählen?«
Alex verdrehte die Augen. »Die ist ja total begeistert!«

»Beth, sei mir nicht böse–«, setzte Cam an.
»Ich bin nicht böse«, widersprach Beth. »Ich bin nur, du weißt schon, verwirrt.«
»Verwirrt?«, neckte Alex. »Och je, wovon denn bloß?«
»Ach, ich weiß auch nicht«, gab Beth zurück. »Wie wär's denn damit: Meine beste Freundin hat es vorgezogen, mich über zwei Explosionen, die ihre Welt gerade aus den Angeln gehoben haben, nicht zu informieren. Wenn du morgens um vier Bammel vor einer Geschichtsarbeit hast, dann zögerst du keine Sekunde, mich deswegen aus dem Bett zu schmeißen! Und jetzt findest du heraus, dass du adoptiert bist, na so was! Und außerdem ist deine Zwillingsschwester – von der du bislang nicht mal zugegeben hast, dass sie dir ähnlich sieht – auf einen kleinen Abstecher vorbeigekommen.«
In die Ecke getrieben versuchte Cam sich rauszureden. »Es geschah alles so schnell.«
»Sie war hier in diesem Zimmer, als ich angerufen habe, um dir von dem aufgefundenen Mädchen in Boston zu erzählen, stimmt's?«
Cam nickte schüchtern.
Beths Nasenlöcher zuckten. »Und selbst da konntest du es mir nicht sagen?«
»Ich hab gewusst, dass sie wütend wird«, sagte Alex. »Lucinda ist auch mehr oder weniger ausgerastet.«
»Ich raste nicht aus!« Beth stand auf, es nervte sie, dass die beiden jetzt über sie redeten, als wäre sie gar nicht anwesend. »Ich begreife einfach nur nicht, was hier eigentlich los ist.«
»Da bist du nicht die Einzige«, murmelte Alex.
»Es fühlt sich an, als hätte ich ein halbes Dutzend Folgen meiner Lieblings-Fernsehserie verpasst.«
»Nimm's mir nicht übel«, flehte Cam.

»Bitte, bitte«, zog Alex sie auf. Sie warf sich ihre schrägen Montana-Klamotten über die Schulter, schnappte sich den Kulturbeutel, den Doc für sie gepackt hatte, und tänzelte in Richtung des Schöner-wohnen-Badezimmers. »Glaub mir, Beth: Von dieser Serie haben wir alle einige entscheidende Folgen verpasst.«

Alex schloss die Tür des Badezimmers, setzte sich rasch auf den Rand der Wanne und presste das zerknitterte blaue T-Shirt gegen ihr Gesicht. Sie atmete tief ein. Hinter dem scharfen Geruch eines fettigen Abendessens roch sie Saras Duft – das verletzliche und zarte Aroma von Veilchen, den Lieblingsblumen ihrer Mutter.

Auf der Suche nach ihrer Zahnbürste öffnete sie den Kulturbeutel und sah, dass der aufmerksame Doc einen Teil ihres – na ja – Schmuckes mit dazugepackt hatte. Es war eine seltsame Auswahl.

Das blassrosa Kästchen mit der zarten Kette und dem Mond-Amulett war da. Sie beschloss, es heute zu tragen.

Dann bemerkte sie – inmitten von wertlosen Ohrringen, Bergkristall-Imitaten und dem Plastikring, den sie mit sieben oder acht Jahren so unheimlich toll gefunden hatte und der seine Farbe verändern konnte – einen winzigen silbernen Totenkopf. Es war der, den Evan ihr vor drei Jahren geschenkt hatte, als sie alle noch davon überzeugt waren, dass Tätowierungen und Piercings total cool seien. Er hing an einer matten Metallkette, die ebenso wenig aus echtem Silber war wie der grinsende kleine Totenkopf. Alex hatte das Teil fast vergessen.

Sie lächelte in Erinnerung an diese Zeit, in der sie noch so kindlich gewesen waren und versucht hatten, so stark zu wirken. Sie rieb den kühlen kleinen Kopf an ihrem Gesicht, genau wie früher einmal die Satinborte ihrer Lieblings-Babydecke. Und sie dachte an den schokoladigen Evan mit seinen wilden Rastalocken und seinem weichen Herzen.

Das makabere kleine Schmuckstück passte perfekt zu ihrer derben Jeans und dem süß duftenden alten T-Shirt ihrer Mom. Während sie die Kette um ihren Hals legte, hoffte Alex nur, dass Doc auch ihre dreckigen Basketballstiefel mit eingepackt hatte. Das würde das Ihr-könnt-mich-alle-mal-Image vervollständigen, um das sie sich heute bemühte.

Sie durchwühlte die Sporttasche, fand die Schuhe aber nicht. Pech. Ganz unten in der Tasche ertastete sie dafür einen kleinen, kühlen Gegenstand und als sie ihn herauszog, stellte sie fest, dass es Docs Quarzkristall war.

Wie er ihn zwischen ihr Zeugs geschmuggelt hatte, war ein beinahe ebenso großes Rätsel wie die Frage, wie er sie an einem einzigen Tag bis hierher gebracht hatte. Alex zuckte mit den Schultern und ließ den schönen rosa Stein in die Tasche ihrer schäbigen Shorts gleiten.

Kapitel 23

WAS HAST DU GESEHEN?

Beth wollte sich gerade auf den Weg machen, als Alex zurück ins Zimmer stolzierte und ihre abgewrackten Mädchen-aus-Montana-Klamotten zur Schau stellte.

»Ich weiß noch nicht, wie ich das alles hier finden soll«, sagte Beth, eine Hand schon auf der Türklinke, »aber ich muss jetzt jedenfalls los.«

»Bitte, Bethie. Komm mit«, bat Cam.

»Wohin? Ins Labor? Tut mir Leid, dieses Vergnügen muss ich mir wohl entgehen lassen. Also dann«, sagte Beth und schüttelte den Kopf über Alex. »Was für Klamotten …«

»Umwerfend, findest du nicht?«, zog Alex sie auf und drehte sich nach allen Seiten. Sie fühlte einen stechenden Schmerz in ihrem Inneren, die blau-weiße Kälte von Beths Qual. Alex wurde klar, dass sich das große, dünne Mädchen verlassen fühlte, ausgeschlossen.

»Im Ernst«, sagte sie deshalb schnell. »Komm mit. Lass dir nicht das medizinische Abenteuer des Jahrhunderts entgehen. Wer weiß, hinterher stellt es sich noch heraus, dass wir beide auch irgendwie verwandt sind.«

Beth zögerte. Aber als sie nach Unterstützung suchend zu Cam hinübersah, bemerkte sie, wie ihre beste Freundin ihrer

Doppelgängerin ein kumpelhaft-dankbares Lächeln zuwarf. Beth war klar, dass sie sich albern verhielt, kindisch und unvernünftig. Aber die Nähe zwischen Cam und Alex, ihre Vertrautheit, tat Beth einfach weh.

»Jetzt geh nicht weg. Bitte, Beth«, sagte Cam.

»Wir machen alle diesen Test«, scherzte Alex. »Sie nehmen einem nur ein bisschen Blut ab. Dave sagt, dass sie nur eine einzige Zelle brauchen oder so was und daraus erkennen können, ob und wie wir miteinander verwandt sind.«

»Dave?« Beths Körper versteifte sich. »Duzt ihr euch schon, du und Cams Vater? Angeblich hast du ihn doch erst gestern kennen gelernt. Ich kenne ihn mehr oder weniger seit ich denken kann. Und ich nenne ihn immer noch Mr Barnes.«

Beth öffnete die Tür. Sie vermied es, Cam in die Augen zu sehen. »Na dann, viel Spaß, Leute«, sagte sie übertrieben fröhlich. »Ich muss jetzt wirklich los. Ich gehe babysitten.«

»Wer ist denn das glückliche Kind?«, fragte Cam. »Eins von den Üblichen?«

Beth zögerte. Cam versuchte eine total lahme Unterhaltung zu führen und so zu tun, als sei alles irgendwie normal. »Jenny McGuire«, antwortete sie schließlich. Jenny war ein siebenjähriges Kind aus der Nachbarschaft.

»Gehst du mit ihr zum Teich?«, bohrte Cam nach und fügte als Erklärung für Alex hinzu: »Wir haben mitten in der Stadt so einen Park, der ist ziemlich Klasse – mit einem riesigen Spielplatz, Grillstellen, Hängematten und einem Teich mit vielen Enten. Vielleicht können wir später noch da vorbeikommen, dann können wir Alex …«

»Ich weiß noch nicht, wie lange ich da sein werde. Darüber hab ich noch nicht so genau nachgedacht«, unterbrach Beth die Frage. »Ich muss sie in ein paar … na, ist auch egal. Tschüss!«

»Ist es heute irgendwie kühl hier oder war das nur, weil sie nicht mit mir gerechnet hat?«, fragte Alex, als die Tür hinter Beth zuknallte.
»Sie ist normalerweise ganz anders«, sagte Cam besorgt. »Ich glaube, sie ist nur …«
»Eifersüchtig?«, fragte Alex. »Hey, langsam werde ich richtig gut. Diesmal musste ich nicht mal deine Gedanken lesen.«

Während David dutzende von Formularen für den DNA-Test ausfüllte, saß Emily nervös im Wartezimmer des Biogentech-Labors, zusammen mit ihrer geliebten Tochter und der grauäugigen Fremden, die ihr so ähnlich sah und doch ganz anders war.
Das unbekannte Mädchen, Alexandra Fielding, trug eine abgeschnittene Jeans und ein T-Shirt, das aussah, als sei es lange nicht mehr gewaschen worden. Das Mädchen steckte immer, wenn es sich unbeobachtet fühlte, seine Nase in das Kleidungsstück und roch daran.
Emily missbilligte das. Die schlampige Kleidung, die Anstoß erregende Haarfarbe des Mädchens, ihre wütende Selbstständigkeit. Und allem voran die Tatsache, wie ihre Gegenwart, ihre bloße Existenz, ein schmerzhaftes Familiengeheimnis gelüftet und den Frieden und die Sicherheit ihres Heims zerstört hatte. Und dennoch strahlte dieses Mädchen etwas aus, das in Emily den Wunsch weckte, es zu umarmen und zu beschützen.
»Alles in Ordnung?«, fragte sie und berührte Alex' strähnige Haare, die überraschend weich waren, wie das warme Fell eines Tieres. Alex zog ihren Kopf weg. »Klar«, behauptete sie. Emilys leichte Berührung verunsicherte sie, erinnerte sie auf eine seltsame Art an Saras Liebkosungen.

»Uns geht's gut, Mom«, sagte Cam barsch. Es war das erste Mal, dass ihre Tochter sie Mom nannte, nachdem sie herausgefunden hatte, dass sie adoptiert war. »Psst«, machte Cam, den Blick auf den Fernseher geheftet, der auf der anderen Seite des Wartezimmers stand und in dem gerade eine Nachrichtensendung lief. »Ich will hören, was sie sagen.«

Aber es gab nichts Neues. Wie es momentan stündlich auf allen Programmen üblich war, käute die Sendung lediglich die wenigen Tatsachen und unzähligen Meinungen zum schrecklichen Verschwinden von Marleigh Cooper wieder, einem Mädchen, das nur drei Jahre älter war als Cam.

Alex kämpfte, seit sie hier saß, mit einer Flut von Nervosität, die in ihr aufgestiegen war, als sie das Wartezimmer betreten hatte. Sie hatte versucht, sich auf die bunten Zeitschriften zu konzentrieren, die im Wartezimmer auslagen, auf die anderen Patienten, auf irgendetwas anderes als auf den eigentlichen Grund, aus dem sie hier waren. Jetzt fiel ihr Blick auf denselben Fernsehbildschirm, an dem Cam festklebte.

»Spurlos verschwunden«, wiederholte der Reporter. »Die Sängerin verließ ihren Platz beim Fußballspiel, um ihr Handy benutzen zu können. Seitdem hat man nichts mehr von ihr gesehen oder gehört. Mit jedem Tag wird das Rätsel größer.«

Der Test im Labor geschah im Handumdrehen. Wie angekündigt, war die Vorgehensweise komplett schmerzlos. Eine Assistentin nahm ihnen beiden eine Blutprobe ab. Sie erklärte, dass sie drei unterschiedliche Tests machen und der Familie Bescheid sagen würde, sobald die Ergebnisse vorlagen. »Es kann dauern«, sagte sie, »aber wenn ihr meine Meinung wissen wollt«, fügte sie hinzu, während sie von Alex zu Cam blickte, »dann würde ich sagen, dass ihr mit ziemlich hoher Wahrscheinlichkeit nah verwandt seid.«

»Wir, Dave und ich, wir warten noch auf einen Arzt«, sagte Emily, als sie wieder in Richtung der Empfangshalle gingen, die mit ihren Marmorfußböden und der Klimaanlage eiskalt war. »Er will uns sprechen. Ihr könntet schon einmal vorgehen, wenn ihr wollt? Es ist so ein wunderbarer Tag. Wir brauchen hier bestimmt noch eine Weile.«

Und dann wisst ihr wieder mehr als wir, grübelte Cam. Und lügt mich wieder an, so wie ihr es mein ganzes Leben lang gemacht habt.

»Keine Sorge.« Dave lächelte die Mädchen an. »Wir werden euch die reine Wahrheit sagen, falls wir wider Erwarten heute schon irgendetwas erfahren werden.«

»Versprochen?«, fragte Cam.

»Ehrenwort«, erwiderte Dave.

Als sie draußen auf den sonnenüberfluteten Stufen vor dem Gebäude standen, sagte Alex: »Nicht schlecht, meine Liebe. Es scheint so, als ob sich deine mediale Begabung geradezu sprunghaft entwickelt.«

»Wie kommst du denn darauf?«, fragte Cam.

»Dein Dad hat das nicht laut ausgesprochen, das mit der reinen Wahrheit ...«

»Das kann nicht sein«, widersprach Cam. »Ich hab's doch gehört.«

»Eben!« Alex grinste. »Du wirst echt gut.«

»Wirklich?« Cam wusste nicht, ob sie erfreut oder besorgt war. Sie entschied sich ein weiteres Mal für verwirrt.

»Also, wo sind wir? Und was kann man hier so unternehmen?« Alex blickte nach links und rechts. Eine Reihe dunkler Ulmen sprenkelte die ruhige Straße. Blumenkörbe hingen an den weiß getünchten Veranden bezaubernder alter Häuser. Eine salzige Meeresbrise zerzauste Alex' Haare und brachte ihr eine Ahnung des würzig süßen Geruchs gut gepflegter Gärten. »Ihr könntet hier doch euren eigenen Erlebnispark gründen«, spottete sie. »Nur dass ihr ihn statt Big Sky vielleicht Supersüß-Stadt nennen solltet. Was können wir denn an einem solch malerischen Ort anstellen?«

»Ich hätte da eine ganz gute Idee …«

»Beim letzten Mal, als jemand diesen Satz zu mir gesagt hat«, erinnerte Alex sie, »fand ich mich anschließend vor eurer Tür wieder.«

»Weißt du noch, wie wir vorhin von diesem Ententeich gesprochen haben? Da könnten wir hingehen«, schlug Cam vor.

»Um Beth zu treffen, hab ich Recht? Du bist dir ziemlich sicher, dass sie mit der Kleinen da hingegangen ist«, sagte Alex und fügte hinzu: »Du machst dir wohl ziemliche Sorgen um sie.«

»Hör mal, das ist schon eine komische Situation für Beth«, setzte Cam an, »aber wenn du keine Lust hast …«

»Eine komische Situation für *Beth*?« Alex schüttelte den Kopf. »Wenn ›komisch‹ eine Lotterie wäre, dann hätte sie noch kein einziges Los gezogen.«

»Und du hast den Hauptgewinn, oder wie?« Cam wusste, was Alex dachte.

»Mehr so die Niete.«

Sofort bekam Cam ein schlechtes Gewissen. »Ich hab …«

»… es nicht so gemeint. Schon gut. Ich weiß. Plötzlich verspüre ich so ein unbezwingbares Bedürfnis, mir diesen Ententeich anzusehen.«

Kapitel 24

ENTE, ENTE, GANS

»Ich weiß ja nicht mal, ob sie wirklich hier ist«, murmelte Cam, als sie sich dem Teich im Park näherten. Dieser sah in Alex' Augen exakt so aus wie in ihrer Vorstellung. Grün, sauber, ein Ansichtskarten-Motiv. Genau wie alles andere in Marble Bay – zumindest, was sie bislang davon gesehen hatte. Bislang … bis heute, bis hierher, wo niemand mehr war, der ihr etwas bedeutete.

Cam schirmte ihre Augen mit der Hand gegen die Sonne ab und schaute sich um.

Scharen von Kindern knieten am Teich und lenkten ferngesteuerte Boote durch das Wasser. Jogger, Hundehalter, Kids mit Skateboards und Rollschuhfahrer teilten sich den Weg, der um den Teich führte.

Muss hierzulande denn niemand arbeiten?, fragte sich Alex, während sie die Aussicht betrachtete. Auf einer Bank am anderen Ufer erblickte sie eine Frau, die ihrer Mutter unheimlich ähnlich sah. Alex' Herz tat einen kleinen Sprung – und verwandelte sich dann in Stein, als ihr wieder einmal zwingend bewusst wurde, dass Sara nicht mehr da war. Außerdem, erinnerte sie sich, selbst wenn es in Crow Creek auch so einen Ort gäbe, dann hätte Sara dort wohl kaum entspannt mit einem Buch auf der Parkbank gesessen. Zwei Jobs ließen ihr keine Zeit für Freizeitluxus.

Je besser sie Marble Bay, Massachusetts, kennen lernte, desto weniger mochte sie die Stadt, entschied Alex gerade für sich, als ein Geräusch, regelmäßig und rasch wie hell klingende Trommelschläge, ihre Gedanken unterbrach. Sie drehte sich um und sah, wie Cam winkend auf Beth zulief, die sie gerade entdeckt hatte.

Beth saß an einem Klapptisch und unterhielt sich mit einem Kind mit karottenroten Haaren und so dünnen Armen und Beinen, dass man an einen Vogel erinnert wurde. Das Geräusch kam von dem Kind. Das kleine Mädchen ließ den Kopf hängen, es kaute an seinen Fingernägeln herum.

Von diesem Kind war Alex also angezogen geworden. Das Geräusch, das sie hörte, war der Herzschlag des Kindes. Das Mädchen hatte Angst. Doch wovor auch immer es sich ängstigte, das Selbstgespräch, das es darüber führte, wandte sich nach innen, nicht nach außen. Alex konnte die Worte nicht verstehen.

»Beth!«, schrie Cam, als sie mit Alex im Schlepptau bis auf Rufweite an die beiden herangekommen war. »Hey, ich hoffe, du hast nichts dagegen, dass wir einfach so auftauchen. Hab mir doch gedacht, dass du hier bist.«

Beth konnte nie ihre Gefühle verbergen. Trotz allem, was gerade zwischen ihnen vorgefallen war: Cams beste Freundin aller Zeiten war offenbar begeistert, sie zu sehen. Und das, obschon auch Alex mitgekommen war.

Beth winkte zurück. »Na, wie ist euer DNA-Ding gelaufen?«

»Wir müssen noch eine ganze Zeit lang warten«, antwortete Cam. »Ein paar Wochen wahrscheinlich.« Ihr Handy klingelte. »Bree«, gab sie zu verstehen, nachdem sie abgenommen

hatte. Sie blieb stehen und winkte Beth und Alex zu sich heran, damit sie mithören konnten.
Was auch immer Brianna Waxman zu berichten hatte, es hätte Alex nicht weniger interessieren können. Doch das aufgeregte, rothaarige Etwas am Tisch hingegen war eine ganz andere Angelegenheit. Während Beth sich zu Cam gesellte, setzte sich Alex neben das Kind auf die Bank.
Das kleine Mädchen starrte auf seine Hände mit den zerbissenen, geröteten Fingernägeln. Obschon sie sicherlich wusste, dass Alex da war, blickte sie nicht auf.
»Hi! Ich bin Alex Fielding. Und du heißt Jenny, stimmt's?«
Das Kind gab keine Antwort. Aber das Schlagen seines verängstigten Herzens wurde lauter und noch schneller.
»Du bist wohl ganz schön traurig«, bemerkte Alex sanft.
Jenny zuckte mit den Schultern. »Ich war ein böses Mädchen«, sagte sie.
»Kann gar nicht sein«, widersprach Alex dem Kind. »Gleich als ich dich gesehen habe, wusste ich, dass du total nett bist. Ich konnte hören, wie dein Herz rast und ich fragte mich: Warum ist dieses liebe Mädchen wohl so …«
»Böse«, unterbrach Jenny.
»Na ja, ich hatte eher an ›traurig‹ gedacht«, sagte Alex.
»Das stimmt aber nicht«, behauptete Jenny, die endlich aufblickte.
Böse und traurig, hörte Alex die Gedanken des Mädchens. *Ich habe etwas sehr Böses gemacht und jetzt bin ich traurig. Und Marleigh ist verschwunden. Und jetzt werden alle wütend auf mich sein.*
»Nein, bestimmt nicht. Ich jedenfalls nicht«, beruhigte Alex das Kind.
Jenny sah sie verwundert an. »Hey, du hast mich ja gehört«,

sagte sie. Dann fiel ihr Blick auf Evans Anhänger, den matt im Licht schimmernden kleinen Totenkopf, der an der Kette um Alex' Hals hing.

Alex fühlte, wie sich Jennys Körper versteifte. Fühlte, wie eine kalte Welle der Angst durch das Kind rollte.

»Was hast du, Jenny? Was ist denn los?«, fragte sie.

»Du bist nicht nett«, brach es aus dem kleinen Mädchen heraus, das plötzlich vor Alex zurückschreckte. »Du bist böse. Du bist auch böse.«

»Wow, sie haben eine Spur. Ich glaub's ja nicht!« Beth eilte zurück zum Klapptisch. »Alex, hör mal, was Bree gerade erfahren hat.«

»Neueste Marleigh-Nachrichten, wetten?«, riet Alex.

Cam kam dazu und erklärte die Einzelheiten: »Als Marleigh und ich uns damals beim Spiel unterhalten haben, da sagte sie irgendetwas über einen ›Fan‹, der ihr fiese E-Mails geschickt hatte ...«

»Und das FBI hat ihn gefunden!« Beth war völlig aus dem Häuschen. »Na ja, ich meine, sie haben herausgefunden, von wo die E-Mails geschickt wurden. Sie kamen alle von ein und demselben Computer. Der tatsächlich genau hier steht. In Marble Bay!«

»In einem Laden namens Music & More«, erläuterte Cam.

»Marleighs Mutter hat der Polizei von diesen Verfolgungsbriefen erzählt, die ihre Tochter bekommen hatte«, erklärte Beth.

»Und Bree sagt, dass diese – Gerüchten zufolge – alle von einem Computer vom M & M im Stadtzentrum kamen«, beendete Cam ihren Bericht.

»Ist das nicht grässlich?«, fragte Beth und strich geistesabwesend über Jennys Kopf.
Cams Magen verkrampfte sich. Was bedeutete das? Dass sie mit ihrer Ahnung ins Schwarze getroffen hatte? Dass Marleigh tatsächlich von einem Verrückten entführt worden war, der sie vergötterte? Die Erinnerung an das blasse Gesicht der Sängerin, als sie Cam von dem Fan erzählte, der seine Briefe mit »Verehrer« unterzeichnete, übermannte sie wieder.
Hätte Cam die Entführung verhindern können, wenn sie in der Stadt geblieben wäre? Wenn sie auf den runzeligen alten Mann gehört hätte, als er sagte: »*Fahr nicht. Sie braucht dich jetzt.*« Das waren seine Worte gewesen.
Aber wenn sie nicht in Urlaub gefahren wäre, dann hätte sie auch Alex nicht getroffen.
Sie braucht dich jetzt. Das waren dieselben Worte, die ich auch gehört habe, dachte Alex, das war es, was der Mann aus meinen Träumen mir gesagt hat. Aber das war lange, bevor ich überhaupt etwas von Marleighs Verschwinden wusste.
Cams Augen weiteten sich vor Überraschung. Sie konzentrierte sich auf Alex, die sie sanft anlächelte. »Hast du etwa gerade gesagt -?«, fragte Cam.
»Nicht gesagt. Gedacht«, erwiderte Alex laut.
»Psst«, machte Cam. Diese Sache mit dem Gedankenlesen verunsicherte sie total. Auch, gestand sie sich ein, wenn es natürlich irgendwie cool war.
»Der Cyber-Psycho hat sie wahrscheinlich entführt. Sie steckt in Schwierigkeiten«, sagte Alex.
»Oder steckte«, fügte Beth hinzu und presste Jenny an sich, als ob sie das verängstigte Kind beschützen wollte.
»Vielleicht reagieren wir alle ein bisschen über.« Cam versuchte, sich die in ihr aufsteigende Unruhe nicht anmerken zu

lassen. »Was reden wir denn da eigentlich? Wenn es eine olympische Disziplin wäre, aus einer Mücke einen Elefanten zu machen, dann kriegten wir sicherlich die Goldmedaille. Wir haben doch keine Ahnung, ob irgendetwas davon wahr ist.«

»Ach nee?« Das kam von Alex.

Kapitel 25

STIMMEN IN DER NACHT

Half Moon Cove war eine kleine Bucht mit einem Kieselstrand, die von der Hauptstraße von Marble Bay durch eine hohe Kaimauer abgetrennt war. An lauen Sommerabenden war es ein wunderbar ungestörter Ort, an dem sich Cams Freunde gern miteinander trafen.

Später an diesem Abend, nach dem Essen, beschlossen Cam und Alex, sich dort mit Beth zu verabreden.

Aber als Cams Vater die Mädchen hier absetzte, war von Beth weit und breit keine Spur.

Angetan mit einigen ihrer Flohmarkt-Klamotten, die sie aus ihrer Tasche gekramt hatte, folgte Alex Cam über die moosbewachsenen Steinstufen, die zur Bucht hinunterführten.

»Ich bin dann so um halb zehn wieder hier«, verabschiedete sich Dave. »Ruft an, wenn ich früher kommen soll.«

»Mach ich«, erwiderte Cam über die Schulter und verbesserte sich dann: »Ich meine, machen *wir.*«

Sie warf Alex einen entschuldigenden Blick zu, aber das Montana-Mädchen hatte die Augen schon auf den Strand und das Wasser dahinter gerichtet. Dichter Nebel hing in der Abenddämmerung. Man konnte beinahe den Mund öffnen und ein Stück abbeißen.

Was offensichtlich genau das war, was Alex vorhatte.
»Erstes Mal am Strand?«, riet Cam.
»Mehr oder weniger.« Alex presste ihre Lippen aufeinander und starrte weiter stur geradeaus.
»Wart ihr nicht mal irgendwann im Urlaub am Meer?« Sobald sie die Worte ausgesprochen hatte, wünschte sich Cam, dass sie ihre Frage zurücknehmen könnte. So was von unsensibel, schalt sie sich. Alex musste den ganzen Sommer über arbeiten, außerdem jeden Tag nach der Schule und an den Wochenenden. Da blieb nicht viel Zeit für Urlaub.
Cam wappnete sich in Erwartung einer sarkastischen Erwiderung, aber Alex ging im Gleichschritt neben ihr in Richtung Ufer und sagte bloß: »Bei uns gibt es Seen und Flüsse und so was alles. Und ganz in der Nähe einen Bach. Und ...«
»Da bist du immer mit deiner Mom hingegangen«, sagte Cam.
Alex nickte stumm. Ein Gefühl der Leere breitete sich in ihr aus.
»Das kenne ich«, sagte Cam, die von ihren Worten ebenso überrascht war wie Alex. »Ich hatte das auch mal. Dieses Gefühl von Leere. Das ist Heimweh.«
»Heimweh?« Alex war übel, der salzige Geruch der Bucht überwältigte sie. »Mein Zuhause vermisse ich nicht, das kannst du mir glauben – diese ranzige Sardinendose mitten im Wald.«
Cam berührte ihren Ellenbogen. »Wir müssen nicht unbedingt hier bleiben. Wir können auch zurückgehen, wenn dir das lieber ist. Ich kann Beth das schon erklären. Ich weiß wohl, dass sich das für dich seltsam anfühlen muss –«
»Das hältst du für seltsam?« Vor weniger als vier Wochen war sie noch in Montana gewesen, hatte die neunte Klasse beendet, mit ihrer Mom zusammengelebt, sich mit ihren Freun-

den getroffen, war von einem gemeinen Vermieter belästigt worden. »Dieser Abend ist auf der Seltsam-Skala nicht mal mehr drauf.«
Aus irgendeinem Grund fand Cam das furchtbar komisch. Sie musste kichern, doch sie entschuldigte sich sogleich. »Tut mir Leid.«
Alex ging nicht darauf ein. »Willst du wissen, was seltsam ist?« Sie warf Cam ein schiefes Lächeln zu. »Das, was du für seltsam hältst. Das ist wirklich super-sonderbar.«
Aufgedreht versuchte Cam, nicht schon wieder zu lachen.
Mit einem ernsten Blick, den sie aber nicht lange durchhielt, wiederholte Alex: »Super-sonderbar«, und brach dann selbst in lautes Lachen aus.
Was wiederum Cam dazu brachte, nun mehr endgültig die Beherrschung zu verlieren.
»Hier drüben, Leute!« Beth winkte ihnen zu und sie wurden von einem neuerlichen Lachanfall geschüttelt. Bekleidet mit einer Jeans-Latzhose und einem T-Shirt mit abgeschnittenen Ärmeln, war Cams allerbeste Freundin gerade angekommen und hatte einen Platz am anderen Ende der Bucht in Beschlag genommen.
Als sie Beth erreichten, lachten sie noch immer.
»Was ist eigentlich so komisch?« Beth klang zurückhaltend.
»Nichts«, erwiderte Cam ohne nachzudenken.
»Nichts, was *ich* verstehen würde, meinst du wohl.« Beth versuchte so zu tun, als habe sie einen Scherz gemacht, aber Cam kannte sie zu gut.
Instinktiv trat sie einen Schritt von Alex weg. »Pah – nöö. So habe ich das nicht gemeint.«
»Schon gut«, sagte Beth kühl und wandte sich Alex zu. »Das war dann wohl heute ein nettes Abendessen bei den Barnes.

Hat Mrs B. ihr berühmtes Huhn mit Parmesan zubereitet? Ach nee, warte mal, ich wette, dass Mr … ich meine natürlich *Dave* den Grill angeschmissen hat. Das machen sie normalerweise immer, wenn Cam Freunde zu Besuch hat.«

»Genau genommen haben wir Pizza bestellt«, begann Cam, bevor sie von Beth unterbrochen wurde.

»Aber du bist ja eigentlich gar keine Freundin. Ich meine, du gehörst ja zur Familie, hab ich nicht Recht? Eine Schwester. Eine Zwillingsschwester. Wahrscheinlich jedenfalls.«

Schweigen, so dicht wie der Nebel, hing in der Luft.

Beth durchbrach es. »Aaaalso … jedenfalls habe ich inzwischen ein bisschen mehr über die E-Mails erfahren, die sie zum Music & More zurückverfolgt haben. Das FBI hat anscheinend jemanden im Verdacht.«

»Den Typ, der sich ›Verehrer‹ genannt hat?«, fragte Cam, dankbar für den Themenwechsel. »Wissen sie schon, wer dahinter steckt? Denken sie, dass er Marleigh entführt hat?«

»Es kann doch gar keine Entführung sein. Niemand hat Lösegeld verlangt«, bemerkte Alex.

»Vielleicht geht es ja nicht um Geld. Vielleicht geht es um« – Beth machte eine theatralische Geste – »Liebe.«

Cam und Alex warfen sich einen Blick zu. Beth übertrieb einfach völlig. Es wurde allerhöchste Zeit, das Thema wieder zu wechseln.

»Apropos«, sagte Cam, »Beth glaubt, dass dieser Typ, dieser Justin aus der Pizzeria, auf mich steht.«

Beth verdrehte die Augen. »Also: Zum einen heißt er Jason. Und zum anderen stimmt das auch. Das ist so was von offensichtlich.«

»Für mich nicht«, erwiderte Cam. »Ich meine, was genau hat er dir denn erzählt?«

An Alex gewandt erklärte Beth: »Er ist in der Oberstufe, siebzehn Jahre alt, hat einen Führerschein und ist mit mir befreundet. Natürlich erzählt er mir allerlei.«
»Zum Beispiel, dass er mich gut findet?«
Beth legte den Kopf schräg. »Wörtlich nicht. Aber er hat genügend Andeutungen gemacht.«
»Andeutungen? Indem er sich gemerkt hat, was für eine Pizza wir immer bestellen?«, fragte Cam zweifelnd.
Beth versuchte, Alex an der Diskussion zu beteiligen. »Bist du auch so wie Cam? Ich meine, raffst du es auch nicht, wenn jemand total auf dich steht?«
Unbeabsichtigt erschien in Alex' Vorstellung ein Gesicht. Evans.
Und Cam sah es. »Er ist niedlich«, sagte sie laut. »Ich finde Rastalocken zwar nicht so umwerfend, aber ansonsten …«
Alex starrte sie mit offenem Mund an. »Woher wusstest du?«
»Von wem redet ihr?«, fragte Beth verblüfft und sah von einer zur anderen. Dann fiel der Groschen. »Ach, ihr meint den Typ, der damals mit Alex am Riesenrad war?«
»Evan«, sagte Cam erleichtert. »Wir haben ihn im Big Sky getroffen. Weißt du noch, Beth? Damals im Erlebnispark.«
»Er ist aber nicht mein Freund«, widersprach Alex. »Nur *ein* Freund halt. Ein sehr, sehr guter Freund.«
»Den du bestimmt ziemlich vermisst.« Diesmal war es Beth, die Alex' Gedanken aussprach.
Doch es war Cam, die begriff, dass sie das Thema Evan besser fallen lassen sollten. Es ging nur Alex etwas an. Ihre Welt, ihre Freunde, ihr Zuhause: Sie war noch nicht bereit, das mit ihnen zu teilen, irgendjemandem ihr Herz auszuschütten. Also versuchte Cam, den Druck von ihr zu nehmen, indem nun sie ihrerseits erneut das Thema wechselte. »Dieser Kell-

ner aus dem PITS geht also in die Oberstufe. Genau wie Tonya. Ob er sie wohl kennt?«
»Das möchte ich bezweifeln«, sagte Beth. »Tonya die Einzelgängerin kennt doch mehr oder weniger niemanden. Ich meine, sie ist zwar in unserer Fußballmannschaft, aber kennen *wir* sie deswegen? Nö.«
Alex hob einen Zweig auf und ließ sich auf den feuchten Strand plumpsen. Unbeteiligt an dem Gespräch, das die beiden Freundinnen führten, räumte sie einige Kiesel zur Seite und begann, ein kleines Bild in den Sand zu zeichnen. Evans Gesicht. Und Luces. Und das ihrer Mom.
Dann aber hörte sie Cam und Beth einen Moment lang zu. Sie unterhielten sich wieder über die mutmaßliche Entführung.
Was machte es für einen Unterschied, ob Cam »gewusst« hatte, dass man Marleigh entführen wollte?, grübelte Alex. Dieses Wissen hatte nicht verhindern können, dass es tatsächlich passierte. Dieses Wissen brachte auch niemanden auf der Suche nach Marleigh auch nur einen Schritt weiter. Genau wie Alex' eigene Talente, ihre Fähigkeiten, diese Heilkunst-Geschichte, von der Doc gesprochen hatte – es hatte ihr nicht geholfen, Sara zu retten. Also wofür das alles?
Bitte mach, dass alles wieder gut wird. Es tut mir Leid.
Alex blickte auf, um zu sehen, wer da sprach. Die Stimme hatte fremd geklungen, anders als die von Cam oder Beth.
Sie konzentrierte sich – worauf? Auf *etwas* anderes, auf *jemand* anderen … Doch jetzt wurden die Worte unverständlich, überlagert von einem Rauschen, wie ein Radio, auf dem man einen Sender sucht. Hatte Cam es auch gehört, fragte sie sich und betrachtete den finsteren Strand.
Das sollte alles gar nicht passieren.
Als sie in die andere Richtung blickte, weg von Cam und Beth,

wurde die Nachricht deutlicher – die vor Angst zusammengeschnürte Stimme eines Mädchens. Alex versuchte, in der Dunkelheit etwas zu erkennen, aber außer ihnen selbst saß niemand auf dem Sand der Bucht.

Oh bitte! Jemand muss mir helfen. Was soll ich bloß machen?

Diesmal räusperte sich Alex und versuchte, Cams Aufmerksamkeit auf sich zu ziehen. Aber Cam war völlig in ihre Unterhaltung mit Beth versunken. So sprang Alex auf und erklärte: »Ich geh mal ein bisschen rum.«

Endlich sah Cam sie an. »Sollen wir mitkommen?«

»Nein, danke«, versicherte Alex. »Ich brauch nur ein bisschen Bewegung. Ich bleib nicht lange.«

Sie ging am Ufer entlang und konzentrierte sich, lauschte aufmerksam. Aber nun vernahm sie nur noch das Knirschen der sandigen Kiesel unter ihren Füßen und das sanfte Schlagen der Wellen. Sie war schon beinahe am anderen Ende der Bucht angekommen, als sie die Stimme wieder hörte.

Ich weiß nicht, was ich machen soll.

Die weinerliche Stimme kam von der Rückseite der Kaimauer. Alex rannte darauf zu.

Bitte! Helft mir doch, bitte.

Sie stemmte sich nach oben, über den steinigen Wall auf die andere Seite. Hier war der Strand zu Ende. Es gab nur noch ein weites, freies, mit Unkraut überwuchertes Feld. Kein Grund, weshalb jemand auf dieser Seite der Bucht hätte sein sollen, noch dazu nachts – es sei denn, dass sich dieser Jemand verstecken wollte.

Das Mädchen saß an die Kaimauer gelehnt, den Kopf auf die Knie gestützt, ihre zerzausten Haare fielen über ihre Arme. Sie schluchzte leise, kaum hörbar.

Alex konnte ihren aufgeregten Schmerz beinahe schmecken,

konnte ihn riechen – stechend und bitter wie verbrannte Mandeln. »Kann ich dir vielleicht helfen?«, fragte sie vorsichtig, um das Mädchen nicht zu erschrecken.

»Was?« Ruckartig hob es den Kopf. Panik überflutete das rundliche Gesicht. »Wer ist denn da?«

»Ich … ich habe nur gehört …«, setzte Alex an.

»Cam? Camryn?« Durch ihre Tränen hindurch blickte das Mädchen auf, starrte Alex blinzelnd und schniefend an und kicherte dann überraschend. »Was ist denn mit dir passiert? Hatten deine Haare eine unvorhergesehene Begegnung mit einem Topf blauer Farbe?«

Alex seufzte und fuhr sich mit den Fingern durch ihre bunten Strähnen. Sie setzte sich neben das Mädchen und blickte ihr in die rot geränderten, geschwollenen Augen. Und obschon sie sich nie begegnet waren, obschon nur die Strahlen des Mondes, die durch die Wolken fielen, die Szene erhellten, begriff sie sofort.

Das war also Tonya Gladstone.

Kapitel 26

DER TONYA-TEST

»Du bist ... Tonya, stimmt's?«

»Klar«, schniefte Tonya und wischte sich mit dem Ärmel ihres Pullovers die Tränen aus den Augen. »War das mit den Haaren irgendwie eine Wette? Und warum hast du dieses Totenkopf-Ding um den Hals hängen? Und was ... ähm ... sind das für Klamotten? Hast du die von der Heilsarmee?«

Alex atmete tief durch. Komisch. Die Worte des Mädchens machten ihr gar nichts aus – so stark war ihr Mitleid.

Bevor sie herausfinden konnte, weshalb Tonya so herzzerreißend geweint hatte, musste sie wohl ein paar Dinge erklären.

»Eigentlich heiße ich gar nicht Cam«, begann sie.

Tonya schnäuzte sich. »Klar, und ich heiße eigentlich gar nicht Alice. Und dies ist auch eigentlich nicht das Wunderland.«

»Hör mal, ich weiß schon, dass dir das jetzt sehr, sehr seltsam erscheinen muss ...«

Es stellte sich heraus, dass Tonya mit bloßen Worten nicht zu überzeugen war. Alex musste sie mehr oder weniger über die Kaimauer schleifen, zurück zu Cam und Beth. Tonya hörte nicht auf, abwechselnd Cam und Alex anzustarren, schockiert und ungläubig.

Doch der Schock Tonyas löste sich augenblicklich in Luft auf, als Beth ihr das Neueste über die E-Mails aus dem M & M-Laden erzählte. *Das* erschütterte Tonya offenbar noch viel mehr.

»Das glaube ich einfach nicht!«, rief sie aus. »Die *können* doch gar nicht herausfinden, von wo ein E-Mail abgeschickt wurde. Das ist unmöglich! Ausgeschlossen!«

»Quatsch«, widersprach Beth. »Es dauert einfach nur eine ganze Weile, aber diese E-Kommissare, oder wie auch immer man die nennt, können dieses Server-Gedöns ausfindig machen und von da aus den eigentlichen Computer finden, von dem die E-Mail abgeschickt wurde.«

»Gut für Marleigh«, sagte Cam.

»Gut? Aber nur, wenn es noch nicht zu spät ist«, erinnerte Beth sie.

Tonya überlief ein Zittern und sie verbarg ihr Gesicht in ihrem Ärmel. »Es ist alles meine Schuld. Ich fühle mich so verantwortlich«, wimmerte sie. »Meinetwegen ist Marleigh ja hierher gekommen. Und jetzt sieht es so aus, als hätte ich sie ... ich weiß auch nicht!«

Cam berührte Tonyas Hand. »Es ist nicht deine Schuld. Du konntest doch nicht wissen, was passieren würde.«

»Es sei denn natürlich«, begann Beth, »dass du irgendjemandem bei Music & ...«

»Habe ich aber nicht!« Tonya klang mit einem Mal abwehrend.

»Krieg dich wieder ein! Hat ja auch keiner behauptet. Das hat sie nur so gesagt«, beruhigte Alex.

Sofort war Tonya zerknirscht. »Tut mir Leid. Es ist nur so: Das Ganze sollte eine Überraschung sein. Ich wollte etwas Abgefahrenes für unsere Mannschaft organisieren, wegen des Fußballfinales. Und Marleigh war so nett! Sie hat eingewilligt, unser Maskottchen zu sein, um mir einen Gefallen zu tun. Und dann ist es passiert …«

Um Tonya einen Gefallen zu tun, überlegte Cam. Aber warum? Es gab jede Menge Fanklub-Präsidenten im ganzen Land, bestimmt hüpfte Marleigh nicht jedes Mal gleich in ein Flugzeug, wenn einer von denen sie rief. Wiederum erinnerte sich Cam an Marleighs Bemerkung über Tonya: »Es ist echt tragisch.« Irgendetwas stimmte nicht an Tonyas Geschichte.

Beth fiel plötzlich etwas ein. »Hey, Tonya, bist du nicht mit irgendjemandem befreundet, der bei Music & More arbeitet? Mit diesem Typ, der …«, ruckartig drehte sie sich um, zeigte auf Alex' Kette und verzog das Gesicht, »der so einen komischen Ohrring trägt? So einen fiesen Totenkopf – genau wie der da?«

Das Bild von dem verängstigten kleinen Mädchen auf dem Spielplatz erschien vor Alex' innerem Auge. Instinktiv legte sie eine Hand an ihren Hals.

Tonyas Blick verhärtete sich. »Falls du von diesem Verkäufer redest, der da arbeitet – ich glaube, auf seinem Namensschild steht Kevin. Und mehr weiß ich nicht von ihm.«

»Glaubst du, dass er diese E-Mails geschickt hat?«, fragte Beth.

»Also bitte! Der ist so dämlich, dass er den Computer allein nicht einmal angeschaltet kriegt, von E-Mails ganz zu schweigen«, erwiderte Tonya barsch. »Ich weiß nicht mal, ob der überhaupt schreiben kann. Wie sollte der jemanden wie Marleigh zu schätzen wissen?«

»Hey, wenn du zufällig erwähnt hast, dass sie vorhat, nach Marble Bay zu kommen, dann ist das völlig in Ordnung«, versuchte Cam das erregte Mädchen zu beruhigen. »Niemand macht dich dafür verantwortlich.«

»Ich hab gar nichts erwähnt!«, platzte Tonya heraus. »Hab ich doch gesagt: Ich habe mit niemandem über irgendwas gesprochen. Ich wollte nur etwas Gutes machen. Und jetzt tut ihr alle so, als ob ich ein Verbrecher wäre …« Sie schluchzte auf. Sofort eilte Cam hinzu, um sie zu stützen, während Alex Tonyas Hand nahm.

»Hör mal«, sagte Cam, als Tonya langsam die Tränen ausgingen, »sollen wir dich vielleicht nach Hause bringen? Ich ruf mal meinen Dad an und sag, dass er uns abholt.«

Später, als sie wieder zurück in Cams Zimmer waren, kickte Alex ihre Sandalen von ihren Füßen und machte es sich auf dem Gästebett bequem. Es war jetzt ihr Bett, vermutete sie, zumindest vorübergehend. Sie drehte den Kopf zum Fenster; das Mondlicht zog sie magisch an. Sie konnte kaum glauben, dass es derselbe Mond war, der auch auf Crow Creek schien – hier wirkte alles wie in einer anderen Welt. Auch die Menschen waren so anders als Zuhause … Tonya zum Beispiel. Das unglückliche Mädchen war offenbar reich. Sie hatten sie vor einer weitläufigen Villa abgesetzt, die auf einem Hügel stand, hinter dicken Eisentoren.

»Trauerkloß Gladstone hat ziemlich viel Kohle, was?«, grübelte Alex träge.

Cam saß auf ihrem Schreibtischstuhl und hatte gerade ihren Laptop angeschmissen. Es war ein allabendliches Ritual, dass sie vor dem Zubettgehen noch mal nach ihren E-Mails sah. Mit dem Rücken zu Alex zuckte sie mit den Schultern. »Wahrscheinlich.« Der Krach des Modems – das Geräusch erinnerte Cam immer an eine Schar schnatternder Gänse – erfüllte das Zimmer, als die Verbindung aufgebaut wurde.

»Na ja, diese Hütte ...«, sagte Alex, »... ich habe schon Hotels gesehen, die kleiner waren.«
Cam klickte ihr E-Mail-Programm an. Es waren gleich mehrere von Dylan gekommen. Die doppelte Neuigkeiten-Dröhnung – dass Cam adoptiert war und dass Alex in Marble Bay aufgetaucht war – hatte ihren kleinen Bruder vollkommen umgehauen. Er wollte nach Hause zurückkommen, aber ihre Eltern hatten darauf bestanden, dass er die letzte Woche im Camp noch durchhalten sollte. Jetzt überschüttete er sie mit Fragen.
Cam begann eine Antwort an ihn zu verfassen. Zerstreut sagte sie in Richtung Alex: »Tonyas Familie besitzt wahrscheinlich mehr als ein durchschnittlicher Millionär. Aber Geld macht ja nicht glücklich. Wie man sehen kann.«
»Ja, sicher. Dafür kann man sich ein besseres Krankenhaus leisten.«
Cams Finger über der Tastatur erstarrten. Sie drehte sich auf ihrem Stuhl um. »Tut mir Leid. Ich hab's echt nicht so gemeint.«
»Ich weiß«, gab Alex zu und stützte sich auf ihren Ellenbogen. »Schon in Ordnung, vergiss es.«
Cam zog die Knie an ihr Kinn. »Weißt du, nicht alle Menschen hier sind so merkwürdig wie Tonya. Es gibt sogar ein paar Kids, mit denen du dich wahrscheinlich richtig gut verstehen...«
»Mitglieder des megacoolen Six Pack, nehme ich an. Lass mal gut sein. Außerdem«, Alex blickte zu Boden, »ist es ja nicht so, als ob ich hier bleiben würde. Egal, was bei diesem DNA-Test rauskommt.«
Alex' Worte verletzten Cam, sie war überrascht, wie sehr sie sie betroffen machten. Ratlos wandte Cam sich wieder ihrem PC zu. Doch gleich darauf drehte sie sich wieder zu Alex. »Du

bist nicht einfach zufällig während deines Spaziergangs über Tonya gestolpert, stimmt's? Obschon du es so dargestellt hast.«

»Ich habe gehört, wie sie weinte ... Du wohl nicht?«

»Nein«, gab Cam zähneknirschend zu. »Tut mir Leid, dass ich nicht so feinfühlig bin wie du.«

»Mach dir keinen Stress«, riet Alex, die ihre Gedanken gelesen hatte. »Wenn du nicht so in die Unterhaltung mit deiner Beth versunken gewesen wärst, in diese ungeheuer wichtigen Jungs-Geschichten, dann hättest du sie auch gehört. Wahrscheinlich.«

Trotzig erwiderte Cam: »Ich hab noch gefragt, ob wir mitgehen sollen.« Sie sprang von ihrem Stuhl auf und ging zum Fenster hinüber.

»Hey, kein Problem.« Schwungvoll setzte Alex sich aufrecht hin. »Beth ist deine beste Freundin. Und dies alles«, sie machte eine Handbewegung, die das ganze Zimmer mit einschloss, »ist deine Welt.« Bevor Cam widersprechen konnte, fügte sie hinzu: »Auch wenn du immer gedacht hast, dass du das echte Kind von Dave und Emily bist. Und jetzt findest du heraus, dass du ... Moment, nicht so schnell. Weißt du was? Für dich wird sich eigentlich nichts ändern. Du wirst ihnen verzeihen, du wirst zu deinem schönen, geregelten Leben zurückkehren, mit Familien-Mom, Netter-Anwalt-Dad und Wuschelkopf-kleiner-Bruder in den Hauptrollen. Ich hingegen bin nur auf der Durchreise.«

»Na Klasse!«, brüllte Cam erneut verletzt. »Vielleicht könntest du mir noch erzählen, was Tonya gesagt hat, bevor du abhaust. Was war es denn, was du gehört hast, als du beschlossen hast, dich auf die Suche nach ihr zu machen?«

Alex war überrascht. Es war nicht ihre Absicht gewesen, Cam

zu kränken, sie hatte gar nicht damit gerechnet, dass sie das überhaupt konnte. Und jetzt ging die kleine Miss Sonnenschein total in die Luft. Alex seufzte. »Tonya heulte die ganze Zeit: ›Es tut mir Leid, ich wollte nicht, dass so was passiert.‹ Sie war echt traurig.«
»Und aus gutem Grund. Sie ist …« Cam hielt inne. »Ich weiß, dass sie dir wahrscheinlich unheimlich oberflächlich erscheint. Aber das stimmt nicht. Jedenfalls kam es mir nicht so vor, als ich mich mit ihr unterhalten habe.«
Alex reagierte nicht direkt darauf.
Aber Cam wusste, was sie dachte. »Ich weiß, dass dir diese ganze Marleigh-Geschichte ziemlich egal ist. Aber findest du nicht, dass es im Moment leichter ist, darüber zu reden, als über … du weißt schon … uns?«
»Treffer versenkt«, stimmte Alex zu. Sie seufzte erneut. »Also gut, also Marleigh: Ich weiß, dass du der Polizei alles erzählt hast, woran du dich erinnerst, aber versuch noch mal, dich an diesen verhängnisvollen Tag zu erinnern, lass dein Video noch mal ablaufen. Wer weiß, vielleicht …« Ihre Stimme verlor sich.
Cam nahm den Faden auf. »Du meinst, dass wir vielleicht gemeinsam etwas herausfinden können? Das soll ja wohl ein Witz sein, oder?«
Alex zuckte mit den Schultern. »Tu mir den Gefallen. Erzähl mir genau, was du gesehen hast.«

Also fasste Cam den Tag des Fußball-Fiaskos noch einmal zusammen. Wie Tonya alle unglaublich überrascht hatte, indem sie Marleigh Cooper mit zum Spiel gebracht hatte. Wie Tonya anschließend vorgegeben hatte, dass sie und Cam befreundet

waren und darauf bestanden hatte, dass sie zusammen fotografiert wurden. Und dann von ihrem Vier-Augen-Gespräch mit Marleigh und dass ihr die Sängerin wirklich wie ein richtig netter Mensch vorgekommen war.
Sarkastisch fragte Alex: »Hast du dann mit deiner glitzernden neuen Freundin Handy-Nummern ausgetauscht? Irgendwelche Pläne für einen gemeinsamen Abend mit ein paar netten Jungs?«
Cam verschränkte die Arme. »Sehr witzig. Gleich nachdem der Fotograf fertig war, ist Marleigh zusammen mit Tonya zurück auf die Zuschauertribüne gegangen.«
Alex führte den Gedankengang fort: »Und von eben dieser Tribüne sollte sie bald darauf verschwinden.«
Cam nickte und ergänzte: »Tonya hat der Polizei erzählt, dass Marleigh jemanden anrufen musste, weil aber der Empfang auf ihren Plätzen so schlecht war, ist sie runter zum Parkplatz gegangen.«
Alex legte den Kopf schräg und schürzte die Lippen.
»Was ist denn?«, fragte Cam.
»Und zwei plus zwei macht zweiundzwanzig …«
»Was soll das denn heißen?«, fragte Cam.
Alex lachte. »Das soll heißen, dass da irgendwas nicht stimmt. Das sagt man so bei uns Hinterwäldlern, wenn was faul ist. Was ist denn auf dem Spielfeld passiert?«
Obwohl es sie noch immer nervte, die Geschichte zu wiederholen, erzählte Cam Alex davon, wie Lindsay ›Foul‹ geschrien und Cam beschuldigt hatte, sie geblendet zu haben. Und wie sie selbst dann den Aussetzer gehabt und den Ball nicht ins Tor gekriegt hatte und wie ihr Team daraufhin untergegangen war.
»Was hat den Aussetzer ausgelöst?«, fragte Alex vorsichtig.

»Irgendwas hat mich genau in diesem Moment dazu gebracht, zur Tribüne hinaufzublicken.«
»Und was hast du da gesehen?«, bohrte Alex weiter.
»Ein Kind, ein Mädchen, das die Ränge entlanglief – na ja, eigentlich habe ich nur einen roten Lockenkopf gesehen.« Cam hielt abrupt inne. Das hatte sie der Polizei nicht erzählt – weil sie sich nicht daran erinnert hatte. Irgendwie schaffte es Alex, dass ihr Dinge wieder einfielen, die sie vergessen hatte.
Alex blickte in Cams Augen. »Ein laufendes Kind hat deinen Aussetzer ausgelöst? Was hast du da oben noch gesehen, Cam?«
Einen Mann, den Mann mit dem faltigen Gesicht aus meinen Träumen. Und auf einmal stand er da auf der Tribüne und sagte, dass ich nicht fahren soll. Dass ich bleiben soll, weil Marleigh mich braucht. Na ja, zumindest dachte ich, dass er Marleigh meint, aber vielleicht hat er auch an dich gedacht, Alex.
Cam sprach die Worte nicht laut aus. Das war gar nicht nötig. Alex hatte ihre Gedanken gelesen.
»Was für Haare hatte dieser Klappergreis?«
Cam sträubte sich überrascht. »Ich werde dir Bescheid sagen, wenn ich möchte, dass du meine Gedanken liest. Einstweilen könntest du das freundlicherweise unterlassen!«
»Reg dich nicht auf«, riet Alex. »Waren seine Haare vielleicht schlohweiß, aber irgendwie ungebändigt, so wie ein zerzauster Wattebausch?«
Cam nickte.
»War er auf eine komische Art zugleich dürr und stark?«
»Na ja, ich würde nicht behaupten, dass er ha-ha-komisch ausgesehen hat. Und wer ist überhaupt dieser Doc?«
Diesmal war es Alex, die überrumpelt war. »Ich habe nur an Doc gedacht – ich habe nicht gesagt, dass er es war.«

»Und ich habe deine Gedanken gelesen«, prahlte Cam, »also: Reg dich nicht auf, wie du mir eben noch so schön geraten hast. Und erzähl mir, wer das ist.«

»Dieser seltsame alte Typ, der mich hierher gebracht hat.« Alex musste plötzlich schlucken.

»Hast du ihn jemals nachts gesehen?« Cam hatte beinahe Angst vor der Antwort. »Ich meine … im Traum?«

Alex wurde von etwas überwältigt, das ihr Gesicht mit Schmerz erfüllte. Doc. Warum war sie nicht früher darauf gekommen? War er nicht ein und derselbe wie dieser talggesichtige alte Typ mit der kratzigen Stimme, der ihr geraten hatte, in Saras Nähe zu bleiben? Wenn sie nur darauf gehört hätte …

Als sie den Kummer im Gesicht ihrer Doppelgängerin sah, unterließ es Cam, Alex' Gedanken zu lesen. Stattdessen flüsterte sie: »Weißt du, ich habe gedacht, dass ich den Verstand verliere, als ich ihn da oben auf der Tribüne gesehen habe.«

»Ist aber nicht passiert«, beruhigte Alex sie. Doch sie konnte sich nicht verkneifen noch hinzuzufügen: »Du hast nur das Spiel verloren.«

Cam versuchte eine Grimasse zu schneiden, aber stattdessen brach sie in Lachen aus. »Na du kannst einen ja klasse aufheitern.« Und es stimmte: Zum ersten Mal seit langem fühlte sich Cam wieder unbeschwert. Allein die Tatsache, dass sie Alex alles erzählen konnte – all die Dinge, die ihre Eltern und Beth ihr nicht glaubten –, nahm Cam eine große Last ab.

Viel später, als sie das Licht schon ausgemacht und eine unruhige halbe Stunde damit verbracht hatte, an der Zimmerdecke die schwankenden Schatten der Bäume im Mondlicht zu beobachten, flüsterte Alex: »Schläfst du schon?«

Cam schnaubte. »Achtung: rhetorische Frage. Das weißt du doch wohl genau.«
»Mir ist gerade was eingefallen.«
»Ich hoffe, es ist was Kurzes. Es ist schon echt spät und ich bin total im Eimer.«
Alex setzte sich auf. »Als du mir von Marleighs Verschwindetrick erzählt hast, da sagtest du, dass dich der Typ mit dem weißen Gesicht dazu gebracht hat, nach oben zur Tribüne zu schauen. Erzähl mir noch mal, was du da gesehen hast – ich meine, außer ihm und dem kleinen Kind, was da langlief.«
Cam drehte sich vom Rücken auf die Seite und gähnte. »Es war genauso, wie ich es dir beschrieben habe. Marleigh war verschwunden. Der Albtraum-Mann hatte ihren Platz neben Tonya eingenommen.«
»Was hat Tonya gemacht?« Alex beugte sich nach vorne.
»Was meinst du damit? Sie hat sich das Spiel angesehen. Hat sich angesehen, wie ich das Match vergeigt habe, falls du vielleicht darauf hinauswillst.« Cam richtete sich auf. »Na schön: Obwohl Tonya wegen ihres Knöchels nicht spielen konnte, trug sie ein Mannschaftstrikot. Ihre Krücken waren an die Bank gelehnt.«
»Hat sie irgendwas gerufen? Euch flaschig angefeuert? ›Los, Leute!‹ oder so?«, warf Alex ein.
»Ja, flaschig ist der richtige Ausdruck.« Cam lachte sarkastisch, als sie sich an Tonyas wildes Kreischen erinnerte: ›Mach sie fertig!‹ Aber das war zuvor gewesen. Als Marleigh gerade ging … »Sie telefonierte«, erinnerte sich Cam.
»Mit ihrem Handy?«
»Schon gut, schon gut, wir sind alle nur hohle Technik-Modefreaks – kannst es ruhig sagen.«
Aber Alex dachte an etwas ganz anderes. »Du hast gerade gesagt, dass Marleigh einen wichtigen Anruf machen musste

und keinen Empfang gekriegt hat. Tonya hatte vorgeschlagen, dass sie vielleicht besser auf den Parkplatz runtergehen sollte. Und danach hat sie niemand mehr gesehen.«

Camryn Barnes und Alexandra Fielding reagierten vollkommen identisch. »Wie kann es denn sein, dass Tonyas Handy auf der Tribüne hervorragend funktioniert hat?«, grübelte Alex laut.

Cam brachte den Gedanken zu Ende: »Und Marleighs nicht?«

Kapitel 27

JENNYS VERZAUBERUNG

»Wir müssen es irgendjemandem erzählen«, sagte Cam zum fünften Mal, während sie Cornflakes in zwei identische Müslischalen schüttete.

Es war Sonntagmorgen und die Mädchen hatten lange geschlafen. Dave und Emily hatten einen Zettel zurückgelassen, auf dem sie Cam daran erinnerten, dass sie wie immer Tennis spielen gegangen waren und in ein paar Stunden zurück sein würden.

»Na klar«, erwiderte Alex sarkastisch. Sie saß auf einem hohen Hocker an der Küchentheke. »Wir sollten es … ich weiß auch nicht, vielleicht deinen Eltern erzählen? Oder der Polizei? Wie wär's mit den Medien? Und was genau willst du ihnen sagen? Dass du – mit hervorragender, verblüffender Genauigkeit – etwas gesehen hast, von dem du einfach viel zu weit weg warst, als dass du überhaupt irgendetwas hättest erkennen können? Tonya und ihr Handy?«

Cam stellte die Cornflakes-Schachtel ab und runzelte die Stirn. Alex hatte natürlich Recht. Von dort aus, wo sie auf dem Spielfeld gestanden hatte, war es vollkommen unmöglich, etwas so genau auf der Tribüne zu erkennen. *Normalerweise* jedenfalls. Sie seufzte.

»Und wenn du schon mal dabei bist, kannst du ja auch allen gleich erzählen, was im Big Sky passiert ist. Wie wir das Unmögliche gehört und gesehen haben und wie wir die rostigen Schrauben am Riesenrad repariert haben. Du kannst ja auch den Teil mit den Reimen erwähnen.«

Cam musste schlucken. Sie hatte noch immer keine Ahnung, warum all diese Reime – oder Beschwörungen, wie Alex sie nannte – manchmal in ihrem Kopf auftauchten.

Alex schaltete den Fernseher an, der in der Küche stand. Sie zappte von einem Kanal zum anderen, konnte aber kein Programm finden, das nicht der landesweiten Besessenheit erlegen war. Immer wieder wurden dieselben alten Geschichten durchgekaut und ausgespuckt. Die Sängerin war verschwunden. Sie hatte merkwürdige E-Mails erhalten. Die man zu einem Computer in der Stadt zurückverfolgt hatte. Und da endete die Spur.

Cam schnappte sich ein paar Löffel und trug das Frühstück zum Tisch hinüber. »Bringst du die Milch mit?«, bat sie.

Alex öffnete die Tür des Kühlschranks. Der weiße, grelle, luxuriöse Überfluss, der ihr entgegenschlug, ließ sie beinahe erblinden. Tetrapacks voller Saft und Milch, Mineralwasser, Aufschnitt in zerknittertem Wachspapier, anderthalb Brotlaibe, mehrere Flaschen Salatsoße, die nebeneinander in der Tür des Kühlschranks aufgereiht waren, Plastikdosen mit diversen Resten.

Das Bild ihres eigenen jämmerlichen kleinen Kühlschranks im Wohnwagen stieg in ihr auf. Der verwelkte Salat, die matschige Tomate, das so gut wie leere Glas mit Erdnussbutter – deutliche Zeichen dafür, dass etwas nicht in Ordnung war, dass ihre Mom den Alltag nicht mehr im Griff hatte. Dass es mit ihr immer schneller bergab ging. Warum hatte Alex das nicht gerafft und darauf bestanden, dass man Sara unverzüglich einen Termin in einem richtigen Krankenhaus gab?

Es war gar nicht ihre Absicht, die Kühlschranktür der Barnes zuzuknallen, es passierte einfach so. Die Flaschen mit den Salatsoßen klirrten.

Cam wirbelte ärgerlich herum. »Das kann auch kaputtgehen!«

»Na und?« Alex' Herz setzte fast aus. »Ihr könnt doch 'nen neuen kaufen. Kann euch doch egal sein.«

Cam schloss die Augen. Würde jetzt jeder Tag so ablaufen? Sie wünschte beinahe, dass Alex nie aufgetaucht wäre. Und dass sie wieder abhauen würde. Bald.

Doch Alex hatte sich schnell wieder gefangen. »Diese Bemerkung war vollkommen deplatziert, mein Fräulein – wie meine alte Lehrerein Miss Flock zu sagen pflegte. Tut mir Leid, Camryn. War keine Absicht. Ich wollte die Tür gar nicht zuknallen. Ist einfach so passiert.« Alex öffnete den Kühlschrank noch einmal vorsichtig und war erleichtert, als sie sah, dass nichts zerbrochen war.

»Schon gut, ich weiß. Komm jetzt frühstücken. Cornflakes sind meine Spezialität.«

Alex lachte. »Kochen ist wohl nicht so deine Stärke, was? Dann muss ich dir das demnächst mal beibringen.«

»Was kannst du denn so?«

»Ach, na ja«, erwiderte sie mit einem schelmischen Glitzern in den Augen. »Geröstetes Schwein, Opossumschwanz, Reh-Hirn. Was man bei uns halt so isst.«

»Entzückend. Du musst mir unbedingt das Rezept –« Cam verstummte schlagartig. Die Stimme, die aus dem Fernseher kam, war ihr vertraut: Tonya, die vor ihrem Haus interviewt wurde.

»Jetzt sind diese Nachrichten-Fritzen auch noch hinter *ihr* her«, sagte Cam empört. »Außerdem ist Sonntag! Können die nicht mal eine Pause einlegen?«

Alex schüttelte den Kopf. »Tonya weiß mehr, als sie zugibt.«

»Worauf willst du hinaus? Dass Tonya irgendwas mit Marleighs Verschwinden zu tun hat? Deine Psycho-Power scheint heute nicht so gut zu funktionieren, meine Liebe.«

Alex hob das Müslischälchen an den Mund und schlürfte die restliche Milch in sich hinein. Das hatte Cam früher auch so getan – bis Dylan anfing, es ihr nachzumachen.

»Klar. Ich bin ja auch nur ein Dorftrottel aus Montana«, erwiderte Alex und wischte sich den Mund an einer Serviette ab. »Aber du hast ja erzählt, dass sie eigentlich niemand so richtig kennt, war es nicht so?«

Cam seufzte. »Ich habe nur gesagt, dass sie eine Einzelgängerin ist. Das heißt nicht, dass sie zu … zu so was fähig ist.«

Alex zuckte mit den Schultern, schnappte sich das Geschirr und ging zur Spüle hinüber, um abzuwaschen.

»Das brauchst du nicht«, sagte Cam, die ihr nachgekommen war. »Lass mich das machen.«

»Ich kann schon auch mithelfen«, gab Alex barsch zurück. »Und auch was zum Lebensunterhalt beisteuern. Und wenn wir gerade mal beim Thema sind: Weißt du, wo ich hier an einen Babysitter-Job rankommen kann?«

»Kann sein. Warum fragst du?«

»Ich brauch die Kohle.«

»Wofür?«, kicherte Cam. »Du willst doch sowieso nicht hier bleiben.«

»Das stimmt. Jedenfalls nicht ewig. Aber da ich keine Ahnung habe, wie ich hergekommen bin, kann ich wohl kaum auf dieselbe Art und Weise zurückreisen. Und ohne Geld sitze ich hier fest.«

Cam schnappte sich ein Geschirrtuch und bearbeitete damit wütend das Geschirr. »Meine Eltern werden dir schon Geld geben. Wenn du wirklich so dringend wegwillst.«
Alex' Tonfall wurde sanfter. »Na ja, erst mal muss ich wohl hier bleiben, bis die Testergebnisse da sind. Und ich bin es gewohnt zu arbeiten. Seit langem. Außerdem sah es irgendwie lustig aus mit Beth – lieber passe ich auf irgendwelche Gören auf, als dass ich mich in einem erdrückenden Kartenhäuschen in diesem spießigen Erlebnispark einsperren lasse.«
Cam lächelte. »Du magst Kinder wohl gern, wie?«
»Ja, das stimmt«, bestätigte Alex. »Dieses Mädchen, auf das Beth aufpasst, du weißt schon, Jenny. Die hat sich diese Marleigh-Geschichte voll zu Herzen genommen.«
»Das haben doch alle in der Stadt – falls dir das entgangen sein sollte.«
»Da ist aber noch was anderes dran. Das arme Kind glaubt, dass sie an Marleighs Verschwinden Schuld hat, das ist absurd.«
Cam stellte die Müslischalen ab. »Hör mal, du hast gerade mal eine halbe Sekunde mit Jenny verbracht. Und jetzt behauptest du, dass du so viel über sie weißt?«
Leise erwiderte Alex: »Sie ist total durcheinander. Beth hat das auch bemerkt. Sie weiß nur nicht warum, geschweige denn, wie sie Jenny helfen kann.«
Blitzschnell hatte Cam den Ausdruck in Alex' Augen erkannt. »Du hast da so eine Ahnung, stimmt's? Du denkst, dass Jenny, eine Siebenjährige, etwas über Marleigh weiß. Absoluter Unsinn!«
»Ich weiß nur so viel: Jenny hat eine Heidenangst. Vielleicht hat sie irgendwas gesehen, vielleicht auch nicht. Aber ich will ihr helfen, wenn ich das kann. Ich will, dass wir beide ihr helfen.«

»Was können wir denn machen?«, forderte Cam sie heraus. »Es ist natürlich schrecklich, dass sich die Kleine Vorwürfe wegen Marleighs Verschwinden macht. Aber was sollen wir daran ändern? Sicher bildet sie sich das nur ein; alle rden nur noch über den Fall Marleigh Cooper. Was weiß ich – wir sind ja keine Psychologen oder so was. Wir sind doch selber bloß Kids – und haben unsere eigenen Probleme.«
»Du und ich«, sagte Alex und blickte Cam geradeheraus an. »Wer auch immer wir eigentlich sind. Wir sind alles andere als ›bloß Kids‹.«
»Okay«, antwortete Cam. »Du hast Recht.«

Eine halbe Stunde später, nachdem sie sich von Beth die Adresse besorgt hatten, klingelten sie an Jennys Haustür. Da Cam die Eltern des Mädchens schon einmal getroffen hatte, war es ihre Aufgabe, sie an die Tür zu locken. Und während Cam mit Jennys Mom plauderte und ihr erklärte, dass Jenny gestern ziemlich durcheinander gewesen war und es ihr vielleicht gut tun würde, ihnen zu erzählen, was sie bedrückte, sollte Alex sich noch einmal mit Jenny unterhalten.
Alex fand Jenny in ihrem Zimmer. Die Wände waren übersät von Bildern. Einige davon waren selbstgefertigte Wachskreide-Gemälde auf Packpapier, andere Abbildungen von Marleigh Cooper, ausgeschnitten aus Hochglanzzeitschriften. Jenny war noch im Bett und trug einen Schlafanzug.
Sie umklammerte ein Buch, ihre Haare standen um ihren Kopf, eine ungekämmte, krause Locken-Kugel.
»Hi, Jenny.« Alex winkte ihr aus dem Türrahmen zu. »Erinnerst du dich noch an mich? Wir haben uns gestern beim Ententeich kennen gelernt.«

Jennys hellblaue Augen musterten Alex. Ihr vogelgleicher Körper versteifte sich.
Alex wurde von den Erinnerungen an ihre eigene krankhafte, kindliche Furcht übermannt, die sie immer überfallen hatte, wenn Hardy Beeson im Türrahmen stand und mit verzerrten Gesichtszügen Geld verlangte. Sie wollte das zerzauste Kind nicht verängstigen. »Darf ich kurz reinkommen?«, fragte sie lächelnd. »Deine Mommy hat gesagt, dass ich mich einen Moment lang mit dir unterhalten darf. Aber wenn du das nicht willst, ist es auch okay. Dann gehe ich einfach wieder.«
Sie hielt den Atem an. Aber Jenny schmiss sie nicht raus. Stattdessen flüsterte sie in ihr Buch: »Bleib ruhig.«
»Danke«, erwiderte Alex und ging zum Bett hinüber. »Ich wollte dich etwas fragen. Warum hast du gestern gesagt, dass ich böse bin? Ich weiß ja, dass du es eigentlich nicht so gemeint hast. Ich bin mit Beth befreundet und die magst du doch, oder?«
Endlich warf Jenny Alex einen Blick zu. »Beth ist nett. Sie ist meine Freundin.«
»Ich wäre auch gerne deine Freundin. Wenn du möchtest.«
Jenny zuckte mit ihren schmalen Schultern und steckte ihre Nase noch tiefer in das Buch.
Alex warf einen Blick auf den Titel. Es war ein Comic: »Die Wirbelwind-Mädchen.« – »Gefällt dir das Buch?«, fragte sie. »Kannst du das schon ganz alleine lesen?«
Jenny gab keine Antwort. Alex versuchte es noch einmal. »Auf dem Bild sieht es so aus, als könnten die Wirbelwind-Mädchen fliegen. Sind das so Superhelden?«
Jenny schlug das Buch zu, presste ihre Lippen aufeinander und starrte zum Fenster hinaus.
Ganz schön flaschig, schalt Alex sich selbst. Als ob Pseudo-

interesse an einem Kindercomic das Mädchen dazu bringen würde, ihr zu erzählen, was sie bedrückte. Übelstes Kindergarten-Niveau. Alex musste beinahe lachen. Hätte das denn bei ihr selbst funktioniert? Nie im Leben! Kinder begreifen es immer sofort, wenn jemand versucht sie zu täuschen. Alex entschied sich, einen direkteren Weg einzuschlagen.

»Könntest du mich mal einen Moment lang ansehen, Jenny?« Vorsichtig streckte sie die Hand aus und hob das Kinn des Kindes an. Jenny wehrte sich nicht. Aber die Augen des Mädchens schafften es nicht bis zu Alex' Gesicht: Sie blieben an ihrer Halskette hängen. Jenny begann zu zittern.

Der Junge! Der böse Junge! Ich mag ihn nicht!

Hatte Jenny die Worte ausgesprochen oder nur gedacht? Alex war sich ziemlich sicher, dass Letzteres zutraf. »Hey, Jenny!«, erklärte sie. »Das ist doch nur ein dämlicher Anhänger. Ich weiß, dass er gruselig aussieht, aber er kann dir nichts tun. Das ist nur ein Stück Blech, wie ein Spielzeug.«

Jenny schluckte und umklammerte ihr Buch so fest, dass die Spitzen ihrer abgekauten Fingernägel ganz weiß wurden. Ihr Herz begann wie wild zu schlagen. *Er hat sie mitgenommen!*

Alex' Magen verknotete sich. Sie ließ nicht locker, wählte aber einen ungezwungenen Tonfall. »Alle möglichen Leute tragen so was. Das heißt aber nicht, dass sie deswegen böse Menschen sind. Einige haben sogar Ohrringe, die so aussehen. Auch Jungs! Ist das nicht albern?«

Das Zimmer war erfüllt von Jennys Schweigen, aber Alex wollte nicht nachgeben. »Weißt du was? Ich kenne mich in Marble Bay noch gar nicht aus. Aber jemand hat mir erzählt, dass im M & M-Laden ein großer Junge arbeitet, der genauso einen Ohrring trägt. Den hast du bestimmt da getroffen, als du dir Marleighs CD gekauft hast, habe ich Recht?«

Plötzlich schüttelte Jenny energisch den Kopf. Als sie Marleighs Namen hörte, stiegen Tränen in ihre kugelrunden blauen Augen. »Meine Mommy hat mir das Lied gekauft.«
Alex schnappte nach Luft. »Und du bist nie selber in dem Laden gewesen, also bei Music & More?«
Jenny gab keine Antwort. Alex fuhr fort: »Aber du weißt, welchen Jungen ich meine, oder?«
Das zitternde kleine Mädchen verschränkte ihre dürren Arme vor der Brust. »Ich darf nicht darüber reden.«
»Ich verspreche dir, dass ich es niemandem weitersage, wenn du das nicht willst. Aber es geht um Marleigh. Vielleicht können wir dabei helfen, dass man sie findet. Wo hast du diesen Jungen denn gesehen?«
»Geh weg!«, schrie Jenny mit einem Mal und ballte ihre Hände zu Fäusten. »Ich will jetzt nicht mehr mit dir reden!«
»Hi, Jen.« Die Stimme kam aus dem Türrahmen. Es war Cam und sie sprach in einem ruhigen und entspannten Tonfall. »Schon in Ordnung. Du musst ja nicht, wenn du nicht willst.«
Alex warf Cam einen wütenden Blick zu. *Aber es wäre wirklich wichtig, dass sie es tut! Ich bin sicher, dass sie an dem Tag, an dem Marleigh verschwunden ist, irgendwas gesehen hat. Das Kind steckt echt in Schwierigkeiten. Ich versuche doch nur, ihr zu helfen. Glaubst du, dass du da mehr erreichst?*
Alex hatte die Worte nur gedacht, sie still an Cam gerichtet. Und Cam hatte sie klar und deutlich verstanden. Langsam wurde sie richtig gut. Verstohlen ließ sie ihren Blick durch das Zimmer schweifen. Gab es hier irgendwas, womit sie Jennys Vertrauen gewinnen konnte, sodass diese ihr erzählen würde, was sie bedrückte?
Ihr Blick fiel auf eines der selbst gemalten Bilder an der Wand, ein Mädchen mit langen gelben Haaren, das unter einem

Regenbogen stand. Cam erkannte, dass diese grob gezeichnete Gestalt Jennys Darstellung von Marleigh war. Offensichtlich war die Pop-Diva selbst für Kinder dieses Alters schon ein Star.
Verzaubere sie!
Was? Wer hatte das denn gesagt? Jedenfalls nicht Alex. Ihre Doppelgängerin hatte es nicht mal *gedacht*.
Und dennoch war ihr die Stimme auf eine merkwürdige Art vertraut.
Verzaubern? Was bedeutete das? Sie begeistern? Verwirren? Was könnte eine Siebenjährige verzaubern? Cam hatte einen Einfall. Vielleicht war er dämlich – aber etwas Besseres fiel ihr auf die Schnelle nicht ein.
Sie konzentrierte sich auf die Kinderzeichnung von Marleigh. Sie starrte stur auf den Regenbogen. Aber nichts geschah, nichts veränderte sich. Dann spürte sie wieder, wie eine Hitzewelle in ihr aufstieg. Vorsicht, dachte sie, nicht zu viel … Cams Augen brannten und begannen zu tränen. Der Regenbogen verschwamm.
Sie blinzelte verzweifelt und versuchte, ihren Blick wieder scharf zu stellen. Und dann geschah es, sie konnte sehen, wie es geschah. Nach und nach wurden die Farben in Jennys Regenbogen lebhafter, begannen zu glänzen, zu glitzern, zu glühen! Hervorragend! Über der gelbhaarigen Marleigh-Figur wölbte sich nunmehr ein strahlend leuchtender Regenbogen. Cam war schon im Begriff, sich volle Punktzahl zu geben, als sie auf ein Problem aufmerksam wurde. Das verzauberte Bild hing noch an der Wand. Jenny sah es gar nicht.
Im Gegensatz zu Alex. Die sich daran erinnerte, wie sie einmal durch die Kraft ihrer Gedanken einen Löffel zum Fliegen gebracht hatte. Aber würde ihr Wunsch, einem ängstlichen Kind zu helfen, ebenso mächtig sein wie ihr damaliger Zorn auf

Beeson? War es möglich, etwas durch Liebe zu bewegen, statt durch Hass?
»Hilf mir«, flüsterte sie in den Raum hinein und starrte auf die glitzernde Zeichnung. Ein sanfter Luftzug schwebte durch das Zimmer. Die Klebestreifen an den Ecken des Bildes rollten sich zusammen. Das Blatt hob sich von der Wand und segelte zart hinüber zum Bett, wo es in Jennys Schoß landete. Und zum ersten Mal seit langem leuchtete das Gesicht des kleinen Mädchens wieder vor Freude.
»Seht mal! Mein Bild glitzert! Das ist Zauberei!«
Alex grinste. »Das ist ja ziemlich Klasse, das Bild. Man erkennt sofort, dass es Marleigh Cooper ist.«
Es war ihnen gelungen, Jenny ein bisschen abzulenken. Ob sie wohl nun auch mit ihnen sprechen würde?
Verzaubere sie. Wieder diese Stimme. Und Cam erinnerte sich an die Beschwörung, das Gedicht, das Alex ihr am letzten Freitag aufgesagt hatte.
»Oh Mond, der droben wacht; schenk mir ein Teil von deiner Macht«, begann sie.
Und dann zögerte sie, da sie sich an den Rest nicht mehr erinnern konnte.
Alex erstarrte. Cam versuchte Docs Beschwörung! Keine gute Idee! Sie hatte Cam nicht erzählt, dass es nur funktionierte, wenn man an Magie glaubte. Cam versuchte es einfach so. Alex wollte sie gerade aufhalten, als ihr Blick auf Jennys strahlendes Gesicht fiel. Ihr Bild glitzerte und war auf einmal in ihren Schoß gefallen. Das *Kind* glaubte an Magie. Vielleicht genügte das.
Alex legte ihre Finger um den Bergkristall in ihrer Tasche und vollendete den Spruch: »Nimm nun Jennys Schuld und Schmerz; füll mit Kraft und Mut ihr Herz.«

Da – Jenny blickte auf. Ihr dünnes Stimmchen bebte. »Ich habe etwas Böses gemacht. Mommy hat gesagt, dass ich auf meinem Platz bleiben soll …«

»Deinem Platz beim Fußballspiel?« Cam stellte sich direkt neben Alex. »Du warst da?«

Jenny brach in Tränen aus. »Mommy hat gesagt: ›Bleib da.‹ Aber Marleigh ging gerade weg. Ich wollte nur Hallo sagen.«

Cam kramte ein Taschentuch hervor und gab es Alex, die das Kind beruhigte: »Schon in Ordnung, Kleines. Niemand wird dich verpetzen.«

»Seid ihr Zwillinge?«, fragte Jenny, die vorübergehend abgelenkt war.

Cam und Alex antworteten gleichzeitig: »Scheint so.«

Jenny war begeistert.

Cam lächelte. Sie fragte weiter. »Bist du von deinem Platz aufgestanden, um Marleigh nachzugehen, Süße? Und hast du da dann den Jungen mit diesem Ohrring gesehen? Ist er mit Marleigh irgendwo hingegangen?«

»Mommy war weg, um mir ein Eis zu holen. Ich wollte nur ein Autogramm von Marleigh.«

»Ich habe dich gesehen«, sagte Cam unvermittelt. »Ich meine, das warst du. Dieses kurze Aufblitzen roter Locken …«

Alex warf ihr einen Blick zu, der so deutlich war, dass Cam keine Gedankenles-Fähigkeiten brauchte. *Halt die Klappe,* bedeutete er. *Endlich machen wir Fortschritte.*

»Hast du das Autogramm denn bekommen?«, fuhr Alex fort.

Jenny holte eine schon recht zerknitterte Serviette unter ihrem Kopfkissen hervor und reichte sie Alex. »Für Jenny mit dem hübschen Lächeln«, las Alex laut vor. »Es war schön, dich und deine niedlichen Sommersprossen kennen zu lernen. Alles Liebe, Marleigh.«

Kapitel 28

NICHT NUR MUSIK

Nachdem sie Jennys Haus verlassen hatten, fuhren sie zuerst bei Music & More vorbei.

Sie stellten ihre Räder – Alex hatte sich Dylans ausgeliehen – in den Ständer neben der Ladentür. »Okay. Überlass das ganz mir«, forderte Alex auf dem Weg nach drinnen.

Cam eilte ihr nach. »Überhaupt nicht. Du bist gerade erst hier hergekommen …«

»Jaja, schon gut. Du hingegen bist die Intelligenzkönigin unter den Teenagern von Marble Bay. Aber in diesem Fall könnte es von Nutzen sein, dass ich mit meinen blauen Strähnen im Haar hier fremd bin. Vertrau mir, Cami.«

»Vertrauen? Ich? Warum? Weil du so unheimlich erfolgreich warst, als du im Alleingang versucht hast, mit Jenny zu reden?« Cam gestattete sich den Anflug eines selbstgefälligen Grinsens.

»Au. Das war ja richtig fies«, spottete Alex. »Sieh mir einfach zu und lern was draus.« Bevor Cam Zeit für eine Erwiderung hatte, war Alex schon an der Kasse angekommen, wo ein einsamer Verkäufer mit einem Gameboy spielte.

Alex stützte sich mit den Ellenbogen auf der Theke ab und klimperte mit den Augenlidern. »Ich wollte eigentlich zu

Kevin«, gurrte sie. »Aber du bist ja noch viel süßer.« Er blickte auf, schnappte kaum hörbar nach Luft, ließ den Gameboy klappernd zu Boden fallen und griff unwillkürlich nach dem Kugelschreiber in seiner Hemdtasche, die genau in der Höhe seines Herzens angebracht war.

»Kevin arbeitet nicht mehr hier«, sagte er mit sich überschlagender Stimme. »Kann ich was für dich tun?«

»Das will ich hoffen«, säuselte Alex.

Im Hintergrund machte Cam ein würgendes Geräusch.

»Wow, ist das der Computer, zu dem man Marleighs Fanpost zurückverfolgt hat?« Alex strahlte den Jungen an und ließ ihre Finger zärtlich über den Rand des PCs streichen, der auf der Theke stand.

»Ähm, nein. Den hat das FBI mitgenommen.« Als er Cam bemerkte, die hinter Alex' Rücken Grimassen schnitt, errötete er. »Hey, ihr seid ja Zwillinge –«

»Ich kenne dieses Mädchen gar nicht«, fuhr Cam ihn an und wandte sich ab, um ein Regal mit CDs zu betrachten. »So kann das ja gar nichts werden«, murmelte sie.

Alex schenkte dem Verkäufer ein breites Lächeln. »Würdest du mich einen Moment lang entschuldigen?«, fragte sie lieblich. Ihr Lächeln erstarrte, als sie Cam über die Schulter einen wütenden Blick zuwarf. *Halt dich da raus, Barnes. Fünf Minuten. Mehr verlange ich ja gar nicht.*

Doch die fünf Minuten brachten sie nicht viel weiter. Brachten den M & M-Mann nur dazu, ihnen zu erzählen, dass der Computer, den das FBI kassiert hatte, aus einem Hinterzimmer war, zu dem nur Angestellte Zutritt hatten. Und dass Kevin Bullock, der ehemalige Verkäufer mit dem Totenkopf-Ohrring, sich ein paar Tage vor dem Marleigh-Drama kommentarlos abgesetzt hatte. Was wahrscheinlich der Grund dafür war, dass die Bullen ihn im Verdacht hatten, der durchgeknallte Fan zu sein.

Aber da waren sie völlig schief gewickelt, hatte der Typ mit dem Kugelschreiber Alex versichert – denn Kevin war fast schon ein Analphabet, vollkommen unfähig, einen Computer zu bedienen. Allerdings – wenn er wirklich ein E-Mail hätte schicken wollen, hätte er wohl jemanden finden können, der ihm dabei hilft …

»Na dann«, sagte der junge Verkäufer, als drei Kids lachend und einander schubsend in den Laden stürmten. »Ich muss mich wohl mal wieder an die Arbeit machen.«

»Nur noch ein paar Minuten«, bat Alex.

»Hör mal, es tut mir wirklich Leid, aber wenn der Chef zufällig vorbeikommt und mitbekommt, worüber wir hier reden, werde ich gefeuert. Ich darf über all das keinerlei Auskünfte geben.« Der Verkäufer ging auf die Kids zu.

»Moment!« Plötzlich wirbelte Cam herum. »Sie – ich meine, wir«, sagte sie mit seidenweicher Stimme, »brauchen wirklich nur noch ein winziges bisschen von deiner Zeit.«

Der Verkäufer warf ihr einen kurzen Blick zu. Cam funkelte ihn an. *Du hast keine Wahl,* dichtete sie, *stolpere und fall.*

Erwischt! Sie spürte es, spürte wie ihre Augen brannten. Sah den überraschten Blick des Jungen, einen Moment bevor er stolperte und – wie Lindsay während des Fußballspiels – auf die Nase fiel.

Wie hast du das denn gemacht?!, erkundigte sich Alex, während sie dem verblüfften Verkäufer hochhalf.

Ist doch egal. Wir haben jedenfalls ein bisschen Zeit gewonnen, sagte Cam.

Und so erfuhren sie, dass es da irgendeinen Typ gab, der immer Geschenke für Kevin anschleppte und sich mit ihm rumtrieb – und nebenbei bemerkt: Kevin war auf keinen Fall ein »Verehrer« von Marleigh Coopers seichtbunter Musik. Kevin verehrte nur sich selbst.

»Was macht er sonst noch so?«, fragte Alex.

»Eigentlich nichts Bedeutendes. Er hatte so eine fixe Idee, dass er sich ein Motorrad kaufen würde, sobald er das Geld dafür zusammenhatte; er wollte bei seinen Eltern ausziehen und sich seine eigene Wohnung suchen. So was eben ...«

Der Verkäufer erzählte noch mehr, aber Cam hatte schon abgeschaltet. Sie hörte seine Worte, nahm sie aber nicht mehr bewusst wahr. Dann verschwamm alles vor ihren Augen. Es hämmerte in ihrem Kopf. Und sie sah einen Weg vor sich, nein, eine schmale Schotterstraße, die sich um eine Kurve wand. Sie war beinahe zugewuchert und verlief durch ein vernachlässigtes Waldstück. Direkt hinter der Kurve stand etwas, ein Gebäude, ein Schild, aber Cam konnte es nicht klar erkennen. Das Bild wurde schärfer. Für den Bruchteil einer Sekunde sah sie ... eine verrostete alte Zapfsäule ... ein Tankstellenhäuschen mit vernagelten Fenstern mitten im Wald ... und ein Schild. ENDE. Dann zerbrach das Bild vor ihren Augen.

Ende ... wovon?

»Also, wie sah dieser reiche Typ denn aus?«, fragte Alex den benommenen Verkäufer. »Du weißt schon, der immer bei Kevin im Hinterzimmer war. –«

»Das war kein Typ. Es war ein Mädchen«, erwiderte der Junge. »Sie war ein bisschen dicklich. Sah irgendwie ziemlich so aus wie diese eine, die angeblich Marleigh mit zum Fußballspiel gebracht hat. Wisst ihr, wen ich meine? Die im Fernsehen immer so rumheult ...«

Als die beiden Mädchen den Laden verließen, hatte Cam die Bilder in ihrem Kopf fast wieder vergessen. Dafür konnte sie mit der Begeisterung über ihre Hexerei nicht mehr an sich halten. »*Ha!* Ich bin total gut! Ich hab ihn voll erwischt. Ich musste den Jungen nur ein bisschen blenden. Genau wie die Aktion mit Lindsay. Einfach konzentrieren und anstarren, dann brechen sie von selbst zusammen.«

Alex runzelte die Stirn. »Ehre wem Ehre gebührt. Aber wer hat ihn denn für dich vorbereitet? Und das, obschon du alle fünf Sekunden entweder gegrunzt oder rumgewürgt hast.«

»Wie du meinst.« Cam warf den Kopf in den Nacken und strich sich einen Strang ihrer kastanienbraunen Haare aus den Augen. »Na ja, vielleicht hast du ja tatsächlich mitgeholfen – wenn es dir so wichtig ist. Ich meine: Bah, Alex, das war richtig ekelhaft.«

Alex schnaufte wütend. »Vorsicht, Cam, der Snob in dir kommt durch. Ein Verkäufer ist dir nicht gut genug, wie? Kann deinem Pizzabäcker wohl nicht das Wasser reichen? Und was sollte denn diese Bemerkung von dir, als er gefragt hat, ob wir Zwillinge sind? ›Ich kenne dieses Mädchen gar nicht …‹ Wirklich wahnsinnig glaubwürdig!«

»War gar nicht so weit hergeholt.« Cam lachte. »So kannte ich dich jedenfalls noch nicht. Jetzt sollten wir aber mal langsam nach Hause fahren.«

»Zurück zu euch? Bist du bescheuert? Nach allem, was wir gerade herausgefunden haben?«

»Hör mal, dir ist es ja vielleicht egal, aber meine Eltern werden sich Sorgen machen. Wir haben ihnen nicht mal einen Zettel dagelassen, sie haben keine Ahnung, wo wir stecken.«

Ungeduldig blaffte Alex: »Dann ruf sie doch an. Wo ist denn dein tolles Handy, wenn man es mal wirklich braucht? Begreifst du es denn nicht? Wir haben eine heiße Spur. Wir können jetzt nicht einfach nach Hause fahren. ›Wir haben noch was vor‹, wie du dich wahrscheinlich ausdrücken würdest.«

Cam schlenderte langsam zum Fahrradständer hinüber. »Vielleicht habe ich ja meine ganze Psycho-Power beim M & M verpulvert, aber ehrlich gesagt habe ich gerade keinen blassen Schimmer, was du denkst.«

»Jetzt komm schon, stell dich nicht dümmer als du bist.« Alex seufzte. »Der Typ hat doch gesagt: Sicher, vielleicht hat Kevin-der-Verschwundene jemanden gefunden, der ihm hilft. Na gut, er konnte den Computer im Hinterzimmer nicht bedienen. Aber vielleicht hat er einen Freund drangelassen – oder eine Freundin, die – sagen wir mal – haufenweise Kohle hat und ihm den einen oder anderen Zehner zugesteckt hat. Du weißt schon, für seine Motorrad-Sparschwein-Idee. Vielleicht hat er ja diese Kundin, diese gut betuchte Freundin an den Computer gelassen.« Sie hielt inne. »Camryn, du weißt genauso gut wie ich, dass wir der seltsamen Tonya mal einen kleinen Besuch abstatten sollten.«

Kapitel 29

DIE RATSVERSAMMLUNG

»Mögen die Weisheit und der Mut unserer Vorfahren an diesem Abend mit uns sein. Hiermit eröffne ich die vereinte Ratsversammlung von Coventry Island.«

Die kleine, stämmige Frau mit der kakaofarbenen Haut und dem drahtigen – man könnte auch sagen: widerspenstigen – stahlgrauen Haarschopf stand genau im Zentrum des Amphitheaters. Ihr wallendes purpurfarbenes Gewand bauschte sich bei jeder ihrer Bewegungen auf. Um die Aufmerksamkeit aller in der großen, kreisrunden Arena Anwesenden auf sich zu ziehen, klatschte sie laut in die Hände.

Ihr Name war Rhianna, ihr Rang der einer Erleuchteten. Heute hatte sie den Vorsitz über die eilig einberufene Sondersitzung des vereinten Coventry-Island-Rates.

Ileana hatte die Sitzung beantragt.

Und Karsh hatte ihr widerstrebend beigestimmt.

Nachdem er Ileana gegenüber einmal zugegeben hatte, dass die Zwillinge nun zusammen waren, hatte diese von ihm verlangt, dass er sie über alle weiteren Entwicklungen genauestens informierte.

»Kommt und macht Euch ein eigenes Bild«, hatte Karsh ihr vorgeschlagen, aber die hitzköpfige junge Hexe hatte abge-

wunken. »Ihr seid doch ein Mächtiger, also ist das Eure Aufgabe«, hatte sie erwidert. »Ebenso wie es Eure Aufgabe ist, mich als Vormund der Mädchen zu informieren.«
Und das hatte Karsh auch getan.
Mit unverhohlenem Stolz hatte er ihr erzählt, dass die Mädchen offenbar so nahtlos zusammenpassten wie die Amulette, die sie nach ihrer Geburt getragen hatten; dass Cams Beschützer Dave das Mädchen mit dem Namen Alex instinktiv wie eine Tochter in seinem Heim aufgenommen hatte; wie sehr Alex den Verlust von Sara betrauerte; und wie beide Mädchen in altehrwürdiger Art und Weise ein natürliches Bedürfnis verspürten, anderen zu helfen und nunmehr dabei waren, Licht in einen geheimnisvollen Fall zu bringen, in dem jemand verschwunden war.
Diesen letzten Teil hätten die Mädchen wahrscheinlich ZVI genannt – zu viel Info –, doch das fiel Karsh leider erst auf, als Ileana ihre perfekt geformten Augenbrauen hochzog und sich nach den Einzelheiten erkundigte.
Karsh war leichtsinnig genug, ihr von der Gummiprinzessin zu berichten – oder war es die Bonbon-Diva, irgend so ein Ausdruck jedenfalls –, die mehr oder weniger direkt vor Cams Augen entführt worden war. Doch da Cam auf sich allein gestellt gewesen war, hatten selbst ihre bemerkenswerten Fähigkeiten nicht genügt, um das zu verhindern. Aber jetzt, wo sie Alex an ihrer Seite hatte, nutzten die Mädchen ihre vereinten Kräfte, um die Sängerin zu finden und zu retten.
In diesem Moment verlor Ileana die Beherrschung. Normalerweise interessierte sich die egozentrische Hexe nicht dafür, was in der Außenwelt geschah. Aber wie Karsh wusste, war sie gerade von einem Zauberspruch-Seminar in Los Angeles zurückgekehrt, wo die Entführung des Stars in aller Munde war.

»Die beiden sind in den Marleigh-Cooper-Fall verwickelt?« Ileana war außer sich vor Wut. »Alle Journalisten der Welt sind da hinterher. Konntet Ihr nichts finden, was noch mehr Öffentlichkeitsinteresse auf sich zieht? Was wird Euer nächster brillanter Einfall sein, Karsh? Thantos eine formale Einladung zukommen zu lassen?«

Ileanas lärmende Vorwürfe endeten mit den Worten: »Ich verlange, dass Ihr Artemis unverzüglich aus Apollas Heim entfernt!«

Karshs Ausführungen darüber, wie schwierig das in der momentanen Situation sein würde, fanden bei Ileana kein Gehör. Ihr zweites Verlangen: ein Schiedsspruch des vereinten Rates von Coventry Island, dem Tribunal, das dafür zuständig war, Streitigkeiten in der Gemeinschaft zu schlichten und die ewigen Duelle unter den Zauberern und Hexen zu unterbinden. Die Versammlung des heutigen Abends, die Schlag Mitternacht begonnen hatte, würde möglicherweise das Schicksal von Artemis und Apolla besiegeln, darüber war sich der weise Hexer Karsh wohl bewusst. Auch vor vierzehn Jahren hatte es eine solche Sitzung gegeben, auf der die Entscheidung über die leibliche Mutter der Zwillinge gefällt wurde. Karsh glaubte noch immer, dass es die richtige Entscheidung, die einzig mögliche Entscheidung gewesen war. Er konnte nur hoffen, dass der Rat heute einen ebenso klugen Beschluss fassen würde.

Er war zwar besorgt, aber zugleich dankbar für die Möglichkeit, den Konflikt zwischen sich selbst und Ileana vor solch unbefangenen, weisen und gelehrten Richtern darzulegen. Es war seine einzige Chance. Denn obwohl es ihn freute, dass die eitle junge Hexe langsam ihre Kräfte entfaltete, war Ileana noch immer unberechenbar. Und es war nicht sicher, ob sie ihre magischen Fähigkeiten nicht doch für die falschen Zwecke missbrauchen würde. Hatte sie ihn denn nicht schon beinahe in einen Frosch verwandelt?

Karsh wollte daran glauben, dass Ileanas Herz am richtigen Fleck saß, dass eine Trennung von Artemis und Apolla ihrer Meinung nach nur zum Schutz der Mädchen diente. Und dennoch, davon war er ebenso überzeugt und hatte es im Grunde schon immer gewusst, konnte keine Macht der Welt verhindern, dass sie zusammenkamen. Es war ihr Geburtsrecht, ihr Schicksal, beieinander zu sein. Und ihre einzige Chance zu überleben. Er hoffte nur, dass er diese Ansicht so überzeugend vertreten konnte, dass der Rat ihm beistimmen würde.

Rhianna richtete sich an die Versammlung: »Bitte schaltet nun alle Handys, Laptops und sonstigen Geräte aus, alles was piepen, klingeln, knattern oder rauschen kann.« Sie machte eine kurze Pause, um Luft zu holen.

»Und nun? Sollen wir auch die Tische hochklappen und die Rückenlehnen senkrecht stellen?«, schnaubte Ileana kaum hörbar. »Ich hasse dieses Hokus-Pokus-Konzentrations-Ritual.«

Rhianna war dieser Kommentar sicherlich nicht entgangen, aber sie reagierte nicht darauf. »Bitte packt alle Kräuter weg, löscht alle Kerzen, verstaut Steine und Kristalle und setzt alle übersinnlichen Fähigkeiten außer Kraft.« Sie hielt inne und sah sich im Saal um. »Mit anderen Worten, Leute: Unterlasst alles und nehmt Abstand von allem, was magisch ist. Und zwar jetzt.«

Mit diesen Worten machte es sich Rhianna in dem hohen Plüschsessel bequem, der in der Mitte der Halle stand, und forderte Karsh und Ileana mit einer Handbewegung auf, ihre Plätze einzunehmen.

Wie es bei Schlichtungsverfahren üblich war, saßen die jeweiligen Parteien einander gegenüber, zu beiden Seiten der Erleuchteten. Die Mitglieder des Rates nahmen die ersten Reihen des Theaters ein. Die verbleibenden Sitzplätze standen interessierten Zuschauern zur Verfügung. Und heute war das Haus voll.

Vor jedem Ratsmitglied war ein Computer aufgestellt worden, über den später die Stimmen abgegeben werden sollten. Karsh hatte so seine Zweifel, was Entscheidungsfindung per Mausklick anging, aber die Computer waren von einem Multimillionär-Zauberer aus dem Silicon Valley gespendet worden. Angeblich sollten sie eine rasche und zuverlässige Geheimwahl gewährleisten.

Obschon Konflikte durch ein Mehrheitsvotum des Rates geschlichtet wurden, so leitete die Versammlungen doch immer ein Erleuchteter. Abwechselnd übernahmen die angesehensten und fähigsten Mitglieder der Gemeinschaft diesen Vorsitz, dessen Aufgabe es war, die Wahl des Rates zu deuten und, wenn nötig, das weitere Vorgehen in einem Fall zu bestimmen. Nach dem heutigen Mondstand kamen zwei Erleuchtete für diese Position in Frage: Lord Grivveniss oder Lady Rhianna.

Karsh wusste, dass Ileana auf Grivveniss gehofft hatte. Und zwar vor allem, weil es zwischen ihr selbst und der rundlichen Rhianna einmal einen unerfreulichen Zwischenfall gegeben hatte.

Als er sich daran erinnerte, wie Ileana als kleines Kind Rhianna einmal »die Kartoffel-Frau« genannt hatte, musste Karsh kichern. Er hatte versucht, sie zum Schweigen zu bringen, doch das eigenwillige Kind ließ sich keine Vorschriften machen. »Sie ist braun und rund und hat Grübchen, genau

wie eine Kartoffel«, hatte Ileana verkündet und darauf bestanden, dass Karsh ihr beipflichtete.
Leider hatte Klein-Ileana diese Worte in Anwesenheit von Rhianna von sich gegeben, die das bis heute nicht vergessen hatte. Auch nicht so ganz verziehen.
»Zunächst«, begann Rhianna nun, »soll dem Rat der vorliegende Fall genau geschildert werden. Der ehrenwerte Mächtige Karsh« – ein Lächeln huschte über ihr Gesicht, als sie ihm zunickte – »und der Vormund Ileana« – das Lächeln war verschwunden – »möchten dem Rat einen Konflikt von äußerster Wichtigkeit und Dringlichkeit vorlegen. Er betrifft die Zwillinge Apolla und Artemis – oder Camryn und Alex, wie man sie nunmehr nennt.«
Aus den hinteren Reihen brüllte jemand wütend: »Sie hätten die Insel nie verlassen dürfen! Wo sind sie, Karsh?«
Unverzüglich erhob sich Lady Rhianna von ihrem Platz und warf dem Zwischenrufer einen strafenden Blick zu. Seiner großen Töne zum Trotz war er noch sehr jung. Karsh erkannte, dass es sich um den Jungen handelte, der ihn im Wald verfolgt hatte. Sein Name war Sinon.
»Ich warne Euch«, drohte Rhianna. »Ich bin die Einzige hier, der es gestattet ist, von ihren Kräften Gebrauch zu machen. Ich kann Euch verstummen lassen, wenn es notwendig ist, oder Euch in jede beliebige Gestalt verwandeln.« Aus den Augenwinkeln warf sie Ileana einen Blick zu. »Selbst in eine Kartoffel«, bemerkte sie verdrießlich und fuhr dann fort: »Es wird keine weiteren Ausbrüche oder Unterbrechungen geben. Diese Versammlung wird gerecht verlaufen.«
Während sie sprach, ließ Karsh seinen Blick über die Sitzreihen schweifen. Es wunderte ihn nicht, dass alle Plätze belegt waren.

Die Nachricht von der Sondersitzung des Rates hatte sich wie ein Lauffeuer verbreitet und Thantos' Späher informierten ihn ständig über die Geschehnisse auf Coventry Island. Noch immer hatte er hier Verwandte und viele Anhänger. Eigentlich wusste niemand so recht, wer alles auf der Seite von Thantos dem Mächtigen stand. Obschon die meisten Magier, und insbesondere jene, die auf der Insel wohnten, außerordentlich vertrauenswürdig waren, gab es doch immer den einen oder anderen, dessen Unterstützung ein Gut war, das man kaufen oder verkaufen konnte.
Der junge Zwischenrufer, Sinon, war offensichtlich einer von ihnen.
Schade. Karsh rieb sich die Stirn. Sicherlich hatte Thantos inzwischen erfahren, dass Artemis Montana verlassen hatte. Aber rechnete er ernsthaft damit, dass Karsh verraten würde, wo sie sich jetzt aufhielt, dass dieser unfertige Junge in der Lage wäre, ihn aufzuspüren und ihn dazu zu bringen, den Aufenthaltsort von Arons Töchtern preiszugeben?
Schlimm genug, dass Thantos sie im Erlebnispark gefunden hatte – und es war Karsh schwer gefallen, ihn dort wieder loszuwerden. Er hatte gehört, dass der finstere Hexenmeister auch in Artemis' Wohnwagen aufgekreuzt war. Unvorstellbar, was geschehen wäre, wenn er das trauernde Kind dort angetroffen hätte!
Doch zum Glück hatte Karsh entschlossen gehandelt und das Mädchen war schon längst über alle Berge.
Rhianna hatte ihren Vortrag über die Pflichten der Ratsmitglieder beendet. An Karsh und Ileana gewandt sagte sie: »Nun sollt Ihr Gelegenheit haben, Euren jeweiligen Standpunkt darzulegen und zu erläutern. Was ist der Kern Eures Konfliktes?«

Das quietschende Geräusch in seinem Knie, als er sich langsam erhob, ließ Karsh zusammenzucken. »Erleuchtete, weiser Rat, verehrte Hexen und Zauberer! Erlaubt mir, Euch zu versichern, dass sowohl Lady Ileana als auch ich ausschließlich um das Wohl von Artemis und Apolla besorgt sind. Das war schon immer so. Wir sind nur leider uneins in der Frage, wie man die Kinder am besten schützen kann.« Er räusperte sich. »Im Angesicht der neuesten Entwicklungen, meine ich.«

Während er sprach, saß Ileana wie ein schmollendes Kind an ihrem Platz, die Arme verschränkt, die vollen Lippen fest aufeinander gepresst. Das hielt sie jedoch nicht davon ab, Karsh ins Wort zu fallen.

»Er hat mich hintergangen«, beschuldigte sie ihn. »Er hat sich über meine Wünsche hinweggesetzt.«

Karsh stieß einen lauten Seufzer aus. »Wie ich bereits erläutert habe, war die Lage Unheil verkündend und Ihr, meine Liebe, wart verreist.«

»Dann hättet Ihr bis zu meiner Rückkehr warten sollen. Ich bin der Vormund der Mädchen.«

»Wie ich einst der Eure«, erinnerte Karsh sie sanft.

»Apolla und Artemis wurden als Kinder getrennt, um ihr Wohlergehen, ihre Sicherheit zu gewährleisten«, erklärte Ileana laut. »Sie wurden zuverlässigen Beschützern anvertraut.«

»Die ich für sie gesucht habe«, erläuterte Karsh dem Rat.

»Wohl wahr. Doch nun wart Ihr es auch, der sie wieder zusammengebracht hat.« Ileana stand auf und wandte sich an die Zuschauer. »Sie sind in Gefahr. Die Kräfte des Bösen bedrohen sie, Kräfte, die ihnen ein Leid zufügen können. Sie müssen voneinander getrennt werden, behaupte ich, und Ihr müsst diese Meinung teilen.« Ileana machte eine abschließende Handbewegung.

Nun klatschte Lady Rhianna in die Hände und übernahm die Kontrolle über die Versammlung. »Fassen wir also zusammen: Artemis und Apolla sind der Verbindung zwischen zwei außerordentlich starken und von uns allen verehrten Vertretern unserer Kunst entsprungen. Niemand weiß genau, wozu sie gemeinsam in der Lage wären, doch ihre Möglichkeiten sind unermesslich.«
»Ich habe sie beobachtet. Es war wirklich verblüffend«, bestätigte Karsh.
»Berichtet uns doch davon, oh Karsh«, ertönte Ileanas gereizte Stimme.
»Nun«, sagte Karsh. »Ich habe sie Zeit ihres Lebens beobachtet.«
»Auf meinen Wunsch hin«, bemerkte Ileana.
»Vor kurzem begegneten sie sich. Niemand weiß, wie es dazu kam. Möglicherweise geschah es nur zufällig, vielleicht hat aber auch Thantos sie zusammengeführt.«
Karsh hatte mit dem Sturm von Protestrufen gerechnet, der sich nun erhob. »Lasst Thantos aus dem Spiel«, verlangte einer der Anhänger des mächtigen Hexenmeisters. »Lord Thantos würde ihnen kein Leid antun«, schwor ein anderer. »Er weiß ja nicht einmal, wo sie sind!« Dieser letzte, mürrische Einwand kam erneut von Sinon.
»Und dennoch!« Ileanas schrille Stimme brachte Thantos' Gefolgschaft zum Schweigen. »Es gab keinen Grund, weshalb sie sich hätten begegnen sollen. Karsh ist dafür verantwortlich.«
»Na gut«, gestand er ein. »Aber was hätte ich anderes tun können? Eine von ihnen hatte ihre Beschützerin verloren. Die andere ahnte bereits, dass sie adoptiert war. Außerdem hatten sie schon zuvor … nun ja, sagen wir einmal, ihre Kräfte

erprobt – und keine von beiden hätte dieses Erlebnis ohne weiteres vergessen.«

»Was genau ist denn geschehen?«, fragte Lady Rhianna interessiert.

Karshs blasse Augen füllten sich mit Stolz. »Ihr hättet sie sehen sollen. Sie waren wunderbar.«

»Wunderbar?« Ileana grinste höhnisch.

Der bejahrte Hexer ignorierte sie. »Sie haben eine Familie davor bewahrt, in den sicheren Tod zu stürzen«, fuhr er begeistert fort. »Ein verzweifeltes Kind mit Hilfe einer Beschwörung getröstet ...« Er unterbrach sich, bevor er zu viel verraten würde. »Aber das ist noch nicht das Wichtigste. All ihre Handlungen entsprangen ihrem Herzen, ihrem tiefen Bedürfnis, Menschen zu helfen.«

Ileana verlor die Beherrschung. »Und indem sie so handelten, brachten sie sich selbst in Gefahr. Das Böse wird sie aufspüren!«

Karsh wusste, dass er sich nur schaden würde, wenn er jetzt trotzig reagierte. Leise erklärte er: »Ich habe Artemis etwas gegeben, womit sie sich verteidigen kann.«

Ileana verdrehte ihre verblüffenden grauen Augen. »Ihr habt ihr ein paar Zaubersprüche vorgesagt. Als ob das ausreichen würde!«

Nun war es Karsh, der sich nicht mehr zurückhalten konnte. »Sie hat dieses Wissen unverzüglich mit ihrer Schwester geteilt. Und gemeinsam haben sie es bereits sinnvoll eingesetzt. Ich bitte euch – hört Ihr mir denn nicht zu?«

Lady Rhianna erhob sich von ihrem Stuhl, stieg hoch in die Luft hinauf und schwebte schließlich über Karsh und Ileana. »Hört mich an, alle beide. Karsh ... da Ihr der Ältere seid, solltet Ihr dies ohnehin wissen: Wenn Zwillinge voneinander getrennt werden, verlieren sie viele ihrer angeborenen Fähigkeiten. Wenn sie sich zum ersten Mal begegnen, entsteht zunächst ein elektrisches Feld zwischen ihnen, eine Art Energie-Feuerwerk, das ihnen den Eindruck vermittelt, über voll ausgereifte Begabungen und unermessliche Kräfte zu verfügen. Doch ohne Übung, ohne Anleitung wird dieser erste Schub langsam verglühen. Versteht Ihr mich?«

»Verglühen? Was soll das heißen?«, fragte Ileana.

»Solange die Zwillinge ohne einen Lehrmeister sind, der sie in die Kunst der Magie einweist, werden ihre Fähigkeiten auf ein Minimum beschränkt bleiben. Woher wollt Ihr wissen, Karsh, dass ihre Kräfte nicht schon jetzt verebben?«

Ileana versuchte, sich ihre Angst nicht anmerken zu lassen, doch sie konnte Karsh nicht täuschen. »Und was bleibt ihnen dann noch?«

»Nun, sie werden natürlich einige Fähigkeiten behalten, die sie schon bei der Geburt hatten, doch diese werden nicht so ausgefeilt sein. Sie werden keine Kontrolle darüber haben. Ihre Versuche, die Kunst des Hexens auszuüben, ihr äußerst dilettantischer Umgang mit der Magie könnte unter Umständen fürchterliche Folgen haben. Schutzlos werden sie –«

»Aber sie sind doch nicht schutzlos«, unterbrach Karsh. »Ich habe Artemis ihre Kette wiedergegeben, das goldene Halbmond-Amulett, das ihre Eltern vor –«

»Vor dem bedauerlichen Zwischenfall –«, warf Rhianna ein.

»Bevor Thantos ihren Vater tötete!«, schrie Ileana. Verstörtes Murmeln lief wie eine Welle durch die große Halle.

»Ich habe ihr die Kette gegeben«, versuchte Karsh, sich über dem Tumult Gehör zu verschaffen. »Und ich …« Er senkte den Blick. Er konnte Ileana jetzt nicht in die Augen sehen. »Und ich habe Apollas Kette nie an mich genommen. Sie trägt

sie seit sie ein Kind war. Der Schmuck wird ihnen einen gewissen Schutz geben ...«
Ileana war außer sich vor Zorn. »Seid Ihr verrückt? Begreift Ihr es denn nicht, alter Hexer? An ihren Amuletten wird Thantos sie erkennen. Mit jedem Mal, wo sie ihre Kräfte einsetzen, wird er ein Stück näher an sie heranrücken.«
»Er hat sie bereits zusammen gesehen«, musste Karsh eingestehen.
»Ihr kennt ihn nicht«, rief Sinon laut. »Er hat nichts Böses im Sinn!«
»Du kennst ihn nicht!«, fuhr Ileana ihn an.
Lady Rhianna stieg noch höher in die Luft über der Bühne des Amphitheaters. Sie schüttelte ihre ausgebreiteten Arme und entfaltete ein atemberaubendes Paar bernsteinfarbener Schwingen. Die Menge verstummte beeindruckt und applaudierte dann lautstark. »Genug«, befahl sie. »Wir haben genug gehört. Bis zu dem Tag, an dem Lord Thantos persönlich vor diesem Rat erscheint ...«
»Was er niemals tun wird«, beharrte Ileana.
»Dann findet ihn und bringt ihn zu uns«, erwiderte Rhianna unwirsch. »Der Rat wird nun abstimmen. Sollen die Zwillinge, Artemis und Apolla, voneinander getrennt werden, wie es der Wunsch Ileanas ist, oder soll es ihnen gestattet sein, beisammen zu bleiben, wie Karsh es vorschlägt?«
Karshs Blick wanderte unruhig durch den Saal. Welche der Anwesenden waren seine Freunde und welche seine Widersacher? Er wartete, während die Ratsmitglieder ihre Stimmen in den Computer eingaben. So sollte Apollas und Artemis Schicksal beschlossen werden? Mit Hilfe dieser Geräte, Maschinen, Apparate, dieser absonderlichen Kisten? Er würde sich nach der Entscheidung des Rates richten müssen, auch

wenn vielleicht ein Finger aus Versehen auf der falschen Taste landete.

Sie beugten sich alle über ihre Monitore, ihre Finger klapperten eilig auf den Tastaturen. Karsh hatte keine Ahnung, ob eine schnelle Entscheidung ein gutes oder ein schlechtes Zeichen war.

Doch rasch ging es in jedem Fall. Lady Rhianna bekam das Ergebnis telepathisch übermittelt. Ihr Lächeln gab Karsh den entscheidenden Hinweis und erlaubte ihm einen Moment lang ein Gefühl der Erleichterung, wenngleich auch nicht des Triumphes.

»Der Entschluss des Rates steht fest. Es freut mich, dass ich mit der Entscheidung einverstanden bin.« Rhianna rümpfte ihre Stupsnase und sah auf Ileana herab. »Die Zwillinge sollen auch in Zukunft beieinander bleiben.«

Ileana ballte ihre Hände zu Fäusten, rührte sich aber ansonsten nicht, was eindeutig besser war, denn sonst hätte sie vielleicht doch noch versucht, Rhianna in die besagte Kartoffel zu verwandeln. Da es ihr aber untersagt war, ihre Kräfte einzusetzen, konnte sie nur vor Wut schäumen. Was sie auch überreichlich tat.

»Es scheint so, Ileana, als müsstet Ihr Euch nun endlich den Aufgaben stellen, für die man Euch auserwählt hat«, sagte Rhianna.

Unverzüglich eilte Karsh zu Ileanas Verteidigung. »Darf ich den Rat daran erinnern, dass Ileana selbst ein bloßes Kind war, kaum siebzehn Jahre alt, als man ihr die Verantwortung für die Mädchen übertrug?«

Die Erleuchtete grinste breit. »Na, nun ist sie ja nicht mehr siebzehn.«

Das war zu viel. Ileana platzte heraus. »Ich habe weder genug

Zeit noch die richtigen Kleider! Was trägt man denn überhaupt so in Marble Bay?«
Sobald sie die Worte ausgesprochen hatte, erkannte sie, dass sie einen Fehler gemacht hatte. Karsh ebenso. Falls Thantos Freunde unter den Anwesenden hatte – und es gab zumindest einen, den Jungen –, so wussten diese nun, wo sich die Mädchen aufhielten. Ileana senkte den Kopf, bleich und beschämt.
»Meine Liebe, Ihr solltet begeistert sein.« Rhianna war wieder auf den Boden geschwebt und stand nun mit verschränkten Schwingen direkt vor Ileana. »Denn Ihr hattet tatsächlich Recht. Ihr seid vor diese Ratsversammlung getreten, um Eure Position als Vormund von Artemis und Apolla bekräftigt zu sehen. Und das ist auch geschehen. Ihr seid ihr Vormund, ihr Lehrer, ihr Beschützer und ihr Meister. Wenn die beiden die Volljährigkeit erreichen, werdet Ihr, Ileana, ihrer Einweisung in den magischen Kreis vorstehen. Vierzehn Jahre lang hattet Ihr wenig zu tun. Soweit ich das beurteilen kann, kam Euch das gerade recht. Nun hat sich die Lage gewandelt.« Sie blickte von Ileana zu Karsh und wieder zurück. »Ich schlage vor«, grinste sie, »dass Ihr beide Euch nun auf die Socken macht.«

KAPITEL 30

JENSEITS DES ZAUNES

»Ich weiß schon, was du jetzt denkst«, sagte Cam, während sie ihre Fahrräder aus dem Ständer bei Music & More holten.

»Erzähl mir was Neues, nicht immer die alten Geschichten«, murmelte Alex. Auch wenn sie selbst es genauso machte, war es immer noch ein komisches Gefühl zu wissen, dass sich jemand ebenso leicht in ihre Gedanken einklinken konnte, wie das FBI den M & M-Computer ausfindig gemacht hatte.

»Und?«, fragte sie herausfordernd.

»Ich bin anderer Meinung. Ich glaube nicht, dass sie es war.«

»Ich nehme mal an, dass wir über Tonya sprechen?« Alex schwang sich auf Dylans Rad.

»Wie ich bereits mehrfach sagte: Sie hat so ihre Probleme. Aber das macht sie noch lange nicht zu einem Kidnapper.«

»Also gut, fassen wir noch einmal zusammen«, schlug Alex vor, während Cam auf ihr eigenes Rad kletterte und sie nebeneinander auf den Fahrradweg einbogen. »Die Polizei weiß, dass diese gestörten ›Verehrer‹-E-Mails von dem Computer im Hinterzimmer von Music & More abgeschickt wurden.«

»Und sie gehen davon aus«, erinnerte Cam sie, »dass es Kevin war, der sie geschrieben hat – schließlich arbeitet er da und

wird momentan vermisst. Außerdem ist er eine finstere Gestalt.«
»Hast du dem Typen eben gar nicht zugehört? Unser Totenkopf-Junge war kaum in der Lage, einen Computer auch nur anzuschalten, von Briefeschreiben ganz zu schweigen.«
»Behauptet dein Schatzi«, murrte Cam.
Alex reagierte nicht auf die Bemerkung. »Und wir wissen, dass es eine Verbindung zwischen Kevin und Marleigh gibt, da Jenny ihn mit der Diva zusammen gesehen hat.«
Sie mussten an einer Kreuzung anhalten, führten die Unterhaltung aber fort. »Na gut, Jenny hat also irgendeinen Spinner mit einem Totenkopf-Ohrring gesehen, der sich in Marleighs Nähe rumgetrieben hat.«
»Und erzählte es niemandem, weil sie ihrer Mom nicht gehorcht hat, und dann verwischte sich Marleighs Verschwinden in ihrem Kopf total mit ihrer kleinen Trotzhandlung«, ergänzte Alex. »Jenny dachte, dass sie dafür verantwortlich war. Ihre Mom hatte sie gewarnt, dass etwas Schlimmes geschehen kann, wenn sie nicht auf ihrem Platz bleibt. Und sie blieb nicht auf ihrem Platz und, zack!, geschah etwas Schlimmes.«
»Marleigh wurde entführt«, brachte Cam den Gedanken zu Ende.
Die Ampel sprang auf Grün. »Wo müssen wir lang, um zu Tonya zu kommen?«, erkundigte sich Alex und sobald Cam »geradeaus« gesagt hatte, war sie auch schon unterwegs.
»Na gut.« Cam hatte sie eingeholt. »Und wie erklärst du dir das? Wenn der fiese Kev gerade dabei war, Marleigh zu entführen, wie kann es dann sein, dass sie noch Zeit hatte, so einen fröhlichen Text für Jenny zu schreiben? Warum hat sie nicht einfach ›Hilfe!‹ auf diese Serviette gekritzelt?« Cam schüttelte den Kopf. »Nein, nein, ich weiß nicht. Es scheint

einfach nicht so, als wäre Marleigh zu irgendetwas gezwungen worden.«

»Also dann, Miss Detektivin Marple: Wenn Kevin nicht der ›Verehrer‹ ist, wer ist es dann?«

»Na schön, Miss Superhirn Harriet, jetzt geht's links den Hügel hoch«, wies Cam sie an. Im Grunde genommen wusste sie, dass Alex Recht hatte. Tonya musste da irgendwie mit drinhängen. Sie war die einzige Person mit einer eindeutigen Verbindung sowohl zu Kevin als auch zu Marleigh. Aber Cam wollte einfach nicht glauben, dass die unglückliche Tonya so niederträchtig sein könnte. »Tonya ist nur armselig, nicht gestört.«

»Dann erklär mir mal eins, Batgirl«, schnaufte Alex, während sie den steilen Hang in Richtung The Heights hinauffuhren, der vornehmsten Wohngegend in Marble Bay, mit Blick aufs Wasser. »Es bleibt einfach die Frage, wieso Tonya oben auf der Tribüne ihr Handy benutzen konnte, während Marleigh angeblich keinen Empfang gekriegt hat. Und mit wem hat sie telefoniert?«

Cams Augen begannen zu brennen, während die Frage leise in ihrem Kopf nachhallte. Mit wem *hatte* sie denn telefoniert? Plötzlich konnte sie nicht mehr scharf sehen. Die Straße verwandelte sich in ein Kaleidoskop von Schildern, Autos und Häusern. Ihre Augen tränten. Und ein verschwommenes Bild stieg in ihr auf. Sie erkannte einen Jungen mit schroffen Gesichtszügen und Haaren voller Gel, an dessen Ohr ein Totenkopf-Anhänger baumelte.

Zitternd schüttelte Cam den Kopf, um wieder normal sehen zu können, das bösartige Bild aus ihrem Inneren zu vertreiben. Ihr Rad vollzog einen ruckartigen Schwenker nach links, auf die Fahrbahn. »Kevin«, stieß sie hervor.

»Wie bitte?«, fragte Alex.
»Du hast Recht.« Cam packte den Lenker und übernahm wieder die Kontrolle über ihre Fahrweise. »Sie hat mit Kevin gesprochen.«
»Und woher weißt du das so genau?« Alex' Stimme klang belustigt.
»Ich hab's gesehen«, stotterte Cam kaum hörbar. »Ich meine, ich …« Sie räusperte sich. »Ich weiß es einfach.«
Vor der Villa der Gladstones hatte sich eine wogende Menschenmenge versammelt. Übertragungswagen vom Fernsehen standen vor dem hohen, schmiedeeisernen Zaun, der das Gelände abschottete, und kreuz und quer über den Bürgersteig verliefen Kabel. Ein Streifenwagen lenkte den Verkehr um.
Cam und Alex radelten auf den verantwortlichen Polizisten zu, es war ein sympathisch wirkender, älterer Beamter, unter dessen Mütze einige Strähnen seiner weißen Haare hervorlugten. Etwas an ihm erschien seltsam und zugleich merkwürdig vertraut. Doch weder Cam noch Alex hatten Zeit darüber nachzudenken. Marleigh Coopers Leben stand auf dem Spiel und sie waren fest davon überzeugt, dass Tonya Gladstone Licht in das Dunkel bringen konnte. »Wir sind Freunde von Tonya«, erklärte Cam. »Können wir vielleicht rein, um sie zu besuchen?«
Cam bemerkte, dass auf der Motorhaube seines Wagens eine Namensliste lag. »Tut mir Leid«, sagte der Polizist mit einem freundlichen Lächeln. »Hier könnt ihr nicht durch. Ihr müsst unten entlangfahren.«
»Bitte«, wimmerte Alex mit einer herzzerreißenden Stimme, die Cam zuvor noch nie bei ihr gehört hatte. »Ehrlich, sie erwartet uns. Tonya ist unsere Freundin, unsere Allerbeste, unsere Vertraute und sie braucht uns jetzt wirklich in ihrer

Nähe.« Was machte sie denn da, fragte sich Cam. War das ihre Vorstellung davon, wie man in Marble Bay spricht?

Cam konzentrierte sich auf das Blatt mit den Namen. Es waren acht. Hinter vier von ihnen war ein kleines Häkchen, hinter den anderen vier nicht. Ihr Herz begann zu schmerzen, als sie noch intensiver auf die Liste starrte. Effie Trimble, Tonyas Haushälterin, war einer der noch nicht abgehakten Namen. Ein anderer war E. C. Rawlings.

»Ich meine, stellen Sie sich doch mal vor, sie wäre ihre Tochter«, beharrte Alex und schenkte dem Gefühl, dass sowohl Cam als auch sie diesen Bullen irgendwie *kannten*, keine Beachtung. »Würden Sie dann nicht auch wollen, dass sie von den Menschen umgeben ist, die sie liebt?«

Der Polizist hob die Liste auf, was in Cam furchtbare Kopfschmerzen und merkwürdig verschwommene Buchstaben hinterließ. »Eure Namen?«, fragte er.

»Ich bin Effie und das ist E. C.«, antwortete Cam rasch. Sie hörte, wie Alex verblüfft nach Luft schnappte und wie sie dann ergänzte: »E. C. steht für Elaine Charlotte. Das bin ich. Elaine Charlotte Rawlings.«

Der Beamte wirkte belustigt und warf ihnen dann einen argwöhnischen Blick zu. »Ach ja? Wieso habt ihr denn nicht den gleichen Nachnamen?«, erkundigte er sich.

»Ach, das ist eine komplizierte Geschichte«, erwiderte Alex.

»Wir wurden gleich nach unserer Geburt getrennt«, behauptete Cam. »Und dann von unterschiedlichen Familien adoptiert.«

Mit einem Mal sah der Polizeibeamte leicht belämmert drein und räusperte sich. »Na gut.« Er machte ein Häkchen hinter die beiden Namen und gab einer Kollegin mit rabenschwarzen Haaren, die am Tor stand, ein Zeichen. »Alles in Ordnung. Lass sie durch.«

»Das ging irgendwie viel zu leicht«, bemerkte Alex misstrauisch. »Dieser Bulle …«
»Quatsch. Ich bin bloß genial«, widersprach Cam.
Als sie sich einen Weg durch das Gedränge aus Reportern und Fotografen bahnten, lief ein ärgerliches Murmeln durch die Menge. »Hey, das ist ungerecht. Wir stehen schon seit gestern Abend hier. Wer sind die überhaupt? Warum dürfen die rein?«
Ein Typ in Jeans hielt Cam ein Mikrofon unter die Nase und brüllte: »Bist du mit Tonya befreundet, oder was?« Ein Blitzlicht flammte auf und blendete Alex.
»Jetzt treten Sie doch mal ein bisschen zurück und lassen Sie die Mädchen durch«, befahl die bezaubernde, dunkelhaarige Polizistin und schob sich durch die Menschenmasse. »Platz hier«, warnte sie die aufgeregten Journalisten.
Alex blinzelte zu ihr hinauf und sah ihr eigenes Gesicht in der großen, dunklen Sonnenbrille der Beamtin gespiegelt. »Lasst die Räder hier. Und seid vorsichtig«, riet sie ihnen, »sonst tut euch die Aktion hinterher noch Leid.«
Als die Polizistin die lärmende Menge verscheuchte, kam es für einen kurzen Moment zu einer Berührung zwischen ihr und Cam. Unmittelbar verspürte Cam, wie eine prickelnde Energie durch ihren Körper lief, ein kurzer Schlag, der ihr eine Gänsehaut auf den Armen machte.
Das Tor war nur angelehnt. Aus den Augenwinkeln sah Alex, wie ein Reporter hindurchglitt und sich schnell hinter einer Ansammlung von Hortensien versteckte. »Komm schon.« Sie winkte Cam zu sich heran, die plötzlich stehen geblieben war und sich über die Arme strich, als fröstelte sie.
Beim Klang von Alex' Stimme kam Cam wieder zu sich. Sie eilte ihrer Doppelgängerin nach und gemeinsam rannten sie über den gepflegten Rasen vor dem Anwesen der Gladstones.

Als sie an den Hortensien vorbeikamen, sprang der Reporter, den Alex gesehen hatte, hervor und überschüttete sie mit Fragen.

»Hey«, rief Cam. »Sie haben hier nichts verloren.«

Alex blickte zurück und es gelang ihm, eine Aufnahme von ihr zu machen. Das Blitzlicht ließ bunte Sternchen vor ihren Augen tanzen. Und dann sah sie Camryn, die Hände auf ihren Hüften gestützt, in das edle Objektiv seiner megateuren Kamera starren.

Alex erschrak, als die Explosion kam.

Das Objektiv zersprang in tausend Stücke, die Kamera flog dem hinterhältigen Typ um die Ohren und überall waren Glassplitter. Cam konnte ihre Schadenfreude nicht verbergen. Alex schon. Sie klingelte schnell an der Haustür. Unverzüglich wurde geöffnet. Eine sonnengebräunte, schlanke Frau mit einem perfekten Haarknoten und einer schmalen Nase blickte auf sie herab. »Wer seid ihr denn?«, fragte sie und bohrte ihre blutrot lackierten Fingernägel in den Kragen ihrer Seidenbluse.

Sofort begann auf der Straße ein wahres Blitzlichtgewitter, Scheinwerfer wurden angestellt und Fragen hinübergebrüllt.

»Freunde von mir, Mom«, hörten sie Tonyas Stimme. »Schon in Ordnung. Können sie reinkommen?«

Cam und Alex hatten nur einen winzigen Blick auf Tonyas Mutter geworfen, aber das hatte völlig gereicht. Die wohlhabende Frau war außer sich, stocksauer auf ihre Tochter, die all diese Unannehmlichkeiten verursacht hatte. Offensichtlich war Tonyas Befinden ihr ziemlich gleichgültig.

»Es tut mir Leid, Mutter«, jammerte Tonya ihr – sicher nicht zum ersten Mal – nach, als sie von dannen stakste. »Ich konnte doch nicht ahnen, dass sie entführt werden würde.

Woher sollte ich denn wissen, dass so was dabei herauskommt?«, schniefte sie.
»Was hast du denn gedacht, was dabei herauskommen würde?«, fragte Alex beiläufig.
Tonya weinte noch heftiger, sagte aber kein Wort. Alex konnte ihre Gedanken klar und deutlich lesen.
Na, jedenfalls habe ich nicht damit gerechnet, dass dieser Idiot, dieser Trottel Kevin Bullock, die Sache so weit treiben würde.
»Kevin? Was hat der denn damit zu tun?«, erkundigte sich Alex und fügte hinzu: »Du hast der Polizei nicht alles erzählt, was du weißt, stimmt's?«
Tonya war vom Weinen hochrot angelaufen. Verschmierte Wimperntusche rann über ihre runden Wangen. »Und wenn schon! Jetzt ist es auch egal«, wimmerte sie. »Ich kann einfach nicht fassen, was die mit mir machen. Der totale Albtraum! Ich will nur, dass alles endlich ein Ende hat!«
»Mit *dir* machen?«, wiederholte Alex. »Nette Auslegung. Die meisten haben da so eine komische Idee, dass irgendjemand etwas mit *Marleigh* gemacht hat.«
Alex' Sarkasmus ging völlig an Tonya vorbei. »Das ist ja das Schlimme«, weinte sie. »Ich habe sie so furchtbar gern. Ich hätte niemals etwas so Schreckliches, etwas so … na ja, *Wirkliches* getan.«
»Du hättest vielleicht nur so getan, als ob du sie entführen würdest?« Alex ließ nicht locker.
Tonya starrte sie mit offenem Mund an, ihre Augen weiteten sich vor Entsetzen. *Du weißt Bescheid?*, fragte sie.
Alex nickte.
»Jetzt schon«, ergänzte Cam.

KAPITEL 31

TONYAS GESCHICHTE

Panisch schrie Tonya: »Aber ich habe das doch gar nicht laut ausgesprochen! Ich verliere den Verstand!«

»Wie ist es möglich, dass ihr mich gehört habt?« Tonya zitterte.

»Warum gehen wir nicht erst mal in dein Zimmer«, schlug Alex vor. »Wo lang?«

»Meine Zimmer«, Tonya betonte die Mehrzahl, »sind oben.« Sie führte sie die ausladende Treppe hinauf und einen Flur entlang, der so breit war wie Alex' kompletter Wohnwagen. Dann öffnete sie eine hohe Flügeltür und ließ sie ihre Gemächer betreten; sie bestanden insgesamt aus drei großen Räumen, einem Wohnzimmer, einem Schlafzimmer und einem hellen, durch ein riesiges Dachfenster beleuchteten Bad, das so voll gestopft mit Pflanzen war, dass es eher an ein gekacheltes Gewächshaus erinnerte.

Tonya setzte sich auf den Diwan im Wohnzimmer und lehnte sich theatralisch zurück, wie eine erschöpfte Kaiserin. »Bitte helft mir. Bitte. Ich habe das alles nicht so gewollt«, heulte sie. »Es war nur so ein dämlicher Einfall von mir. Ich wollte euch allen eine riesige Überraschung bereiten – na ja, dir natürlich nicht«, sagte sie an Alex gewandt. »Ich meine, dich kannte ich ja noch gar nicht.«

»Schon klar«, erwiderte Alex. »Und was war das für eine Überraschung?«, drängte sie.
»Marleigh natürlich. Marleigh Cooper. Mir war klar, dass es supergut ankommen würde, wenn ich sie irgendwie zum Spiel kriegte. Also habe ich sie angerufen …«
»Und sie eingeladen«, half Cam nach.
»So in etwa. Ich meine, sie ist die Jugendvorsitzende von dieser Stiftung. Ihr wisst schon, ›Der letzte Wunsch‹.«
»Ist das nicht eine Organisation für ernsthaft kranke Kids?«, erkundigte sich Alex.
»Na ja, wahrscheinlich«, gab Tonya zögernd zu.
»Du hast ihr erzählt, dass du krank seist, stimmt's?«, riet Cam. »Das hat Marleigh gemeint, als sie davon sprach, wie tragisch das mit dir ist. Du hast so getan, als müsstest du sterben.«
»Knochenkrebs«, gestand Tonya und wieder quollen Tränen aus ihren rot geränderten Augen. »Und … na ja, irgendwie so, als ob man mir demnächst ein Bein amputieren würde.«
Beim Wort *Krebs* überlief Alex ein Zittern. Einen Moment lang stockte ihr der Atem.
»Deswegen bist du damals auch auf Krücken durch die Gegend gehumpelt«, sagte Cam gerade.
»Na ja, ich hab mir beim Training schon ein bisschen den Knöchel verstaucht, weißt du das nicht mehr?«, wehrte Tonya ab.
»Sicher«, knurrte Alex sie an. »Verstauchter Knöchel, Krebs, ist ja fast dasselbe.«
»Du hast Marleigh angelogen«, sagte Cam. »Du hast ihr erzählt, dass du sterben würdest, hab ich Recht?«
»Nur damit sie nach Marble Bay kommt«, fügte Alex hinzu und versuchte gar nicht erst, ihre Abscheu zu verbergen. »Nur

um ein bisschen rumzuprahlen, vor einem Haufen verwöhnter …«

»Vor deiner Mannschaft«, schnitt Cam ihr das Wort ab. »Das kann ich sogar noch verstehen. Du wolltest uns beeindrucken, also hast du …«

Jetzt brach es aus Tonya wie eine Flut. Sie erinnerte Alex an einen Eisberg, der in rasantem Tempo schmilzt, oder an eine in sich zusammensackende Sandburg. »Ich wollte, dass alle in der Schule sehen, wie cool ich sein kann. Aber ich hab es auch meinetwegen gemacht. Für Marleigh und mich.«

Durch einen Strom von Tränen hindurch schüttete Tonya ihnen ihr Herz aus.

Sie glaubte tatsächlich, dass sie und Marleigh gute Freundinnen werden könnten, wenn Marleigh sie erst richtig kennen lernte. Also hatte sie diesen »unschuldigen« Plan ausgeheckt, »so zu tun« als würde Marleigh entführt. »Nur ein paar Tage lang«, meinte sie, als ob die ganze Sache dadurch in Ordnung wäre!

Dann hätte Tonya die Sängerin retten sollen und Marleigh wäre ihr so dankbar gewesen, dass sie für ewig und alle Zeiten ihre Freundin geworden wäre.

Natürlich hatte Tonya Hilfe gebraucht. Sie fand sie in der finsteren Gestalt von Kevin Bullock, dem Deppen vom Music & More. Er war derjenige gewesen, der es Tonya erlaubt hatte, den Computer im Hinterzimmer zu benutzen. Natürlich gegen eine gewisse Gebühr. Und für eine noch höhere Gebühr hatte er sich bereit erklärt, Tonya bei der Ausführung ihres durchgeknallten Entführungs-Plans zu helfen.

Auf einmal hatte Cam einen entmutigenden Gedanken. Sie blickte zu Alex und fragte sich, ob ihr wohl dasselbe eingefallen war. Oder ob, so nervtötend das auch sein würde, Alex zu-

erst darauf gekommen war und die Idee zu Cam »herübergeschickt« hatte.
»Der verrückte Fan«, flüsterte sie unhörbar.
»Der ›Verehrer‹.« Alex Lippen bewegten sich zur gleichen Zeit.
»Das warst du«, sagten beide und sahen auf Tonya herab.
»Na und? Es gibt doch kein Gesetz, das einem verbietet, Fanpost zu schreiben, oder?«, antwortete Tonya.
»Nein, natürlich nicht«, versicherte Cam.
»Aber eins gegen Kidnappen«, drohte Alex.
»Na gut, na gut, die Briefe waren von mir«, gab Tonya zu. »Und nur damit ihr Bescheid wisst: Da war nichts Abgedrehtes oder Durchgeknalltes dran, wie jetzt alle behaupten, sie waren nur sehr gefühlvoll, so wie ich eben bin. Ich hab das E-Mail-Programm bei Music & More benutzt, weil ich die Briefe nicht von zu Hause abschicken wollte, meine Eltern hätten sie sonst vielleicht sehen können.« Tonya stieß ein bitteres Lachen aus. »Als ob die sich jemals dafür interessieren würden, was ich so mache. Aber wenn sie auf ihren Reisen sind, dann benutzen sie oft E-Mails und sie kennen mein Geheimwort.«
»Schon gut!« Alex war mit ihrer Geduld am Ende. »Du behauptest also, dass Kevin genau das gemacht hat, wofür du ihn bezahlt hast – dass er aber leider den Teil mit dem ›nur so tun‹ vergessen und Marleigh richtig entführt hat. Aber wie? Und vor allem: Wo ist sie jetzt?«
Tonya fuhr mit ihrer Geschichte fort. Cam fand das alles furchtbar traurig, Alex eher jämmerlich.
Genau wie vereinbart, hatte Kevin sie während des Spiels auf ihrem Handy angerufen. Tonya hatte daraufhin Marleigh gesagt, dass unten ein Wagen auf sie wartete, der sie zum Flughafen bringen sollte – dass es wirklich sehr nett von ihr gewe-

sen war zu kommen, dass sie jetzt aber ruhig fahren könnte, wenn sie wollte. Marleigh war gern auf das Angebot eingegangen.

Also hatte sie die Tribüne nicht verlassen, um jemanden anzurufen, sondern um zu ihrem Wagen zu gehen. Der stand auch wirklich da. Mit Kevin als Fahrer. Zwischendurch hatte Marleigh noch das Autogramm für Klein-Jenny geschrieben. Dann war sie geradewegs in die Falle gegangen, die Kevin ihr gestellt hatte.

»Wo ist sie jetzt?«, drängte Alex. »Wohin hat er sie gebracht?«

»Weißt du, ob … ob es ihr gut geht?« Cam hatte beinahe Angst davor, diese Frage zu stellen.

Tonya jammerte. »Keine Ahnung! Ich weiß überhaupt nichts! Ich weiß nur, was wir ursprünglich geplant hatten. Ganz hinten auf unserem Gelände ist ein kleines Haus, in dem früher mal der Gärtner gewohnt hat. Es gibt keinen Telefonanschluss und der Strom ist abgestellt. Ich wollte Marleigh da irgendwie verstecken und dann wollte ich sie finden, ihr wisst schon. Ich wollte, dass sie denkt, dass ich ihr das Leben gerettet habe. Und dann würde sie mich niemals vergessen. Wir würden für immer befreundet sein.«

»Aber Kevin hat sich nicht an die Spielregeln gehalten?«, beharrte Cam.

»Er … er … erpresst mich«, schniefte Tonya. »Er hat sie irgendwoanders hingebracht. Ich weiß nicht wo und er sagt es mir nicht. Er verlangt nur immer mehr Geld von mir. Aber ich hab keins mehr und meine Eltern kann ich auch nicht darum bitten.«

Tonya war wieder kurz davor, die Fassung zu verlieren. »Nur die Ruhe«, beschwichtigte Alex und tätschelte ihr die Schulter. »Wir werden sie schon finden, oder, Cam?«

Cam wirkte irgendwie weggetreten. Sie kniff die Augen zusammen und starrte auf etwas, das hinter ihnen war, etwas, das ihr offensichtlich Kopfschmerzen bereitete. »Au«, murmelte sie und griff sich an die Stirn.

»Ich wollte ja gleich zur Polizei«, stammelte Marleighs Möchtegern-Retterin. »Aber das ging nicht. Und als die dann zu mir kamen, wollte ich ihnen wirklich erzählen, was passiert ist. Aber Kevin hat es mir verboten und er drohte mir, alles auszuplaudern, zu sagen, dass die ganze Sache meine Idee war. Und dann würden es alle wissen. Meine Eltern, die Kids an der Schule, all die Reporter, die mich interviewt haben. Und natürlich Marleigh – und das wäre das Allerschlimmste. Damit könnte ich nie fertig werden.«

»Alles in Ordnung?«, fragte Alex Cam, die noch immer mit tränenden Augen ins Leere starrte.

»Camryn?« Selbst Tonya hatte Cams seltsames Schweigen jetzt bemerkt.

»Was? Ja. Alles in Ordnung.« Endlich schüttelte Cam ihren Kopf, der noch immer schmerzte, und blinzelte angestrengt. »Ich weiß, wo er sie versteckt«, sagte sie zu Alex. »Eine alte Tankstelle mit verrosteten Zapfsäulen und Holzbrettern vor den Fenstern. Alles ist total mit irgendwelchen Ranken zugewuchert, jede Menge Bäume und Dornensträucher …«

»Du bist die Größte«, rief Alex und boxte mit der Faust in die Luft. »Und wo ist das?«

»Das ist eben der Haken«, erwiderte Cam. »Ich habe keine Ahnung.«

Kapitel 32

MIT BETHS HILFE

»Na klasse. Und was machen wir jetzt?« Alex warf die Arme in die Höhe und ließ sich auf den Diwan fallen.

Tonya betrachtete Cam voller Entsetzen. »Was war das denn gerade?«, fragte sie und zog die Nase hoch.

»Sie hatte eine Vision«, erwiderte Alex, die zu sehr in ihre Gedanken versunken war, um sich etwas Originelleres einfallen zu lassen.

»Wie bitte?« Tonyas Kuhaugen waren so weit aufgerissen wie möglich – angesichts des Babyspecks, in die sie eingebettet waren.

»Das war ein Witz«, erklärte Cam rasch. Ihr war noch immer ein bisschen schwummerig.

»Nur ein Witz«, bekräftigte Alex. »Aber, hey, da fällt mir was ein. Tonya, es wird Zeit, dass du deinen Komplizen anrufst und ihm ein kleines Angebot machst. Hast du seine Nummer?«

»Ich weiß, wo ich ihm eine Nachricht hinterlassen kann«, erwiderte Tonya. »Aber ich verbitte mir …«

»Ausgezeichnet«, unterbrach Alex. »Wie wär's, wenn du dem Totenkopf-Jungen sagst, dass du Geld aufgetrieben hast, dass du es ihm aber nur geben wirst, wenn …«

»Wenn er dich Marleigh sehen lässt«, vollendete Cam den Gedanken. »Weil du dir Sorgen um sie machst und überprüfen willst, ob es ihr gut geht, nicht wahr, Als?«
»Keine Marleigh, kein Geld. So sieht's aus, Maus«, bestätigte Alex grinsend.
Tief in ihrer Einkaufstasche vergraben klingelte Cams Handy. Alex hörte es als Erste. Noch immer beeindruckt von ihrem neuen, scharfen Gehör legte sie die Hand an ihre Stirn, tat so, als konzentrierte sie sich stark, und sagte dann: »Das ist Kevin.«
»Im Ernst?« Cam hörte das Klingeln und fiel drauf rein. Mit zitternden Händen angelte sie ihr Nokia aus der Tasche und betrachtete die Nummer auf dem Display. »Quatsch«, erklärte sie und warf Alex einen wütenden Blick zu. »Das ist Beth. Wie sollte dieser Widerling auch an meine Nummer gekommen sein?« Cam nahm das Gespräch an.
»Hi, ich bin's. Wo steckst du eigentlich?«, erkundigte sich ihre Freundin.
Cam wollte es ihr gerade erzählen, als Alex den Kopf schüttelte. »Was gibt's?«, fragte sie also stattdessen.
»Spreche ich mit Camryn?« Beths Stimme klang missmutig.
»Na klar. Mit der einzig wahren. Ich kann gerade nicht so gut reden. Wir stecken hier mitten in einer echt wichtigen Sache.«
»Wir?«, wiederholte Beth kühl. »Ach so, du meinst dieses Mädchen, von dem du vor einer Woche noch behauptet hast, dass sie dir überhaupt nicht ähnlich sieht. Tut mir Leid. Mein Fehler. Ist wohl eine Familienfeier.«
Cam war bewusst, dass dies weder der richtige Zeitpunkt noch der richtige Ort für eine Versöhnung war, aber Beth klang so verletzt, dass es zu schmerzhaft gewesen wäre, die Bemerkung einfach zu überhören.
»Beth«, sagte sie sanft und ging hinüber in Tonyas giganti-

sches Schlafzimmer, weg von den beiden anderen. »Ich bin gerade bei Tonya Gladstone. Sie hat echt Scheiße gebaut. Es geht ihr total mies.« Cam überlegte kurz, ob sie eine Warnung aussprechen und ihre beste Freundin bitten sollte, das Folgende für sich zu behalten, aber sie entschied sich dagegen.
Sie brauchte keinen Zauberspruch, um Beths' Verschwiegenheit zu erzwingen, keine Beschwörung, um sich ihrer Treue zu versichern. Beth hatte Zeit ihres Lebens zu ihr gestanden, sie unterstützt, war immer da gewesen, wenn Cam sie brauchte.
Ihr wurde klar, dass Elisabeth Fish der einzige Mensch auf dieser Welt war, der auch nur annähernd das Gefühl von Leere verdrängen konnte, das Cam ihr ganzes Leben lang verfolgt hatte; dieses Gefühl von Unvollständigkeit; dieses Gefühl, dass ihr trotz all der Liebe und Aufmerksamkeit, die ihre Eltern ihr gegeben hatten, etwas fehlte.
Dass dieses fehlende Etwas sich nun als Alex Fielding entpuppt hatte, tat ihrer Freundschaft zu Beth keinen Abbruch.
Apropos Treue, dachte Cam, wie stand es denn eigentlich um ihre eigene? »Bethie«, flüsterte sie in den Hörer. »Sie hat gerade ausgepackt. Tonya. Sie hat was mit Marleighs Entführung zu tun. Sie und Kevin Bullock – der Typ aus dem M & M-Laden.«
»Ehrlich?« Beth war geschockt. »Woher weißt du das? Ich meine, habt ihr die Polizei angerufen? Soll ich?«
»Noch nicht. Ich habe einfach Angst, dass Marleigh dann etwas richtig Schlimmes zustoßen könnte. Ich meine, falls das nicht sowieso …« Cam beendete den Satz nicht.
»Was habt ihr denn jetzt vor?«, fragte Beth.
»Ich weiß auch nicht so genau«, gab Cam zu. »Ich hab nur so eine Ahnung, wo Marleigh vielleicht sein könnte. Sozusagen. Irgendeine alte, verlassene Tankstelle mitten im Wald, glaube

ich zumindest. Total zugewuchert mit Ranken und diesen Sträuchern mit den spitzen, glänzenden Blättern.«

»Ilex«, sagte Beth. »Hinten am Endecott gibt's davon jede Menge.«

»Endecott Drive?«, wiederholte Cam. Plötzlich blitzte das Wort ENDE, das sie im Music & More vor sich gesehen hatte, wieder in ihr auf. Jetzt wurde ihr klar, dass es nur die Hälfte eines Straßenschildes gewesen war.

Beth sagte gerade aufgeregt: »Ich glaube, ich weiß, welche Ecke du meinst, ich war da mal mit Sukari, als wir dieses Bio-Projekt über einheimische Pflanzen gemacht haben. Du weißt schon, alles was hier seit Ewigkeiten so wächst.«

Blitzartig tauchte Alex neben Cam auf.

»Wir sind da rausgefahren, um Ilexzweige zu sammeln. Ich kann mich noch an die Tankstelle erinnern. Das sind von hier aus vielleicht fünfzig Kilometer, es war die totale Wildnis da.«

»Fünfzig Kilometer zwischen hier und Endecott Drive?«, fragte Alex.

»Endecott?« So viel zum Thema Ungestört. Im Türrahmen stand Tonya, bedrückt und aufgelöst. »Kevin wohnt da ganz in der Nähe«, sagte sie.

Cam eilte zu Tonyas Telefon hinüber und hielt ihr den Hörer hin. »Los, ruf ihn an«, wiederholte sie etwa zum dritten Mal.

»Ich kann nicht«, heulte Tonya.

»Jetzt reicht's aber mit den Tränen«, grummelte Alex. »Wenn sie nicht bald aufhört, brauche ich ein Paar Gummistiefel.«

Cam gab Tonya das Telefon. »Bitte. Wir wollen doch nur helfen.«

»Die stecken mich in den Knast«, jammerte Tonya.

»Ach Quatsch«, versprach Alex. »Cams Vater ist Anwalt. Der haut dich da schon raus. Stimmt doch, Cam, oder?«
»Jetzt wähl!«, befahl Cam, die inzwischen nicht mehr wusste, wer ihr mehr auf die Nerven ging, Tonya oder Alex.

In der Viertelstunde, die es dauerte, ehe Kevin seinen Anrufbeantworter abgehört hatte und zurückrief, informierte Cam ihre Eltern. Es war ja nicht mal so richtig gelogen, dachte sie, wenn sie ihnen erzählte, dass sie bei Tonya zu Besuch waren – und sie fragte, ob sie über Nacht bleiben dürften.
Direkt nachdem sie aufgelegt hatte, klingelte der Apparat. Sie hatte schon vergessen, dass sie Tonyas Telefon benutzt hatte, und nahm das Gespräch an. Aber ob es nun Zauberei war oder Psycho-Power, sie erinnerte sich rechtzeitig und reichte den Hörer hinüber.
»Ähm, hi, Kevin«, sagte Tonya. »Ich wollte dich sprechen, weil meine Eltern jetzt zurückgekommen sind und ich das Geld, das du haben wolltest, auf jeden Fall besorgen kann.«
»Aber«, flüsterte Alex.
»Aber ich möchte gern … na ja …«
Ungeduldig kritzelte Alex MARLEIGH SEHEN!!! auf einen Notizblock neben Tonyas Telefon und hielt dem Mädchen den Zettel direkt vor die Nase.
»Ähm, Marleigh sehen, du weißt schon. Ich meine, um zu sehen, ob alles in Ordnung ist mit ihr und so.« Tonya wartete Kevins Antwort ab und sagte dann: »Keine Chance? Tja, ähm, na dann …«
Alex schnappte sich den Hörer, hielt sich die Nase zu, um Tonyas weinerliche, quengelnde Stimme nachzumachen, und sagte: »Dann gibt's auch keine Kohle, Süßer, keinen müden

Cent. Wenn du mich nicht zu Marleigh lässt, dann ist die Sache gelaufen, Kevy!«
Dann knallte sie den Hörer auf die Gabel.
»Oh nein!«, stöhnte Cam.
»Warum hast du das gemacht? Jetzt verpfeift er mich bestimmt!«, weinte Tonya, schon wieder hysterisch.
Alex machte eine abweisende Handbewegung und behauptete: »Der ruft wieder an. In etwa …« Das Telefon klingelte. »Einer halben Sekunde.«
Sie kniff wieder ihre Nase zusammen und hob ab. »Kevin? Woher ich gewusst habe, dass du es bist? Eingebung«, sagte sie und verdrehte die Augen. »Ich kann mit ihr telefonieren? Ist sie jetzt da bei dir? Nicht? Tja, das wird dann wohl nichts«, beharrte sie. »Ich will sie sehen …«
Plötzlich riss Cam den Hörer an sich. Mit einem nasalen, jammernden Tonfall, der Tonyas verblüffend ähnlich war, sagte sie: »Na gut. Ich lass mich drauf ein. Wann und wo kann ich mit ihr telefonieren?«
Alex konnte die Antwort des hinterhältigen Jungen hören. Seine Stimme klang blechern, wie Kiesel, die auf billiges Metall fallen. Es würde eine Weile dauern, bis er ein Handy organisiert hatte, beschwerte er sich. Klar hatte er das von Marleigh verschwinden lassen. Hielt sie ihn für blöd, oder was?
»Wenn er noch ein bisschen blöder wäre, müsste man ihn zweimal pro Woche gießen«, flüsterte Alex.
Und dann musste er ja auch noch da hinfahren, wo er »das Paket«, wie er sich ausdrückte, verstaut hatte. Kevin schätzte, dass er mindestens eine Stunde brauchen würde, vielleicht auch zwei, bevor Tonya mit Marleigh übers Handy sprechen konnte.

Bevor Alex Gelegenheit hatte, das Telefon wieder an sich zu nehmen, sagte Cam: »Na gut. Ich warte«, und legte auf.

»Bist du noch ganz bei Trost?« Alex war außer sich vor Zorn. »Du hast die Sache total versiebt.«

»Im Gegenteil, ich bin ein Genie«, erwiderte Cam mit einem breiten Grinsen. »Wir haben gerade eine ganze Stunde Zeit gewonnen, in der wir hinten am Endecott Drive rumschnüffeln können.«

Sie wollten die Entführung nur vortäuschen um zu Retten -> Freunde sein

Kapitel 33

DIE FLUCHT

»Houston, wir haben ein Problem«, sagte Alex, während Cam in Tonyas Wohnzimmer einen kleinen Siegestanz aufführte. »Wie sollen wir denn da hinkommen?«

»Mit den Rädern natürlich«, antwortete Cam ohne nachzudenken. Dann blieb sie abrupt stehen. »Oje. Da hast du wohl Recht. Fünfzig Kilometer mit dem Fahrrad ...«

»Genialität vergeht so schnell ...«, bemerkte Alex.

Tonya spähte aus dem Fenster auf die Armee von Reportern, die sich hinter dem Tor der Gladstones drängten, und gab ihren Senf dazu: »Und wie sollen wir überhaupt mit all diesen Leuten fertig werden, wenn wir hier raus wollen? Von meinen Eltern ganz zu schweigen.«

Cams Handy klingelte wieder. Ernüchtert sah sie nach, wer der Anrufer war, erkannte Beths Nummer und nahm das Gespräch an. Das Erste, was ihre beste Freundin zu sagen hatte, war: »Hey, wie wollt ihr zwei eigentlich da hinkommen? Ich meine, mit dem Rad ist das doch einfach zu weit.«

Cam stöhnte. Alex lachte. Tonya, die Beths Worte natürlich nicht gehört hatte, murmelte: »Wir müssen Marleigh einfach finden. Und ich muss diejenige sein, die sie rettet. Nur so kann ich beweisen, wie sehr ich um ihre Sicherheit und ihr

Wohlergehen besorgt bin. Kevin wird allen erzählen, dass ich die ganze Sache geplant habe. Man wird mich wegschicken – wenn nicht in den Knast, dann doch bestimmt auf dieses blöde Internat, das ist genauso gut wie Stacheldrahtzäune und Gitter vor den Fenstern.«

»Halt die Klappe, Tonya«, befahl Alex. Das Gejammere des Mädchens machte es ihr fast unmöglich, Beths Antwort zu verstehen. Sie vermutete, dass Cam ihre beste Freundin gerade gefragt hatte, ob ihr hinsichtlich der Transportfrage irgendwas einfiele, denn als Alex sich wieder in das Gespräch einklinkte, hörte sie, wie Beth erwiderte: »Na klar doch: Besen!«

»Dann fehlen uns aber noch schwarze Mäntel und spitze Hüte«, antwortete Cam trocken. »Komm schon, Beth. Wir haben nur etwa eine Stunde Zeit für die ganze Sache.«

»Habt ihr schon gegessen heute Abend?«, war die Reaktion.

»Nein«, rief Alex. »Sag ihr, dass sie uns 'ne Pizza rüberschicken soll.«

Beth hatte sie gehört. »Voll die Psycho-Power! Genau das hatte ich mir auch vorgestellt«, sagte sie ausgelassen. »Ihr müsst es nur hinkriegen, dass sie vom Pie in the Sky kommt und dass mein Freund – Jason – sie euch liefert. Cam, versuch einfach mal, dir seinen Namen zu merken!«

»Eli-sa-beth!« Cam zerstückelte den Namen in drei getrennte Silben. »Das ist jetzt nicht der richtige Moment, um mich zu verkuppeln. Wir müssen so schnell wie möglich dorthin.«

»Hör mal, Cam, du könntest mir ruhig mal ein bisschen vertrauen. Ich dachte nur, dass Jason ziemlich leicht eine Pizza anliefern und – ta-ta! – mit euch im Kofferraum wieder rausfahren könnte. Ich bin sicher, dass er heute Abend arbeitet. Und jetzt geh mir nicht an die Gurgel, aber ich weiß genau, dass er alles tun würde, worum du ihn bittest.«

Alex schnappte sich wieder den Hörer. »Du bist Klasse!«, schrie sie hinein. »Wir werden dir ewig dankbar sein.«
»Ach ja?«, lachte Beth. »Ob ihr mir dann wohl ein Autogramm von Marleigh mitbringen könntet? Ich meine, wenn sie nicht zu sehr mit ihrer Flucht beschäftigt ist. Und«, fügte sie düster hinzu, »wenn sie überhaupt noch … lebt.«

lassen sich vom Pizza boten mitbringen

»Vielleicht hätten wir doch die Polizei alarmieren sollen«, flüsterte Cam Alex zu, als sie sich gemeinsam mit Tonya zwischen die warmen Pizzakartons quetschten, die in Jason Weissmans Lieferwagen aufgestapelt waren.
»Jetzt ist es zu spät«, erinnerte sie Alex.
Cam spähte aus dem Rückfenster und erhaschte einen Blick auf den alten Polizeibeamten und seine junge Kollegin. Beide sahen zu, wie der Wagen davonfuhr. Cam ging wieder in Deckung. Als sie eine Minute später erneut hinaussah, schien es ihr, als sei das Paar mitsamt seinem Wagen verschwunden.
etwa zwanzig Minuten später rollten sie über eine schäbige schmale Schotterstraße und hielten kurz darauf an einer Ecke.
»Ich wünschte, ich könnte auf euch warten«, entschuldigte sich Jason, als sie aus dem Wagen kletterten. »Wie kommt ihr denn wieder nach Hause?«
Cam deutete auf ihre Tasche. »Ich hab ja mein treues Handy.«
»Und ihren treuen Daddy«, fügte Alex hinzu.
Jason hatte sich noch immer nicht von dem Schrecken erholt, auf einmal doppelt zu sehen. »Na dann, viel Glück«, sagte er, ohne sich ganz sicher zu sein, welche Cam ihm gerade besser gefiel.

Beth hatte mit ihrer Vermutung genau ins Schwarze getroffen. Die verlassene Tankstelle war nur wenige Meter von ihnen entfernt.

Hinter dem Dickicht dorniger Ranken und Sträucher konnte man gerade noch ein bisschen bröckelnden Zement, einige mit Brettern zugenagelte Fenster und die rostigen Zapfsäulen erkennen. Kurz und gut: Cam stellte auch zu ihrer eigenen Freude fest, dass alles genauso aussah, wie sie es sich vorgestellt hatte.

»Jetzt weiß ich auch, warum hier keiner mehr ist«, merkte Alex an, während sie sich einen Weg durch das wirre Unterholz schlugen. »In der Gegend gibt's ja nichts! Keine Häuser, keine Menschen, keine Autos. Das Einzige, was hier richtig neu ist«, stellte sie fest, als sie das heruntergekommene Gebäude erreicht hatten, »ist das hier.«

Ein funkelndes Schloss hing an der Tür.

Cam zerrte daran – erfolglos.

»Wir wissen doch nicht mal, ob sie wirklich da drin ist«, wimmerte Tonya und warf einen nervösen Blick über ihre Schulter.

»Nein, vielleicht dient dieses glänzende neue Zahlenschloss ja auch nur dazu, die Eichhörnchen und die Waschbären abzuhalten«, murmelte Alex.

»Ach so, ein Zahlenschloss«, rief Tonya und betrachtete es genauer. »Ich versuche, ob ich es aufkriege.«

Während Tonya an dem Schloss drehte, ihr Ohr dicht an das Metall gepresst, um das entscheidende Klicken zu hören, schlichen Cam und Alex um das Gebäude herum und versuchten, eines der Bretter vor den Fenstern loszustemmen.

Obschon das Holz alt und morsch war, gab es keinen Zentimeter nach. Die Mädchen handelten sich nur einige Schnitte

und Splitter ein, aber natürlich wollte keine von beiden die Erste sein, die sich darüber beschwerte.
»Ob sie wohl überhaupt da drin ist?«, fragte Cam entmutigt.
Alex hämmerte gegen die Bretter und schrie Marleighs Namen.
Cam heftete ihren Blick auf das unnachgiebige Holz. »Sie ist hier!«, flüsterte sie und zog an Alex' Ärmel. »Ich kann sie fühlen, durch dieses kleine Loch zwischen den Brettern.«
»Apropos Loch: Du hast wohl eins im Kopf. Im Holz ist jedenfalls keins, nicht mal ein Spalt. Deine Psycho-Power hat wieder eingesetzt. Was siehst du?«
»Marleigh«, antwortete Cam. »Aber sie bewegt sich nicht. Er hat sie geknebelt und ihr eine Augenbinde verpasst und sie an einen Stuhl gefesselt.«
»Ein Knebel? Wusste ich es doch«, rief Alex aus. »Deshalb konnte ich die Worte auch nicht verstehen.«
»Du hast sie gehört?«, fragte Cam. »Das bedeutet: Sie lebt!«
»Ich habe *etwas* gehört, aber es war ganz gedämpft, nur ein Stöhnen.« Alex legte ihr Ohr an die alten Bretter. »Hallo?«, rief sie unbeholfen. »Hallo? Marleigh … gleich sind wir bei dir!«
»Hallo?«, tönte es jetzt auch von der anderen Seite des Hauses. Tonya mühte sich noch immer mit dem Schloss ab. Offenbar war es schwieriger zu öffnen, als sie gedacht hatte.
»Marleigh!« Cam schubste Alex beiseite. »Wir sind hier, um dich zu retten. Halt durch. Wir müssen nur das Fenster aufkriegen.«
»Du hast mich gestoßen«, beschwerte sich Alex.
»Tut mir Leid, aber diese ›Hallo?‹-Tour … Als ob wir Zeit für solche Nettigkeiten hätten.«
Alex grinste höhnisch. »Du kannst es ja versengen. Das Brett.

Mach schon, Cam, setz deine Flammenwerfer-Kräfte ein, damit wir da reinkommen.«
»Ich weiß nicht, ob ich das kann«, flüsterte Cam.
»Hat doch bei diesem Bild an deiner Wand auch geklappt«, erinnerte Alex sie.
»Schon, aber da war ich auch richtig, richtig sauer auf dich. Ich meine, ich habe vor Wut gekocht.«
»Na dann, du jämmerlicher Versager, du verzogene dumme Kuh, du verwöhntes Gör …«
»Halt endlich deine Klappe!«, befahl Cam, schon schnaubend vor Wut.
»Richte deine Energie lieber gegen das Fenster als gegen mich. Konzentrier dich auf das Fenster«, feuerte Alex sie an.
»Aber was, wenn die ganze Hütte in Flammen aufgeht, bevor wir sie da rausgeholt haben?«
»Schmelz die Nägel, du Depp! Mach doch einfach erst mal *irgendwas*, du Flasche!«
Unvermutet schnappte Cam sich Alex' Hand. »Du aber auch«, sagte sie. »Konzentrier dich auf die Nägel, du ranzige, lahme … was weiß denn ich!«
»Wer ist hier lahm?« Alex musste lachen. »Du hast ja nicht mal einen ordentlichen Vorrat an Schimpfwörtern. Ich muss dir demnächst mal …«
»Halt die Klappe und konzentrier dich«, befahl Cam.
Zwei der Nägel hatten sich bereits erhitzt. Ein dritter, auf den Alex schließlich ihren Blick heftete, wackelte wie verrückt hin und her.
Und dann: *Ping!*
»Runter!«, schrie Alex, als der unterste Nagel aus dem Brett schnellte.
»Zurück!«, brüllte Cam, als die beiden oberen Nägel schmol-

zen und das glühende Metall an den Brettern vor dem Fenster hinunterlief. Das Holz begann bedrohlich zu qualmen.

Sie zerrten die Sperrholzplatten herunter. Alex versuchte hastig, durch das zerschlagene Fenster zu klettern.

Marleigh Cooper sah fürchterlich aus. Nachdem Cam es mit Alex' unwilliger Unterstützung ins Haus geschafft hatte, musste sie sich zusammenreißen, um ihr Entsetzen zu verbergen.

Das Gesicht Marleighs war ausgemergelt, tränenüberströmt und rosa-weiß gefleckt, als hätte sie sich mit Nesselfieber angesteckt. Die sonst so makellose blonde Mähne hing nun verfilzt und fettig auf ihre Schultern herab. Rings um sie her waren Fastfood-Schachteln auf dem Boden verstreut, im Haus stank es.

Eines der Seile, mit denen sie an den Stuhl gefesselt war, lief um ihren Hals. Marleighs blasse Haut unter dem schmutzigen Strang war grün und blau.

Wenn sie mehr Widerstand geleistet hätte, dachte Alex, *hätte sie ihre Luftröhre verletzten können und wäre vielleicht nie wieder in der Lage gewesen zu singen.*

Oder, erwiderte Cam den Gedanken, *sie hätte sich erwürgt.*

Ein orangeroter Sonnenstrahl stieß durch das zerbrochene Fenster, ein letztes Aufflackern des verblassenden Tages. »Wir lassen die Augenbinde noch dran«, sagte Cam zu Alex. »Nur so lange, bis es draußen ein bisschen dunkler ist. Wahrscheinlich hat Marleigh sie schon seit Tagen um. Das Licht könnte ihren Augen schaden.«

»Ja«, stimmte Marleigh ihr mit einem bedauernswerten Flüstern zu, nachdem Cam ihren Knebel entfernt hatte. »Bitte macht mich einfach nur los. Bitte.«

Alex begann mit zitternden Fingern, die Seile aufzuknoten, während Cam ihr Handy hervorholte. Das Einzige, was sie davon abhielt die Polizei anzurufen, war Tonya. Wenn die Bullen jetzt hier auftauchten, würden Cam und Alex alles ausplaudern müssen, was sie wussten, aber Tonya in Gegenwart von Marleigh zu verpfeifen – dazu waren sie beide nicht im Stande. Also rief sie stattdessen zu Hause an. »Oh nein, ausgerechnet! Keiner da«, sagte sie, als der Anrufbeantworter dranging. »Na gut, macht nichts. Ich rufe ein Taxi.«

Während Cam die Nummer der Auskunft eintippte und Alex vor Marleigh kniete, um die Knöchel des dankbaren Mädchens zu befreien, stürzte Tonya durch die endlich geöffnete Tür herein und stieß einen Schrei aus, der ihnen das Blut in den Adern stocken ließ.

Sie wollte ihnen offensichtlich etwas mitteilen – aber dann erblickte sie Marleigh. Tonya schnappte nach Luft und fiel auf die Knie. »Ich bin's, Marleigh. Tonya Gladstone. Bitte verzeih mir, oh bitte. Es tut mir so Leid. Ich wollte doch nur, dass du mich magst ...«

Marleigh Cooper, die noch immer die Augenbinde trug, streckte ihre nunmehr befreiten Hände aus. An den Stellen, wo die Fesseln entlanggelaufen waren, konnte man die Verfärbungen ihrer Handgelenke sehen. »Tonya? Ich bin ja so froh, dass du hier bist.«

Während das Opfer sich bemühte, das Mädchen zu trösten, das ihre Entführung geplant hatte, hörte Alex ein beunruhigendes Geräusch. Ebenso wie Tonya, der mit einem Mal wieder einfiel, weshalb sie ins Haus gestürzt war.

»Er kommt!«, sagte sie und erinnerte sich reichlich spät daran zu flüstern. »Kevin! Er ist gerade mit seinem Motorrad vorgefahren. Er wird mich verpfeifen. Dann wissen alle ...«

Alex brauchte das Ende des Satzes nicht abzuwarten. Sie rannte aus dem Haus.

Kapitel 34

DIE MACHTPROBE

Einige Meter vom Gebäude entfernt entdeckte Alex einen Jungen mit einem zerfurchten Gesicht. Von seinem Ohr baumelte ein Totenkopf-Anhänger. »Wer bist du denn?«, rief er, stellte den Motor seines lärmenden Motorrads aus und stieg ab. »Was hast du hier verloren?«

Großspurig und höhnisch grinsend kam er auf sie zu. Alex sah einen Schatten, der auf ihn fiel. Sie blickte nach oben. Im schwachen Dämmerlicht fanden ihre Augen den Ast, der sein wütendes Gesicht überschattete. Es war ein dicker Ast, weit verzweigt und dicht belaubt, mehrere Meter über dem Erdboden; zweifellos würde er erheblichen Schaden anrichten, wenn er abstürzte. Aber der Junge befand sich nicht mehr direkt darunter. Er war weiter auf Alex zugegangen.

Kevin blieb plötzlich stehen, noch immer außer Reichweite. »Was geht hier vor sich?«, brüllte er, Unsicherheit in der Stimme. »Hey, wie viele gibt es denn von deiner Sorte?«

Folgerichtig reimte sich Alex zusammen, dass Cam ihr inzwischen nachgelaufen war und nun auch vor der Tankstelle stand. Aber erkannte sie, was ihr vorschwebte?

Dieser fette Ast, zischte sie und hoffte, dass Cam sie verstehen würde. *Ich könnte es wahrscheinlich schaffen, dass der ab-*

bricht und runterfällt, aber vielleicht trifft er ihn nicht. Der Typ müsste ein kleines Stück zurück.

Kannst du das wirklich?, flüsterte Cam hinter ihr.

Alex war sich nicht so sicher. Würde sie Cams Hand halten müssen, um sich ein wenig von ihrer Psycho-Power auszuleihen? Für so was kannte sie keinen Zauberspruch – sollte sie vielleicht versuchen, sich irgendeinen seltsamen Vers auszudenken? Ihre neu entdeckten Talente waren unberechenbar. Würde ihr die Aktion gelingen, bloß weil sie es wollte, sich stark genug konzentrierte?

Es musste, entschied sie. Schließlich war Cam ja auch nicht dabei gewesen, als sie seinerzeit diesen Basketball dazu gebracht hatte, Ina ins Gesicht zu schnellen, und als sie Beeson den klebrigen Erdnussbutter-Löffel an seinen Dickschädel hatte knallen lassen. Damals hatte sie noch keine Ahnung gehabt, dass es Cam überhaupt gab. Sie hatte ja noch nicht mal Doc kennen gelernt.

Die Lage ist ganz schön brenzlig, murmelte sie.

Apropos brenzlig, hörte Alex Cam plötzlich mit unverhohlener Freude.

Im gleichen Augenblick stieg aus der Spitze von Kevins Turnschuh ein verdächtiges Rauchzeichen auf. Dann stand der ganze Schuh in Flammen. Der Junge schrie auf und umfasste seinen Knöchel, hopste wild durch die Gegend und versuchte verzweifelt, die Flammen auszubekommen, die Cam offenbar in seine Richtung geschickt hatte.

Er hüpfte rückwärts, bemerkte Alex schadenfroh.

Sie konzentrierte sich mit aller Kraft auf den Ast. Sie kniff die Augen zusammen und sang unhörbar: *Er bricht, bricht, bricht, er enttäuscht mich nicht.*

Plötzlich spürte sie Cams Hand auf ihrem Rücken und ein

Frösteln durchzog sie. Sie hörte ein splitterndes Geräusch, als der Ast schwankte, gefolgt von einem ohrenbetäubenden Krachen, kurz bevor er abstürzte.

»Treffer!«, rief Cam begeistert, als Kevin getroffen zusammenbrach. »Ich hab's geschafft!«

»Bitte wie?«, fragte Alex ungläubig.

»Ich hab ihn angestarrt, ich habe seine Augen nicht mehr losgelassen, einfach so.«

»Und hast seinen Fuß in Flammen gesetzt. Na, herzlichen Glückwunsch. Ich habe den Ast zum Fallen gebracht.«

»Ihr habt ihn erwischt!« Tonya kam aus der Tankstelle gerannt.

»Ich würde mich ja gerne noch ein bisschen darüber streiten, wessen Verdienst es war«, sagte Cam an Alex gewandt, »aber dafür haben wir leider keine Zeit. Tonya, du bleibst hier und schreist, wenn er sich bewegt, verstanden?«

»Aber ich wollte doch diejenige sein, die Marleigh rettet«, flennte Tonya.

»Schon, aber keine von uns kann so gut schreien wie du, also musst du mal kurz hier bei Kevin bleiben, nur so lange, bis wir Marleigh losgebunden haben.«

Cam war schon dabei, die Taxifirma anzurufen, als Alex ihr zurück ins Gebäude folgte.

Die Mädchen blieben abrupt stehen. Marleigh war genau da, wo sie auch zuvor gewesen war – nur nicht so, wie die Mädchen sie verlassen hatten. Der Knebel steckte in ihrem Mund und ihre Hände und Füße waren wieder gefesselt. Ihr Kopf lag in ihrem Nacken, als hätte sie das Bewusstsein verloren.

»Ich fand den Strick um den Hals ein bisschen brutal«, hörte sie die tiefe Stimme eines Mannes. »Also habe ich ihn weggelassen.«

Alex und Cam wirbelten herum. Hinter ihnen, auf einem rostigen Hocker an der ehemaligen Verkaufstheke, saß ein ungeschlachter, bärtiger Mann in einem Rollkragenpullover. Alex bemerkte, dass seine Hosenbeine in ein Paar schwere Stiefel gestopft waren, die viel zu warm für den Sommer erschienen. Cams Augen begannen zu brennen, als sie den Eindringling anstarrte. Alex' Ohren fühlten sich verstopft an, ganz als trüge sie Ohrenschützer. »Wer sind Sie?«, fragte sie. Die Worte hallten in ihrem Kopf wider. »Wie sind Sie hier reingekommen?«
»Sie waren damals im Big Sky am Riesenrad, stimmt's?«, erinnerte sich Cam und betrachtete ihn argwöhnisch. Und dann hatte sie das Bild vor Augen, das Gemälde im Wohnhaus der Farm, auf der sie Urlaub gemacht hatten. »Sie sind Mr Sot Naht!«
»Wie überaus scharfsinnig du doch bist.« Der große Mann kicherte. »Aber der Name ist leider verkehrt.«
Diese Stiefel, dachte Alex und versuchte, sich trotz der Müdigkeit, die sie mit einem Mal befallen hatte, eine bohrende und undeutliche Erinnerung ins Gedächtnis zu rufen. »Woher sind Sie gekommen?«, erkundigte sie sich mit schwerer Stimme.
»Ich denke, das ist nicht so sehr von Belang«, erwiderte der Mann bedächtig mit einem selbstgefälligen Lächeln. »Viel wichtiger ist doch die Frage, wo *ihr* hergekommen seid.«
Er heftete seine funkelnden schwarzen Augen auf Cams, die instinktiv versuchte, sie hinter ihrer Hand zu schützen. »Gute Reflexe«, bemerkte der Fremde.
Cam fühlte, wie das Blut aus ihrem Kopf wich. Ihr wurde schwindelig, fast wäre sie zusammengebrochen. Ihr Handy fiel zu Boden, als sie sich an der Lehne von Marleighs Stuhl festhielt, um nicht das Gleichgewicht zu verlieren.

Auch Alex fühlte sich benommen. Mit großer Kraftanstrengung versuchte sie sich zu erinnern, weshalb die Stiefel des Mannes so stark ihre Aufmerksamkeit erregten. Und dann, ganz plötzlich, wurde ihr alles klar.

Obschon er Beeson nicht im Geringsten ähnlich sah, wusste sie Bescheid: »Sie sind derjenige, von dem Lucinda und Evan gesprochen haben, stimmt's?« Alex war verblüfft. »Sie sind derjenige, der mich damals im Wohnwagen gesucht hat. Sie haben ein Loch in den Boden des Wagens gestampft.«

»Was haben Sie hier zu suchen? Was wollen Sie?«, fragte Cam.

Aber der Mann hatte seinen Blick nunmehr auf Alex gerichtet. »Was trägst du denn da für eine Scheußlichkeit?«, blaffte er und zeigte auf Evans Geschenk. »Was ist das für ein geschmackloses Kinkerlitzchen? Wo sind eure Amulette abgeblieben?«, brüllte er.

»Die Kette ist zerrissen«, stammelte Cam. »Ich hab es nicht mit Absicht gemacht.«

»Was für ein Amulett?«, fragte Alex.

Der Mann schüttelte missbilligend den Kopf. »Es würde ihr das Herz brechen.«

»Wem?«, erkundigte sich Alex mit staubtrockenem Mund.

»Eurer Mutter!«, erwiderte der Mann und knirschte wütend mit den Zähnen. »Sie hat mich gebeten, euch etwas auszurichten.«

»Meine Mutter ist tot«, sagte Alex trotzig.

»Wer ist sie? Wo ist sie?«, fragte Cam.

»Sie lebt. Und sie braucht euch. Und nur ich kann euch zu ihr führen …«

»Von wegen, Freundchen!« Die schöne junge Polizeibeamtin, die Wache vor Tonyas Haus gestanden hatte, stürzte plötzlich mit lauten Tritten durch die Tür und hielt mit beiden Händen eine Pistole fest, die sie auf den Eindringling richtete. »Keine Bewegung!«

»Ileana, meine Liebe. Wie schön Euch zu sehen.« Der riesige Mann stand auf und verneigte sich galant.

»Es ist der Beschluss der Ratsversammlung, dass Ihr persönlich zu erscheinen habt«, erwiderte die Frau barsch. »Also los jetzt!«

»Ihr habt Eure Aufgabe wirklich hervorragend erfüllt«, gurrte er träge. »Diese Kinder sind einfach außergewöhnlich. Meine Bewunderung.«

»Los jetzt, raus hier!«, beharrte die Beamtin. »Mein Partner und ich sind bemächtigt, Euch in Gewahrsam zu nehmen.«

»Karsh?«, donnerte er. »Mein alter Freund?« Er betonte das Wort *alt* und stieß ein gemeines Lachen aus. »Er ist also Euer Partner?«

»Jawohl«, erwiderte die Polizistin, die Ileana hieß. »Er wartet draußen auf Euch. Ich komme gleich nach. Ich muss nur kurz mit diesen Kindern sprechen.«

»Wie Ihr meint.« Der Tonfall des großen Mannes war herzlich, aber seine Augen glänzten gefährlich.

Als er hinaustrat, konnten Alex und Cam hören, wie er dem älteren Mann, der dort wartete, zurief: »Nun, Karsh, so sehen wir uns wieder, klappriger alter Hexer. Ich sehe, dass Eure Augenbrauen wieder nachgewachsen sind. Wären die Zöglinge nicht zugegen, so würde ich zur Abwechslung dieses Mal mit Vergnügen Eure Füße in Flammen aufgehen lassen.«

Sie hörten, wie der alte Polizeibeamte leise lachte. »Keine Sorge. Schon bald werdet Ihr die Mädchen nicht mehr um Euch haben. Nie wieder«, versprach er mit seltsam knarrender Stimme.

»Ich muss gestehen, dass sie mich schwächen … schwächen

vor Sehnsucht«, kam die lautstarke Erwiderung. »Miranda wäre sehr stolz. Ihre Begabung ist wirklich herausragend.«
»Eine Begabung, die ihr niemals verderben werdet!«
Er klang verändert, wie jemand aus einer anderen Zeit, dachte Alex. Völlig anders, als er vor Tonyas Haus geklungen hatte.
Cam erkannte die Stimme. Sie gehörte ... war es denn möglich? Konnte dies der seltsame Mann aus ihren Träumen sein?
»Hallo? Hey! Hört ihr mir mal zu?«, forderte die Polizistin. Sie nahm ihre dunkle Brille ab und warf ihnen einen strengen Blick zu. »Ihr haltet euch wohl für ganz schön schlau, wie? Für so was von außergewöhnlich. Na, dann will ich euch mal was erzählen!«
Was auch immer sie ihnen erzählen wollte, der Anblick ihrer Augen überraschte die Mädchen so, dass sie einen Augenblick nicht zuhörten.
Es waren graue Augen, ebenso durchdringend und silbergrau wie ihre eigenen.
»Versteht ihr mich?«, erkundigte sich Ileana, die sich nun hingekniet hatte, um Marleigh loszubinden. Die Gefangene bewegte sich, hatte aber das Bewusstsein noch nicht ganz wiedererlangt. »Ihr habt euch in eine riskante Situation gebracht. Dieser Mann, der gerade noch hier war, der ist gefährlich. Sehr gefährlich.«
»Und ein Irrer«, bemerkte Alex. »Er hat behauptet, dass er uns zu unserer Mutter ...«
»Vielleicht ist er ja gar kein Irrer«, unterbrach Cam hitzig. »Vielleicht weiß er ja wirklich, wo sie ist!«
»Vielleicht weiß er, wo deine gerade ist«, widersprach Alex. »Aber meine ... Ich hatte nur eine Mom und wo die ist, das weiß ich genau.«
»Es reicht!«, ging die Beamtin dazwischen. »Glaubt mir und

seid auf der Hut. Dieser Mann ist verrückt. Artemis hat Recht. Er ist ein gefährlicher Irrer.«

Die Mädchen warfen sich einen Blick zu. »Artemis?«, wiederholte Cam.

»Ich wollte natürlich Alex sagen«, verbesserte sich die Frau schnell. »Geht ihm aus dem Weg. Alle beide«, warnte sie. »Falls ihr ihm jemals wieder begegnet – flieht. Flieht einfach, schnell und weit. Und glaubt bloß nicht, dass diese armseligen Kräfte, die ihr habt, euch dauernd aus irgendwelchen brenzligen Situationen retten werden. Ihr seid noch jung. Ihr seid verletzlich.«

Ein lauter, ohrenbetäubender Knall, wie von einem Düsenjäger, der die Schallmauer durchbricht, zerschnitt plötzlich die Luft. Die Frau lief hinaus, während Alex und Cam ihr verblüfft nachsahen.

Marleigh kam langsam wieder zu sich. Die Polizistin hatte nicht nur ihre Fesseln gelöst, sondern auch den Knebel und die Augenbinde entfernt.

»Alles in Ordnung?«, erkundigte sich Cam.

Marleigh nickte und versuchte aufzustehen. Sie schwankte, aber Alex fing sie auf. »Du bist das Mädchen, das ich beim Fußballspiel getroffen habe, oder?«

»Das ist eine lange Geschichte«, unterbrach Cam, während Marleigh wieder auf den Stuhl sank.

»Karsh?«, hörten sie die Polizistin rufen. »Wo steckt Ihr? Dies ist nicht der richtige Zeitpunkt für Eure Kunststückchen. Erscheint!«

Plötzlich erklang auf der anderen Seite der Tür ein leises Lachen, glockenhell und voller Freude.

»Streng dich nicht an. Du bist in Sicherheit«, beruhigte Cam Marleigh.

»Genau. Und wir kommen gleich wieder«, rief Alex noch über die Schulter zurück, während sie schon zur Tür rannte.
Die Nacht war hereingebrochen. Der Vollmond am Himmel warf sein Licht auf ein seltsames Bild.
Kevin lag noch immer an derselben Stelle, aber nun war er gefesselt, sein hagerer Körper in Ranken eingeschnürt wie ein Postpaket.
Weitere Ranken fesselten Tonya an einen Baumstamm, der wie wild hin und her schwankte, obschon man kaum einen Windhauch verspüren konnte.
Allein im Mondschein stand Ileana vor dem Baum und lachte ihr silbriges Lachen.

»Alter Hexer«, schien sie zu Tonya zu sagen, die dort angebunden war. »Wie konntet Ihr zulassen, dass er Euch zwingt, Euch zu verbergen? Geschieht Euch ganz recht. Wo ist er? Was habt Ihr mit ihm gemacht?«
Pflanzen raschelten zu Ileanas Füßen, man hörte ein Zischen und Huschen, wie von einem wilden Tier, das durch das Unterholz gleitet.
Ileana machte einen Satz zurück. »Eine Schlange?«, schalt sie. »Ihr habt ihn in eine Schlange verwandelt?! Warum nicht in einen Vogel oder ein Flugzeug oder einen Kometen oder irgendetwas anderes, was ähnlich schwer einzufangen ist?«
»Ich glaube, sie dreht ab«, murmelte Alex an Cam gewandt.
Aber Cam starrte wie versteinert auf den schwankenden Baum. »Alex«, flüsterte sie piepsig, »da ist ein Mann in diesem Baum.«
»Quatsch«, erwiderte Alex und spähte angestrengt in das düstere Mondlicht.

»Nein, nicht da oben, nicht in der Krone. Er ist tatsächlich *in* dem Baum. Er ist … talgweiß und knochig und …«
»Doc?« Einen Moment lang meinte Alex, ein Gesicht zu erkennen.
»Das Monster von der Tribüne«, hauchte Cam.
Der Mann im Baum zwinkerte ihnen zu. Dann wirbelte Ileana herum. »Also nein«, sagte sie, »das müsst ihr nicht auch noch wissen«, und warf ihnen einen vorwurfsvollen Blick zu. Blitzschnell nahm sie einen kleinen Beutel aus ihrer Tasche.
Das Letzte, woran Cam sich erinnerte, war etwas, das an grüne Blättchen erinnerte, die ihr in die Augen wehten.
Das Letzte, woran Alex sich erinnerte, war ein vertrauter, würziger Duft. Und das Wort *Helmkraut*.
Wenig später weckte sie ein in der Ferne verschwindender Klang von Sirenen.

Kapitel 35

WAS SIND WIR EIGENTLICH?

Camryn Barnes' Leben war für sie immer wie ein offenes Buch gewesen, eine Geschichte voller Tatsachen und Fakten. Mit Sätzen, die mit einem Punkt endeten.

Jetzt nicht mehr.

In nur wenigen Sommerwochen hatte das Buch ihres Lebens ein völlig neues Kapitel aufgeschlagen. Eines, das mit Rätseln und Unsicherheiten angefüllt war. Mit Sätzen, die mit einem Fragezeichen endeten.

Bevor Alex – der Ursprung all dieser Fragen – in ihr Leben getreten war, hatte Cam nie viel Zeit allein verbracht. Immer war sie von Freunden und Familie umgeben gewesen, mit Telefonieren, Hobbys, Schule, allem Möglichen beschäftigt gewesen.

In diesen superseltenen Momenten, in denen sie wirklich allein sein wollte, um nachzudenken, ihr Tagebuch voll zu kritzeln oder Musik zu hören, war sie immer ins Stadtzentrum geradelt auf einen kleinen Hügel im Park. Jedes Mal fuhr sie den gleichen Weg zum gleichen abgeschiedenen Fleck. Nichts Besonderes eigentlich. Nur ein Stückchen Rasen unter einer uralten Ulme, aber von dort aus hatte man einen umwerfenden Blick auf den Hafen. Normalerweise war es sehr still da und die Wahrscheinlichkeit, dass sie jemandem begegnete, den sie kannte, war gleich null.

Cam betrachtete diesen Ort nicht unbedingt als eine Zufluchtsstätte, sie fühlte sich dort einfach zu Hause und geborgen.

Niemand aus ihrer Familie, keine ihrer Freundinnen – noch nicht einmal Beth – wussten davon.

In der Abenddämmerung jenes Tages, an dem sie Marleigh gerettet hatten, nahm sie Alex mit dorthin.

Die beiden Mädchen saßen, die Arme um ihre Knie geschlungen, unter den weiten, schützenden Zweigen der Ulme, einander so merkwürdig ähnlich und dennoch auch verschieden, und blickten mit ihren verblüffenden, schwarz geränderten grauen Augen auf den Hafen hinunter. Eine lange Zeit verging, in der sie beide schwiegen.

»Ziemlich cool, dass dein Dad Tonyas Fall übernimmt«, begann Alex schließlich.

Als Cam nicht reagierte, fuhr Alex fort: »Wahrscheinlich hätten ihre Eltern auch einfach irgendeinen dynamischen Superanwalt anrufen können, der sie vertritt und der total gut in den Medien kommt. Dave wird sich vor allem darum kümmern, dass Tonya die Hilfe bekommt, die sie braucht. Er ist echt ein netter Kerl.«

»Ein netter Kerl«, wiederholte Cam in Gedanken versunken. »Wenn er doch nur nett genug gewesen wäre, mir die Wahrheit zu sagen, bevor ich aus Versehen darüber stolperte.«

»Da haben wir es wieder: Die Gemeinheit der heimlichen Adoption«, bemerkte Alex.

»Ich weiß ja wohl, dass du viel durchgemacht hast«, sagte Cam und versuchte, den Kloß in ihrem Hals zu ignorieren. »Und dass meine Erfahrungen nicht damit vergleichbar sind. Ich hätte mir nur nicht träumen lassen, dass sie mich so anlügen könnten.«

Alex zuckte mit den Schultern und rupfte einen Grashalm aus. »Und du hast sie natürlich noch nie belogen.«

»Nein«, sagte Cam trotzig.

»Ach so, dann hast du ihnen wahrscheinlich auch erzählt, dass du Dinge weißt, bevor sie passieren und dass du Visionen hast und … Schrauben zum Schmelzen bringen kannst!«

»Na schön, ich verstehe, worauf du hinauswillst«, unterbrach Cam. »Und du kannst es dir schenken, meine Gedanken zu lesen. Ich werde es ihnen auch nie erzählen. Hast du deiner Mom gegenüber jemals erwähnt, dass du hören kannst, was andere denken, und dass du Gegenstände verrücken kannst, indem du dich darauf konzentrierst?«

Als sie an Sara, ihre Mutter dachte, wurde Alex schlagartig milder gestimmt. »Nein«, flüsterte sie. »Aber irgendwie dachte ich immer, dass sie es ohnehin weiß. Hör mal«, fügte sie hinzu. »Wahrscheinlich sollten wir beide eine Zeit lang nichts davon erzählen. Niemandem gegenüber. Oder? Ich weiß auch nicht …«

»Ich weiß auch nicht …«, wiederholte Cam die Worte langsam. »Das trifft momentan so ziemlich auf mein ganzes Leben zu.«

»Auf meins auch«, erinnerte Alex sie.

»Alex? Was hat dieser Typ wohl gemeint, als er sagte …«

»… dass sie lebt? Und dass nur er uns zu ihr bringen kann?«, vollendete Alex die Frage und legte sich mit ausgebreiteten Armen auf den Rücken. Das stoppelige Gras, noch warm von der Hitze des Tages, prickelte auf ihrer Haut, als sie an den Kerl mit den dicken Stiefeln dachte. Er hatte so einiges gesagt – ihnen befohlen, die Amulette zu tragen, was wirklich zu seltsam war, als ob sich der Typ für Schmuck interessierte. Außerdem kannte er offenbar die blonde Polizistin. Doch es waren seine Sätze über diese Frau, von der er behauptete, dass sie ihre Mutter sei, der ihnen beiden im Kopf herumspukte. Und Alex weigerte sich unerbittlich, darüber nachzudenken.

»Keine Ahnung«, antwortete sie auf Cams Frage. »Ich habe keine Ahnung, was er meinte, was das alles zu bedeuten hat. Und diese Polizistin? Sie hatte …«

»Unsere Augen«, ergänzte Cam. »Ich weiß.«

»Und woher kannte sie meinen Namen?«

»Sie hat dich Artemis genannt. So heißt du doch gar nicht«, erinnerte Cam sie.

»Na ja, aber dann hat sie sich verbessert. Sie nannte mich Alex. Und das haben wir ihr beide nicht gesagt.«

»Nein. Wir haben diesem alten Bullen sogar falsche Namen angegeben, damit er uns in Tonyas Haus einlässt. E. C. und Effie, weißt du noch?«

»Der Bulle mit den weißen Haaren«, grübelte Alex, »der den schwarzbärtigen Typen …«

»… der diesem Kerl, in dessen Haus wir damals unseren Urlaub verbracht haben, ziemlich ähnlich sah, in eine Schlange verwandelt hat.«

»Und sich selbst gleich darauf in einen Baum.« Alex unterbrach sich. »Weißt du, wie wir uns anhören? Wie Kandidaten für die Klapsmühle, ein bisschen wie Tonya.«

Cam ließ sich neben sie ins Gras sinken. »Na gut, ich führe psychische und emotionale Überforderung zu meiner Verteidigung an. Andererseits: Ende gut, alles gut. Marleigh ist in Sicherheit, Tonya kriegt die Hilfe, die sie braucht.«

»Und deine Welt ist wieder schön heil. Und hiermit, sehr verehrte Damen und Herren, endet unsere Sondersendung. Wir wünschen Ihnen noch einen schönen Abend.«

»Meine Welt«, erwiderte Cam und versuchte, den Sarkasmus in Alex' Bemerkung zu überhören. »Es könnte auch deine Welt sein.«

»Keine Chance«, erwiderte Alex und dachte wieder an den Anruf, den sie heute erhalten hatte. Einen, auf den sie gehofft hatte.

Lucinda und Evan hatten sie im Fernsehen gesehen. Ebenso wie Andy Yatz, Ina Barrow und alle anderen Einwohner von Crow Creek. Und alle waren total stolz auf sie. Mrs Bass aus der Bibliothek hatte ihnen erlaubt, von dort aus zu telefonieren.

Während des Gesprächs musste Alex mit den Tränen kämpfen, als sie an Mrs Bass und die verstaubte alte Bibliothek dachte, an die Vorlese-Nachmittage, zu denen Sara sie immer gebracht hatte, als sie noch klein war. Sie hatte sich vorgenommen, ihnen bald zu schreiben. Oder ihnen eine E-Mail zu schicken. Mrs Bass hatte versprochen, dass sie den Computer benutzen durften.

Sie hatte sich schon dreimal verabschiedet, als ihr etwas auffiel. »Woher hast du denn diese Nummer?«, fragte sie Lucinda.

»So ein ziemlich dicker Typ, der Besitzer einer Ranch, etwa dreißig Kilometer vom Big Sky entfernt – der kreuzte auf einmal im Park auf. Wir sprachen natürlich alle über … na, du weißt schon. Und dass wir so gerne wüssten, wie wir dich erreichen können. Er sagte: Versucht es doch mal über die Auskunft. Fragt nach der Nummer von David Barnes in Marble Bay, Massachusetts. Und das haben wir dann auch gemacht.«

»Was für ein dicker Typ denn?«, erkundigte sich Alex, aber Evan hatte Cinda den Hörer weggenommen, brüllte: »Bis dann, Alex. Man sieht sich!«, und legte auf.

»Wenn du ihnen eine Chance lässt!«, unterbrach Cam Alex' Tagtraum. »Ich will ja gar nicht behaupten, dass die Menschen in meiner Welt, meine Freunde, deine ersetzen können, aber sie sind auch ganz nett«, sagte sie gerade. »Beth mag dich schon jetzt.«

»Klar. Die kennt mich doch überhaupt nicht. Ich bin doch für sie nur dieses Landei, das sich zwischen euch gedrängt hat.«

»Das stimmt nicht und die anderen vom Six Pack werden das auch nicht so sehen.«

Alex stieß erneut einen Seufzer aus. »Hör mal, deine Freundin findet mich total abartig, aber was soll sie groß machen? Denk doch mal einen Moment darüber nach, wie du es fändest, wenn *Beth* auf einmal eine Doppelgänger-Schwester aus dem Urlaub anschleppen würde. Was würdest *du* denn machen?«

Cam überlegte kurz. »Ich wäre höflich. Und freundlich. Aber im Grunde meines Herzens würde ich natürlich wollen, dass ihre ... Zwillingsschwester ... dableibt. Ich meine, jetzt, wo sie sich endlich gefunden haben. Ohne überhaupt zu wissen, dass sie auf der Suche waren. Jetzt komm schon, du weißt doch, was ich meine. Sie sollte dableiben. *Du* solltest dableiben.«

So, jetzt hatte sie es ausgesprochen.

Aber Alex schüttelte den Kopf. »Nein. Dies ist nicht mein Park. Dies ist nicht mein Baum. Auch nicht meine Stadt. Und die Worte ›Seven Pack‹ gehen mir auch nicht gerade leicht von den Lippen. Dies ist nicht mein Leben. Egal, was bei dem dämlichen DNA-Test rauskommt.«

Cam setzte sich auf. »Auch wenn er einwandfrei nachweist, dass wir tatsächlich eineiige Zwillinge sind? Dieselben Eltern haben? Wer auch immer sie sein mögen – oder gewesen sein mögen.«

Alex stützte ihren Oberkörper mit den Ellenbogen ab. Sie

schob das Kinn vor und betrachtete den Hafen. »Ist doch egal«, stieß sie hervor.

»Das ist ja wohl das Einzige, was absolut *nicht* egal ist«, schoss Cam zurück. Und dann fügte sie noch etwas hinzu, weil ihr mit einem Mal wie durch Zauberei vollkommen klar war, was sie sagen wollte und was Alex gerne hören wollte. »Alexandra Nicole Fielding, bitte bleib. Ich will, dass du bei uns wohnst. Ich will, dass du bei mir und meiner Familie und meinen Freunden bleibst. Ich will, dass sie deine Familie und deine Freunde werden. Ich will das alles mehr, als ich jemals zuvor irgendetwas gewollt habe.«

Alex schüttelte den Kopf, aber als sie den Blick zu Cam hob, glitzerten ihre Augen schelmisch. »So ist das also, Camryn Alicia Barnes. Du willst, dass ich bleibe. Mehr als du jemals zuvor irgendwas gewollt hast. Mehr als eine Einkaufstour? Mehr als ein Cabrio zu deinem sechzehnten Geburtstag? Mehr als ein superschnelles Laptop mit eingebautem DVD-Player? Mehr als – ach, ich weiß auch nicht – ein umwerfend cooles, minikleines Hightech-Handy?«

Cams Augen erwiderten das Funkeln. »Na ja, vielleicht außer dem Handy.« Und dann brach sie in Lachen aus. Schallendes Gelächter hallte durch den Park, schien von Sträuchern und Bäumen, Felsen und Hügeln zurückzukommen. Ihr Lachen kitzelte die Grashalme und schwebte über den Hafen, bis ganz hinaus in die Bucht, wo es gleich einem Nebelschwaden zum Himmel aufstieg.

In dieser Nacht, im Licht des Mondes, erschien ihr das Gesicht, der Mann wieder, genau wie er es getan hatte, als sie noch ein Kind war. Es war dasselbe Gesicht, was sie während

des Fußballspiels gesehen hatte, bleich und faltig, aber diesmal erschrak sie nicht bei seinem Anblick.
In ihrem Traum hieß Cam ihn willkommen. Als er zu ihr sprach, gab sie ihm Antwort.
»Sprich sie frei von aller Schuld, Apolla. Es ist an der Zeit zu vergeben. Und zu vertrauen«, sagte er.
»Vertrauen?«, erwiderte sie wütend. Sie wusste, dass er von David und Emily Barnes sprach. »Wie soll das möglich sein? Warum sollte ich? Sie haben mir niemals die Wahrheit gesagt.«
»Die Wahrheit?« Die Gesichtszüge erschienen mit einem Mal weicher und wirkten jetzt beinahe mild. »Es gibt viele Arten von Wahrheit. Diese guten Menschen haben dich bei sich aufgenommen, haben sich um dich gekümmert und dich bedingungslos geliebt. Sie haben dich beschützt und würden alles tun, damit du glücklich bist. Auch das ist eine Wahrheit.«
Darauf wusste Cam keine Antwort.
»Diese Menschen, Apolla, haben in ihrem Herzen genügend Liebe für euch alle. Für ihren Sohn, für dich – und auch für Artemis.«
Cam wusste, dass er von Alex sprach. Plötzlich, in ihrem Traum, fragte sie: »Warum nennen Sie uns so? Apolla – so haben Sie mich genannt, als ich klein war. Ich weiß nicht mehr, wer ich bin.«
»Das wird sich ändern, ich verspreche es. Ehre deine Eltern. Lege dein Amulett an. Vergiss nicht.«

Auch Alex bekam einen Besuch. Von jenem Mann, der sie an einem einzigen Tag dreitausend Kilometer weit befördert hatte. Doc. Dass er ihr im Traum erschien, überraschte sie

nicht. Er schien genau zu wissen, welche Fragen sie beschäftigten und sprach sanft mit ihr.
»Ich weiß, wie sehr du sie vermisst. Das wird sich niemals ändern.«
Sara.
»Du darfst nicht vergessen, wie sehr sie dich geliebt hat, sie war deine Beschützerin. Und du hast ihr das größte Glück ihres Lebens geschenkt. Aber du hättest sie nicht retten können. Ihre Zeit war gekommen. Befreie dich von der Schuld. Nimm ihre Liebe mit dir und beginne ein neues Leben. Dein wirkliches Leben, Artemis, hat gerade erst begonnen.«
Dann zwinkerte er ihr zu. »Und du kannst mir glauben«, sagte er mit einem plötzlichen Lachen, »dass es sehr interessant wird. Bis die Tage, Als.«
Artemis. So hatte er sie schon einmal genannt – es verwirrte sie noch immer.
Aber als er sie Als nannte, freute sie sich. Sie lächelte im Schlaf.
An jenem Morgen erwachten Camryn und Alexandra genau im gleichen Moment. Wenn sie einen kurzen Blick auf den Nachttisch zwischen ihren Betten geworfen hätten, dann wären ihnen Dinge aufgefallen, die am letzten Abend noch nicht dort gewesen waren.
Auf Cams Seite lag neben einem winzigen Sträußchen grüner Blätter mit fröhlichen, purpurfarbenen Blüten ihr Halbsonnen-Amulett. Die Kette, die sie in ihrer Wut zerrissen hatte, war durch eine neue aus gleißendem Gold ersetzt worden.
Auf Alex' Seite lag in dem seidenbespannten Kästchen, das Doc ihr gegeben hatte, ihr Halbmond-Amulett.
Wenn die Mädchen versucht hätten sie zusammenzustecken, hätten sie bemerkt, wie nahtlos die beiden Formen ineinander griffen, wie sie gemeinsam einen perfekten Kreis bildeten.

Zwischen den Schmuckstücken lag ein Blatt Papier. Darauf stand in wunderschöner Schrift: ER SCHUF SIE MIT SEINEN EIGENEN HÄNDEN. SIE SEGNETE SIE MIT IHREM BLUT. BEIDE WOLLTEN, DASS IHR SIE IMMER TRAGEN WÜRDET.

Später sollten die verwunderten Mädchen die Geschenke finden. Doch in diesem Augenblick, als der erste Sonnenstrahl durch das Rollo fiel, beschäftigte sie etwas ganz anderes.

Cam sprach als Erste. »Was glaubst du denn, was wir eigentlich sind?«

»Was meinst du damit?«, erwiderte Alex.

»Du weißt schon. Wir sind vollkommen gleich. Wir können all diese Sachen, die sonst niemand kann. Wir können Menschen helfen. Wir können magische Dinge bewirken – und wir können Dinge sehen und hören und Gegenstände und Leute dazu bringen, sich zu bewegen. Als, glaubst du, dass wir vielleicht Hexen sind?«

Alex drehte sich zu Cam. Ihre verblüffenden grauen Augen hefteten sich aufeinander. »Willst du wirklich wissen, was ich glaube? Dann lies meine Gedanken.«

Und genau das tat Cam. »Moment mal«, sagte sie. »Ich krieg hier irgendwie widersprüchliche Signale. Ich weiß gar nicht so recht, ob du ›Zwillinge‹ denkst oder ›Hexen‹. Angekommen ist so ein Mischmasch. Klingt wie ›Zwexen.‹«

»Ganz genau«, erwiderte Alex.

Kapitel 36

ENDLICH ZU HAUSE

Es war schon Mitternacht, als Karsh und Ileana erschöpft und aufgedreht wieder an Ileanas kleinem Haus auf Coventry Island ankamen. Die Temperatur war auf weit unter null abgesunken und der alte Hexer konnte sehen, wie sein Atem gefror, als er zu sprechen versuchte. Oder besser gesagt konnte er immerhin sehen, dass er überhaupt noch atmete. Die Zwillinge zu retten hatte ihn arg mitgenommen.

Mit einem plötzlichen Anflug von Stolz betrachtete er Ileana, die nunmehr an seiner Seite war und noch immer ihre Polizeiuniform trug. Sie war heute wirklich fantastisch gewesen. Sie hatte bewiesen, dass die Entscheidung, die der Rat vor vierzehn Jahren getroffen hatte, eine weise gewesen war. Denn sie war der Herausforderung, Artemis und Apolla zu beschützen und zu leiten, wirklich gewachsen.

»Das war gute Arbeit, die Ihr heute geleistet habt«, lobte er sie.

»Und dass es überhaupt nötig war, habe ich Euch zu verdanken«, grummelte sie und nahm ihre Polizeimütze ab. »Sind meine Haare platt gedrückt?«

Karsh strahlte. »Eure Haare, meine liebe Ileana, sind perfekt. So wie Ihr es wart. Ihr habt die Situation hervorragend gemeistert.«

Ileana stieß einen tiefen Seufzer aus und brach auf den Stufen vor ihrer Haustür zusammen, beinahe mitten auf den schlafenden Boris. »Hört mal, Karsh, ich wollte nie, dass sie zusammenkommen. Doch jetzt, wo sie es sind, werden sich solche ›Situationen‹, wie Ihr es nennt, immer und immer wieder ergeben. Es wird mit jedem Mal schwieriger sein, sie zu beschützen.«
»Es lässt sich aber nicht mehr ungeschehen machen, oh gutherziges und mürrisches Weib. Mit unserer Hilfe werden ihre Fähigkeiten im selben Maße wachsen wie sie selbst. Und was noch wichtiger ist: Sie werden lernen, sich ihrer Kräfte zu bedienen.«
»Ihr wolltet, dass ich sie mit eigenen Augen sehe. Nun, das ist geschehen. Und Folgendes habe ich gesehen: Zwei leichtsinnige Mädchen, die sich selbst – im Jargon des Tages, alter Mann – für *total hip* halten. Sie haben ein Rätsel gelöst; sie haben Marleigh Cooper gefunden. Und es war ja so leicht! Also halten sie sich für unverwundbar. Aber einer Machtprobe mit Thantos könnten sie niemals standhalten.«
»Und das ist dann unser Einsatz – genau wie er es heute war«, erinnerte Karsh sie.
»Wieso begreift Ihr es nicht, Karsh? Thantos hat keinen Anstand. Jedes Mittel, die Zwillinge in seine Gewalt zu bekommen, ist ihm recht. Es wird schwer für uns, Karsh.«
»Der Rat wird ihm schon die Meinung sagen«, versuchte Karsh sie zu beruhigen.
»Falls Thantos sich fügt und sich ihm stellt. Gibt es auf dieser Welt denn irgendeine Macht, die ihn zu etwas zwingen kann, was er nicht will?«
»Ich bin davon überzeugt«, erwiderte Karsh rätselhaft.
»Ich weiß nicht, worauf Ihr anspielt und ich bin auch viel zu

erschöpft, um weiter mit Euch zu streiten.« Sie stand abrupt auf. »Ich gehe ins Haus. Aber lasst mich Euch noch einen Gedanken mit auf den Weg geben. Er weiß, wo sie sind. Er arbeitet nicht allein. Er hat Verbündete, die ihnen in den unterschiedlichsten Gestalten und Formen erscheinen werden. Die Zwillingstöchter von Aron und Miranda werden Tag für Tag auf die Probe gestellt werden.«

»So müssen wir nur umso wachsamer sein. Aber diese Mädchen – wir werden uns daran gewöhnen müssen, sie Camryn und Alex zu nennen – verdienen es, ein Leben zu haben, ein Zuhause, eine Familie und Freunde. Sie verdienen ein gewisses Gefühl von Normalität und Glück, während sie genügend Kräfte sammeln, um ihr Schicksal zu meistern.«

»Ihr Schicksal! Ihr redet immerfort davon. Ihr begreift es noch immer nicht. Jetzt, wo die beiden zusammen sind, in ihrem normalen Leben, wie Ihr es nennt, sind es nicht mehr nur sie selbst, die in Gefahr schweben. Thantos schreckt vor nichts zurück. All diese Menschen, die sie umgeben, seien es nun Freunde oder Beschützer … Von diesem Augenblick an ist keiner von ihnen mehr in Sicherheit.«

Ende des ersten Teils

Die Autorinnen

H. B. Gilmour ist die Verfasserin zahlreicher Bestseller für Erwachsene und Jugendliche in den USA. Von ihr stammen unter anderem das Buch zum Film und zur Serie *Clueless, Pretty in Pink* (von der Universität in Iowa zum Besten Jugendbuch gewählt) und *Godzilla* (vorgeschlagen für den Nickelodeons-Kids-Choice-Preis). Sie lebt im Bundesstaat New York, gemeinsam mit ihrem Mann John Johann und ihrem Hund Fred, drei Katzen, zwei Schlangen (einer Boa constrictor und einem Python) und fünf cleveren, tierlieben Kindern.

Randi Reisfeld hat viele Bestseller geschrieben, darunter die *Clueless*-Serie (die sie gemeinsam mit H. B. Gilmour verfasste), weitere in den USA bekannte Serien sowie Biografien von Prince William, New Kids on the Block und Hanson. Ihr Taschenbuch *Got Issues Much?* wurde 1999 von der American Language Association zum Besten Buch für Nichtleser gewählt.

Zeit ihres Lebens empfand Randi Reisfeld den Zufall als eine faszinierende Größe im Leben: Wie unsere Welt plötzlich aus den Fugen geraten kann und – zack! – für alle Zeit verändert ist … Wie jeder von uns tief in seinem Innern eine Macht be-

sitzt – wenn wir nur wüssten, wie man sie nutzbar machen kann ... Wie man wohl reagieren würde, wenn man urplötzlich seinem Doppelgänger gegenübersteht ... – Aus all diesen zufälligen Faszinationen entstand »Witches«.
Ach ja, nur so am Rande bemerkt: Randi hat keine Zwillingsschwester (soviel sie weiß), dafür aber eine supercoole Familie und einen Schwung beste Freundinnen, die sie absolut verehrt.

Wie es mit den Hexen Alex und Cam weitergeht – lies es:

Band 2 Warnung aus der anderen Welt
Band 3 Rufe aus der Nacht
Band 4 Schatten der Vergangenheit